E-Z Dickens Superhero

Βιβλίο Τέταρτο:

Επί Πάγος

Cathy McGough

Stratford Living Publishing

Πίνακας περιεχομένων

Για καθημερινούς υπερήρωες.

"Δεν μπορείς να νικήσεις τον άνθρωπο
που δεν τα παρατάει ποτέ".

Babe Ruth

ΠΡΟΛΟΓΟΣ

Η επόμενη μέρα ήταν σχολική, αλλά με το τέλος του κόσμου να πλησιάζει, ούτε ο E-Z ούτε η Lia σκόπευαν να πάνε.

"Έχω ένα πολύ κακό προαίσθημα", είπε η Λία.

Ήταν ώρα για πρωινό και εκείνη και ο E-Z ήταν μόνοι τους. Ο Σαμ και η Σαμάνθα κοιμόντουσαν ακόμα, το ίδιο και τα δίδυμα Τζακ και Τζιλ.

"Τι είδους κακό προαίσθημα;" ρώτησε, βάζοντας με το κουτάλι περισσότερα δημητριακά στο στόμα του.

"Θυμάσαι χθες το βράδυ, όταν νόμιζα ότι άκουσα κάτι;"

"Ναι, αλλά είπες ότι ήταν λάθος συναγερμός. Ότι οι ήχοι εξαφανίστηκαν και ότι όλα επανήλθαν στο φυσιολογικό".

"Έτσι έγινε και δεν έγινε. Είναι δύσκολο να το εξηγήσω. Άκουσα τη Ρόζαλι να με φωνάζει και μετά σταμάτησε. Δεν προσπάθησε ξανά, οπότε νόμιζα ότι όλα ήταν καλά. Αλλά τώρα, ανησυχώ γιατί προσπάθησα να τη βρω και δεν μπόρεσα. Δεν απάντησε σε κανένα από τα μηνύματά μου. Νομίζω ότι πρέπει να πάμε να δούμε τι κάνει. Για καλό και για κακό. Θα με ανακουφίσει να ξέρω. Διαφορετικά, δεν θα μπορέσω να κάνω τίποτα σήμερα".

"Ίσως κοιμάται; Ή της τελείωσε η μπαταρία του τηλεφώνου της". Τελείωσε το ποτήρι του χυμού πορτοκάλι και απομακρύνθηκε από το τραπέζι. Έβαλε τα πιάτα στο πλυντήριο πιάτων.

"Ίσως. Αλλά και πάλι θα ήθελα να τη δω".

"Ας πάμε να την επισκεφτούμε, για να σε ηρεμήσει το μυαλό σου", είπε καθώς καλούσε ένα ταξί. "Ελπίζω να μας αφήσουν να μπούμε. Στο κάτω κάτω δεν είμαστε συγγενείς".

Πήραν το δρόμο για την πόλη και ρώτησαν για τη Ρόζαλι στη ρεσεψιόν. Η γυναίκα ρώτησε: "Είστε συγγενείς εσείς οι δύο;". Και οι δύο είπαν ότι δεν ήταν. "Καθίστε, παρακαλώ", είπε η γυναίκα.

"Βλέπεις", ψιθύρισε η Λία. "Φαινόταν επιφυλακτική. Σαν να κρύβει κάτι".

"Ναι, το είδα κι εγώ αυτό. Αλλά ίσως το φανταζόμαστε επειδή ανησυχούμε για τη Ρόζαλι. Το μόνο που μπορούμε να κάνουμε είναι να περιμένουμε και να προσπαθούμε να είμαστε απασχολημένοι. Είμαστε εδώ και δεν κουνιόμαστε μέχρι να δούμε ότι είναι καλά".

Τριάντα λεπτά αργότερα, και εξακολουθούσαν να περιμένουν. και γίνονταν όλο και πιο ανήσυχοι όσο περνούσε η ώρα.

Η Λία σηκώθηκε όρθια. "Δεν μπορώ να περιμένω άλλο".

Ο E-Z είπε: "Ουάου! Περίμενε ένα λεπτό". Κάθισε και πάλι πίσω. "Ας δώσουμε άλλα τριάντα λεπτά πριν τους κάνουμε τα πάντα".

"Τι εννοείς να τους τρελάνουμε;" Ρώτησε η Λία.

"Ω, ξεχνάω συνέχεια ότι δεν είσαι από εδώ. Σημαίνει να έρχεσαι σε κάτι με όλα σου τα όπλα. Ως έσχατη λύση. Είναι σχήμα λόγου φυσικά. Αν και κάποιοι ταχυδρομικοί υπάλληλοι το έχουν πάρει κυριολεκτικά".

"Πάω στοίχημα ότι αν ήμασταν ενήλικες, θα μας είχαν μιλήσει μέχρι τώρα. Μερικές φορές μισώ το να είμαι παιδί".

"Έχει και τα πλεονεκτήματά του", είπε ο E-Z. " Δοκίμασε να παίξεις ένα παιχνίδι στο τηλέφωνό σου ή να διαβάσεις ένα βιβλίο. Θα περάσει η ώρα και θα μας βοηθήσουν περισσότερο αν κάνουμε υπομονή".

"Μακάρι να είχα φέρει τα ακουστικά μου. Θα μπορούσα να είχα ακούσει τα νέα κομμάτια της Taylor Swift".

"Ορίστε", είπε. "Μπορείς να δανειστείς τα δικά μου".

Πέρασαν άλλα τριάντα λεπτά και ο E-Z επέστρεψε ήρεμα στον πάγκο. Η Λία έμεινε πίσω, ακούγοντας μουσική. Έριξε μια ματιά πίσω. Είχε κλείσει τα μάτια της. Δεν είχε καν προσέξει ότι είχε φύγει.

"Χμ, υπάρχει καμιά πληροφορία για το πότε μπορούμε να δούμε τη Ρόζαλι;" ρώτησε.

"Λυπάμαι, κάποιος θα έρθει να σας δει. Ξέρει ότι είστε εδώ και περιμένετε". Η γυναίκα έκανε κλικ στο πληκτρολόγιό της. Όταν ο E-Z δεν απομακρύνθηκε, έκανε μια δεύτερη προσπάθεια να τον ενθαρρύνει. "Μίλησα προσωπικά με τον διευθυντή μου. Θα έρθει να σας μιλήσει το συντομότερο δυνατό. Σας παρακαλώ, ακολουθήστε τον φίλο σας". Κούνησε το χέρι της προς την κατεύθυνση της Λίας που ήταν απασχολημένη με το τηλέφωνό της.

Ο E-Z επέστρεψε στο πλευρό της Λίας, απρόθυμα. Παρακολουθούσε τον κόσμο που κυκλοφορούσε γύρω του. Κάποιοι ήταν κάτοικοι, σπρώχνοντας περιπατητές. Μερικοί ήταν σε αναπηρικά καροτσάκια, που τα έσπρωχναν συνοδοί, ενώ άλλοι χτυπούσαν μόνοι τους τις ρόδες τους. Οι περισσότεροι κάτοικοι χαμογέλασαν προς το μέρος του, μερικοί τον χαιρέτησαν. Αναρωτήθηκε πόσοι από αυτούς δέχονταν τακτικούς επισκέπτες. Ήλπιζε ότι οι περισσότεροι είχαν.

Καθώς οι πόρτες άνοιγαν και έκλειναν, η μυρωδιά του γεύματος έφτασε στα ρουθούνια του και το στομάχι του γουργούρισε. Αναρωτήθηκε τι λιχουδιές θα έτρωγαν σήμερα οι ένοικοι. Ίσως ψάρι με πατάτες τηγανιτές. Ίσως μια μικρή πίτα αλά mode. Ευχήθηκε να είχε φάει μεγαλύτερο πρωινό όταν η Λία του έδωσε πίσω τα ακουστικά του.

"Κατάφερες να επιταχύνεις τα πράγματα; Πεθαίνω της πείνας!"

"Κι εγώ το ίδιο και όχι πραγματικά. Είπε ότι η διευθύντρια θα έρθει σύντομα, αλλά δεν καταλαβαίνω γιατί η Ρόζαλι δεν έρχεται η ίδια να μας δει. Ποιο είναι το πρόβλημα;"

"Δεν αισθάνομαι την παρουσία της εδώ", είπε η Λία. "Είναι σαν να έχουμε αποσυνδεθεί. Η μουσική βοήθησε να αποσπάσω την προσοχή μου για λίγο, αλλά τώρα τη σκέφτομαι ξανά και πεινάω. Δεν είναι καλός συνδυασμός".

"Σε καταλαβαίνω", είπε ο E-Z, καθώς μια ψηλή γυναίκα που φορούσε κονκάρδα αναγνώρισης Γενικού Διευθυντή περπατούσε προς το μέρος τους και συστηνόταν.

"Το όνομά μου είναι Eleanor Wilkinson και είμαι η Γενική Διευθύντρια εδώ". Τους έσφιξε το χέρι. "Καταλαβαίνω ότι εσείς οι δύο είστε φίλοι με τη Ρόζαλι. Την έχετε επισκεφθεί εδώ στο παρελθόν;"

"Όχι, δεν έχουμε έρθει εδώ", είπε η Λία. "Αλλά είμαστε φίλοι μαζί της, στενοί φίλοι. Και ανησυχούμε γι' αυτήν. Δεν απάντησε στα μηνύματά μου, ούτε σήκωσε το τηλέφωνό της".

Η κα Γουίλκινσον είπε: "Λυπάμαι που σας το λέω, αλλά η Ρόζαλι πέθανε κάποια στιγμή κατά τη διάρκεια της νύχτας. Περιμένουμε να φτάσουν οι πλησιέστεροι συγγενείς της. Δεν μένουν εδώ κοντά.

"Ζητώ συγγνώμη που σας άφησα να περιμένετε τόσο πολύ. Αλλά έπρεπε να μιλήσω μαζί τους πριν μιλήσω μαζί σας. Καταλαβαίνετε. Έχουμε πολιτικές που πρέπει να ακολουθήσουμε".

Η Λία έπεσε ξανά στην καρέκλα και ξέσπασε σε λυγμούς, ενώ ο E-Z πήρε το χέρι της στο δικό του και κάθισαν ήσυχοι για λίγα δευτερόλεπτα πριν ρωτήσει: "Τι της συνέβη;".

"Είναι υπό διερεύνηση", είπε ο Γουίλκινσον. "Λυπάμαι, δεν μπορώ να σας πω τίποτα περισσότερο. Εκτός κι αν είσαι συγγενής. Λυπάμαι για την απώλειά σας".

"Σήμαινε τα πάντα για μένα", είπε η Λία.

"Πώς τη γνωρίσατε;" ρώτησε ο Γουίλκινσον. "Ήταν μια σπουδαία κυρία. Την αγαπούσαν όλοι." "Γνωριστήκαμε μέσω ενός φίλου", είπε ψέματα η Λία.

"Ενδιαφέρον", είπε ο Γουίλκινσον, "αν σκεφτείς τη διαφορά ηλικίας σας".

"Εννοείς επειδή εγώ είμαι παιδί και εκείνη όχι; Εννοώ ότι δεν ήταν", ρώτησε θυμωμένη η Λία. Σηκώθηκε όρθια.

"Συγγνώμη, δεν ήθελα να σε αναστατώσω. Φυσικά, πολλοί ένοικοι εδώ θα ήθελαν πολύ να έχουν φίλους για να κουβεντιάζουν. Ιδιαίτερα παιδιά με ενδιαφέρον όπως εσείς, στα οποία θα μπορούσαν να διηγηθούν τις ζωντανές τους ιστορίες. Έτσι, δεν θα ξεχαστούν αφού φύγουν".

"Θα θυμόμαστε πάντα τη Ροζαλί", είπε ο E-Z.

"Μπορούμε να τη δούμε, για να την αποχαιρετήσουμε;" ρώτησε η Λία.

"Φοβάμαι ότι αυτό αποκλείεται. Έχουμε διαδικασίες. Αλλά αν αφήσετε τα στοιχεία σας, έναν αριθμό τηλεφώνου στη ρεσεψιόν, μπορούμε να σας τηλεφωνήσουμε. Για να σας ενημερώσουμε πότε θα γίνει το επισκεπτήριο και η κηδεία".

Ο E-Z άφησε τον αριθμό του τηλεφώνου του στη ρεσεψιόν. Ήταν έτοιμοι να μπουν σε ένα ταξί, όταν θυμήθηκε το βιβλίο.

"Περιμένετε εδώ", είπε. "Επιστρέφω αμέσως".

Πλησίασε τη ρεσεψιόν.

"Λυπάμαι, αλλά δεν μπορούμε να δεχτούμε τον θάνατο της φίλης μας Ρόζαλι. Όχι αν δεν τη δει τουλάχιστον ένας από εμάς. Η κυρία Γουίλκινσον είπε ότι δεν μπορούμε να μπούμε μέσα, αλλά θα μπορούσα να πετάξω το κεφάλι μου στο δωμάτιο; Δεν θα έμενα για πολύ. Μπορώ να πω στη φίλη μου ότι είδα τη Ρόζαλι και να επιβεβαιώσω ότι δεν είναι πια μαζί μας; Πέρασε τόσα πολλά, με το να χάσει τα μάτια της και όλα αυτά. Θα την ανακουφίσει να το μάθει με σιγουριά από κάποιον που γνωρίζει και εμπιστεύεται".

"Αχ, καημενούλα μου. Καταλαβαίνω. Έλα μαζί μου", είπε η γυναίκα. Όταν βρέθηκε στην άλλη πλευρά του γραφείου, ζήτησε από έναν συνάδελφο να την καλύψει. "Επιστρέφω αμέσως", είπε.

Ο E-Z την ακολούθησε βαθύτερα στην καρδιά της κατοικίας των ηλικιωμένων. Ήταν φωτεινά, όχι καταθλιπτικά όπως είχε ακούσει ότι μπορεί να είναι αυτού του είδους τα σπίτια, αλλά πολύ ήσυχα. Πιθανότατα επειδή όλοι απολάμβαναν το γεύμα τους στην καφετέρια. Το στομάχι του γουργούρισε ξανά.

"Όλοι είναι στην τραπεζαρία", είπε η γυναίκα σαν να ήξερε τι σκεφτόταν. "Είναι η μέρα των ψαριών και των πατατών με κόκκινο ζελέ και σαντιγί για μετά. Ένα εξαιρετικά δημοφιλές γεύμα στο οποίο όλοι θέλουν να συμμετάσχουν. Οποιαδήποτε άλλη μέρα και θα ήταν αδύνατο να σας αφήσουν να μπείτε, γιατί θα υπήρχαν πάρα πολλοί άνθρωποι που θα μουρμουρούσαν".

"Σίγουρα μυρίζει ωραία", είπε ο E-Z. "Και ευχαριστώ για τη βοήθειά σας, εγώ, εμείς, το εκτιμούμε πραγματικά".

Σταμάτησε και τράβηξε την πόρτα ανοιχτή.

"Αυτό είναι το δωμάτιο της Ρόζαλι. Θα περιμένω εδώ. Έχεις δύο λεπτά ή λιγότερο αν με δει κανείς".

"Ευχαριστώ και πάλι", είπε ο E-Z, καθώς η πόρτα έκλεισε πίσω του. Μύριζε περίεργα, σαν να είχε γίνει φωτιά. Κοίταξε τριγύρω στο δωμάτιο για κάμερες. Απ' όσο ήξερε, δεν υπήρχαν.

Κάτω από το λευκό σεντόνι ο φίλος τους ήταν καλυμμένος από την κορυφή ως τα νύχια. Πλησίασε, παλεύοντας με την επιθυμία να φύγει, αλλά έπρεπε να μάθει με σιγουριά, να δει με τα ίδια του τα μάτια. Τράβηξε το σεντόνι προς τα πίσω και το παρακολούθησε να πέφτει στο πάτωμα σαν φάντασμα.

Αμέσως μια μυρωδιά επιτέθηκε στα ρουθούνια του. Σαν μπάρμπεκιου. Καμένη σάρκα. Και είδε το χέρι της Ρόζαλι να κρέμεται προς τα κάτω, καλυμμένο με εγκαύματα και φουσκάλες. Τι της είχε συμβεί; Ποιος της είχε κάνει αυτό το τρομερό πράγμα και γιατί;

Απομάκρυνε την καρέκλα του και κοίταξε γύρω στο δωμάτιο, το οποίο ήταν πεντακάθαρο, χωρίς κανένα ίχνος φωτιάς. Δεν θα μπορούσε να είχε συμβεί εδώ. Αν όχι, τότε πού; Μήπως την μετέφεραν σε αυτό το δωμάτιο, μετά;

Η γυναίκα στην πόρτα χτύπησε. "Σας παρακαλώ, βιαστείτε!" είπε.

Άνοιξε το συρτάρι του κομοδίνου της. Εκεί ήταν. Το βιβλίο για το οποίο τους είχε μιλήσει η Ρόζαλι. Εκείνο στο οποίο είχε καταγράψει τις πληροφορίες για τα άλλα παιδιά.

"Ο χρόνος τελείωσε", είπε η γυναίκα.

Ο E-Z έχωσε το βιβλίο πίσω από την πλάτη του. Πάτησε το κουμπί για να ανοίξει η πόρτα και επέστρεψαν στη ρεσεψιόν.

"Σας ευχαριστώ", είπε. "Από τον φίλο μου και εμένα. Μας δώσατε γαλήνη. Σας παρακαλούμε να μας ενημερώσετε πότε θα γίνει η κηδεία και το επισκεπτήριο. Α, και κάτι ακόμα, παρατήρησα ότι, ε, είχε εγκαύματα στο σώμα της. Τραυματίστηκαν άλλοι κάτοικοι από τη φωτιά;"

"Θεέ μου", είπε η γυναίκα. "Δεν ξέρω. Δεν έχω ακούσει τίποτα για πυρκαγιά. Δεν έχω δει το πτώμα- εννοώ τη Ρόζαλι η ίδια. Μου είπαν μόνο ότι πέθανε. Δεν ξέρω τίποτα για τις λεπτομέρειες".

"Δεν πειράζει", τη διαβεβαίωσε ο E-Z. "Δεν θα πω τίποτα. Εκτιμώ όλα όσα έχεις κάνει. Σε ευχαριστώ".

"Δεν συνέβη καμία φωτιά εδώ", είπε εκείνη. "Δεν χτύπησε κανένας συναγερμός απ' όσο ξέρω. Δεν κλήθηκε κανένα πυροσβεστικό όχημα. Εγώ... Ω, Θεέ μου".

Ο E-Z χαιρέτησε και απομακρύνθηκε από τον πάγκο. Η γυναίκα εξακολουθούσε να παραμιλάει στον εαυτό της. Σκέφτηκε ότι ήταν καλύτερα να φύγει από εκεί.

Ο οδηγός βοήθησε τον E-Z να μπει στο πίσω κάθισμα δίπλα στην περιμένοντα Lia, και στη συνέχεια τακτοποίησε το αναπηρικό του αμαξίδιο στο πορτμπαγκάζ του οχήματος.

"Σου πήρε αιώνες", παραπονέθηκε η Λία. "Τι είναι αυτό;"

Προσπάθησε να αρπάξει το βιβλίο, αλλά ο E-Z το κρατούσε. Παρατήρησε ότι η χρέωση στο ταξίμετρο ήταν ήδη περισσότερα χρήματα από όσα είχε μαζί του.

"Δεν μπορούσε να γίνει αλλιώς. Έριξα κρυφά μια ματιά στη Ρόζαλι. Και άρπαξα αυτό. Είναι το βιβλίο για το οποίο μας μίλησε. Θα το ελέγξουμε όταν γυρίσουμε σπίτι". Ψιθύρισε: "Έχεις καθόλου λεφτά;"

Μεταξύ των δύο τους, δεν είχαν αρκετά για να καλύψουν το αντίτιμο του ταξί.

"Θα πρέπει να ζητήσεις από τη μαμά σου ή τον θείο Σαμ να μας βοηθήσουν", είπε, καθώς ο οδηγός σταμάτησε στο σπίτι.

Ο οδηγός βοήθησε τον E-Z να ξανακαθίσει στην καρέκλα του, ενώ η Λία έτρεξε μέσα. Βγήκε με αρκετά χρήματα για να καλύψει το αντίτιμο και ο οδηγός απομακρύνθηκε.

"Ο Σαμ μου έδωσε τα χρήματα".

"Ρώτησε για ποιο λόγο;"

"Όχι, αλλά περιμένω ότι θα ρωτήσει".

Μέσα, ο Σαμ και η Σαμάνθα τριγυρνούσαν στην κουζίνα. Προσπαθούσαν να ετοιμάσουν βιαστικά το πρωινό, ενώ τα δίδυμα τους έκαναν καντάδα με πεινασμένες κραυγές.

"Γιατί δεν είστε στο σχολείο;" ρώτησε η Σαμ.

"Θα σου εξηγήσω αργότερα. Μπορούμε να βοηθήσουμε;"

"Όχι, αλλά σας ευχαριστώ", είπε η Σαμάνθα. Άρχισε να ταΐζει τον Τζακ.

Η Σαμ έγνεψε και άρχισε να ταΐζει την Τζιλ.

Ο E-Z και η Λία μπήκαν στο δωμάτιό του και έκλεισαν την πόρτα. Ο Άλφρεντ διάβαζε την εφημερίδα.

"Η Ρόζαλι είναι νεκρή", ξεστόμισε η Λία, μετά έπεσε στα γόνατα και έκλαιγε με λυγμούς, ενώ ο E-Z την αγκάλιασε και ο Άλφρεντ έσπευσε στο πλευρό της. Οι Τρεις αγκαλιάστηκαν μαζί και έκλαιγαν μέχρι που δεν τους έμειναν άλλα δάκρυα.

"Τι είναι αυτό που έχεις εκεί;" ρώτησε ο Άλφρεντ.

"Πήρα το βιβλίο".

Η Λία το σήκωσε, μετά στάθηκε και το κράτησε στο στήθος της σαν να αγκάλιαζε τη φίλη της, αντί γι' αυτό τα είδε όλα. Η Ρόζαλι στο Λευκό Δωμάτιο. Τις Ερινύες στο Λευκό Δωμάτιο μαζί της. Τα βιβλία να καίγονται. Τα ράφια έπεφταν. Φωτιά παντού.

Η Λία έπεσε στα γόνατα.

"Ήταν τόσο γενναία. Τόσο πολύ γενναία".

"Είδες τη φωτιά;" Ο E-Z ρώτησε. "Τι συνέβη;"

"Ήξερες για τη φωτιά;"

Εκείνος έγνεψε.

"Γιατί δεν μου το είπες;" Ήξερε ήδη την απάντηση στην ερώτηση. Την προστάτευε από την αλήθεια. "Όταν άγγιξα το βιβλίο, τα είδα όλα. Η Ρόζαλι ήταν στο Λευκό Δωμάτιο. Και οι Ερινύες ήταν εκεί μαζί της. Ήθελαν να τους πει για εμάς και τα άλλα παιδιά. Τη βασάνισαν, αλλά εκείνη δεν ενέδωσε".

"Γιατί δεν μας τηλεφώνησε;"

"Προσπάθησε. Δεν ήξερα ότι ήταν ζήτημα ζωής ή θανάτου. Έφυγε, οπότε νόμιζα ότι όλα ήταν καλά".

"Δεν φταις εσύ", είπε ο E-Z.

"Πέθανε μόνη της, κάτω από τις βιβλιοθήκες, με τα βιβλία να καίγονται γύρω της. Δεν της άξιζε να πεθάνει έτσι. Σε κανέναν δεν αξίζει να πεθάνει έτσι". Εκείνη έκλαιγε με λυγμούς μέσα στα χέρια της.

"Καημένη Ρόζαλι", είπε. "Θα μπορούσε να με είχε καλέσει. Το είχε ξανακάνει. Γιατί δεν με κάλεσε;"

"Επειδή θα σε έβαζε σε κίνδυνο. Πέθανε προστατεύοντάς μας".

"Δηλαδή, οι Ερινύες προσπάθησαν να της αποσπάσουν τα ονόματά μας και τα ονόματα των άλλων παιδιών και εκείνη θυσιάστηκε για να μας σώσει; Για να κρατήσει το μυστικό μας. Τι καταπληκτική γυναίκα που ήταν η Ρόζαλι. Δεν θα την ξεχάσουμε ποτέ - ποτέ", είπε ο Άλφρεντ καθώς πάλευε με τα δάκρυα. "Της αξίζει ένα μετάλλιο. Ένα μετάλλιο τιμής".

"Μισό λεπτό, μήπως την εμπόδισαν να μας τηλεφωνήσει;" Είπε ο E-Z.

"Μου έστειλε ένα SOS, αλλά το έχει ξανακάνει αυτό. Μια φορά το έκανε όταν τους τελείωσε το τσάι στο ίδρυμα και ήθελε να ξεσπάσει γι' αυτό. Δεν ήξερα ότι αυτό το SOS σήμαινε ότι η ζωή της βρισκόταν σε κίνδυνο".

"Δεν μπορούσες να το ξέρεις. Κανείς μας δεν μπορούσε. Δεν μπορούμε να κατηγορήσουμε τους εαυτούς μας". Και οι τρεις ήταν σιωπηλοί. "Περιμένετε ένα λεπτό, ας ρίξουμε μια ματιά στο βιβλίο".

"Είναι όλα όσα μας είπε ότι θα ήταν. Ένας πλήρης κατάλογος, με λεπτομέρειες για όλα τα παιδιά που είναι σαν εμάς. Ευτυχώς που δεν το πήραν στα χέρια τους οι Ερινύες!"

"Έι, περίμενε ένα λεπτό!" Είπε ο E-Z. "Και μόνο η ιδέα ότι τη βασάνισαν, για να μάθουν πληροφορίες για εμάς και τους άλλους - σημαίνει ότι οι Furies ξέρουν ότι όλοι μας υπάρχουμε. Αυτό σημαίνει ότι αυτά τα παιδιά είναι εκεί έξω, ολομόναχα και δεν ξέρουν καν τι τους περιμένει!

"Πρέπει να τους βρούμε πρώτα. Γιατί είναι θέμα χρόνου να μάθουν -όπως κι αν έμαθαν για εμάς, αυτοί- πού βρίσκονται".

"Κι αν αυτό όμως είναι παγίδα, για να οδηγήσουμε εμείς τις Ερινύες κατευθείαν σ' αυτούς;" ρώτησε ο Άλφρεντ.

"Δεν νομίζω ότι ξέρουν πού να μας βρουν, αλλιώς θα ήταν εδώ, έτσι δεν είναι;" ρώτησε ο E-Z. "Θέλω να πω, είχαν το στοιχείο του αιφνιδιασμού. Με το να σκοτώσουν τη Ρόζαλι, έδειξαν τα χαρτιά τους. Μας έδωσαν να καταλάβουμε ότι ξέρουν κάτι... μάλλον για να μπουν στο μυαλό μας, επειδή εμείς είμαστε υπεύθυνοι." "Και τα άλλα παιδιά;" ρώτησε η Λία. "Πώς θα φτάσουμε σ' αυτά, χωρίς να δώσουμε τα χέρια μας;"

"Χατζ; Ρέικι;" Ο E-Z φώναξε. "Αν με ακούτε, χρειαζόμαστε τη συμβολή και τη βοήθειά σας".

POP.

POP.

"Ξέρεις για τη Ρόζαλι;" ρώτησε.

"Ναι, ξέρουμε, και είναι μια θλιβερή, θλιβερή ιστορία να πούμε", είπε η Χαντζ, σκουπίζοντας τα δάκρυα με τα φτερά της. "Βασανίστηκαν εδώ στο Λευκό Δωμάτιο. Και αν αυτό δεν ήταν αρκετά κακό - το κατέστρεψαν ολοσχερώς και τα πάντα μέσα σε αυτό. Όλα αυτά τα όμορφα, φτερωτά βιβλία - χάθηκαν. Η Ρόζαλι - εξαφανίστηκε. Έφυγαν." Δεν μπορούσε να μιλήσει άλλο εξαιτίας των λυγμών.

"Έλα, έλα", είπε η Ρέικι. "Και δεν είναι μόνο αυτό. Δεν ξέρουμε τι συνέβη στην ψυχή της Ρόζαλι".

"Περιμένετε, το σώμα της είναι στο κρεβάτι στο δωμάτιό της, στην άλλη άκρη της πόλης, στον οίκο ευγηρίας. Ίσως η ψυχή της να είναι εκεί μαζί της;" ρώτησε ο E-Z.

Η Ρέικι είπε: "Έχετε τίποτα σφραγισμένο, κλειστό, από τον αέρα, από τα πάντα; Αν ναι, παρακαλώ πηγαίνετε να το φέρετε αμέσως - μετά θα πάμε να δούμε αν η ψυχή της Ρόζαλι είναι μαζί της. Θα την πείσουμε να μπει στο δοχείο -προσωρινά- μέχρι να βρούμε πού είναι ο Ψυχοσυλλέκτης της. Ελπίζω πολύ να μην την έχουν πάρει αυτές οι Φούριες".

Ο E-Z βγήκε βιαστικά στην κουζίνα, όπου ο Σαμ και η Σαμάνθα ήταν απασχολημένες με το τάισμα των διδύμων. "Έχουμε ακόμα εκείνο το μεγάλο θερμός;"

"Ναι, είναι στο ντουλάπι πάνω από το ψυγείο", είπε ο Σαμ και μετά γούρλωσε τον γιο του.

"Ευχαριστώ", είπε ο E-Z, καθώς πήρε το δρόμο για το δωμάτιό του. "Θα σου κάνει αυτό;"

Χρειάστηκαν και οι δύο για να μεταφέρουν το δοχείο.

"Περιμένετε!" Φώναξε ο Άλφρεντ, πάνω στην ώρα για να τους προλάβει πριν πεταχτούν έξω ο Χαντζ και ο Ρέικι. "Μήπως μπορώ να βοηθήσω; Έχω θεραπευτικές δυνάμεις. Πάρτε με μαζί σας. Αφήστε με να δοκιμάσω. Σε παρακαλώ."

POP

POP

FIZZLE

Και οι τρεις τους εξαφανίστηκαν, προσγειωμένοι στο δωμάτιο της Ρόζαλι.

"Νάτη", είπε ο Άλφρεντ, πηδώντας πάνω στο κρεβάτι, προσέχοντας να μην την πατήσει με τα πόδια του. Χρησιμοποιώντας το ράμφος του, σήκωσε το σεντόνι, ενώ ο Χατζ και η Ρέικι αιωρούνταν κοντά.

"Τι πρόκειται να κάνει;" ρώτησε η Ρέικι.

"Σσσσ", είπε ο Χαντζ.

Ο Άλφρεντ τοποθέτησε το ράμφος του στο μέτωπο της Ρόζαλι και άγγιξε την καρδιά της με ένα από τα φτερά του. Τίποτα δεν συνέβη.

"Αφήστε με να δοκιμάσω κάτι άλλο", είπε ο κύκνος. Αυτή τη φορά, αιωρήθηκε πάνω από το σώμα της Ρόζαλι, με το μέτωπό του πιεσμένο πάνω στο δικό της. Και πάλι τίποτα.

"Έκανες ό,τι καλύτερο μπορούσες", είπε ο Χαντζ, "τώρα πρέπει να εξασφαλίσουμε την ψυχή της. Βγες έξω, βγες έξω όπου κι αν βρίσκεσαι".

Και κάπως έτσι, η ψυχή της Ρόζαλι παρασύρθηκε προς το μέρος τους.

"Θα είσαι ασφαλής εδώ μέσα", είπε η Ρέικι, καθώς η ψυχή μεταφέρθηκε μέσα στο δοχείο και στη συνέχεια το καπάκι έκλεισε καλά.

POP.

POP.

FIZZLE.

"Μπόρεσες να τη βοηθήσεις;" ρώτησε η Λία, αλλά ήξερε ήδη την απάντηση από το βλέμμα στα μάτια του Άλφρεντ. Τον αγκάλιασε: "Είμαι σίγουρη ότι προσπάθησες να κάνεις ό,τι καλύτερο μπορούσες".

"Πραγματικά το έκανε", είπε ο Χαντζ.

"Η ψυχή της όμως είναι ασφαλής, εδώ... κανείς δεν πρέπει να την ανοίξει. Πρέπει να παραμείνει ασφαλής μέχρι ο Ψυχοπαγιδευτής να είναι έτοιμος να την πάρει".

"Ίσως θα έπρεπε να την κρατήσετε μαζί σας;" είπε ο Άλφρεντ. "Και ευχαριστώ που με άφησες να δοκιμάσω."

Στο δωμάτιο του E-Z, οι Τρεις κατέστρωσαν ένα σχέδιο για να φέρουν τα άλλα παιδιά κοντά. Αποφασίστηκε ότι ο E-Z θα ταξίδευε στην Αυστραλία, για τον Lachie - γνωστό και ως Το Αγόρι στο Κουτί. Ο Άλφρεντ θα πετούσε για την Ιαπωνία, όπου θα μάζευε τον Χαρούτο, το αγόρι που είχε εγκαταλειφθεί στο δάσος. Τέλος, αλλά όχι λιγότερο σημαντικό, η Lia θα ταξίδευε στις ΗΠΑ για να μαζέψει την Brandy, το κορίτσι που μπορούσε να επιστρέψει ξανά στη ζωή.

Οι αποστολές τους ήταν ξεκάθαρες - το τι θα έκαναν όταν έφταναν εκεί δεν ήταν. Οι Άλλοι ήταν διαφορετικών ηλικιών, διαφορετικών πολιτισμών, διαφορετικών γλωσσών. Κάποιοι θα απαιτούσαν την άδεια των γονιών τους και κάποιοι άλλοι όχι.

"Αναρωτιέμαι τι τους είπε η Ρόζαλι για εμάς;" ρώτησε η Λία.

"Μπορούμε να τους ρωτήσουμε, όταν τους δούμε", πρότεινε ο Άλφρεντ.

"Εν τω μεταξύ, έχουμε να ετοιμάσουμε βαλίτσες και να κάνουμε σχέδια. Εγώ θα πάω εκεί με την καρέκλα μου, αλλά εσείς οι δύο έχετε επιλογές. Αποφασίστε τι σας βολεύει καλύτερα και βάλτε το σχέδιό σας σε εφαρμογή. Σας εμπιστεύομαι ότι θα πάρετε τη σωστή απόφαση και ο χρόνος κυλάει".

"Χαίρομαι που το είπες αυτό", είπε η Λία, "γιατί δεν είμαι σίγουρη αν θέλω να πάω εκεί με αεροπλάνο. Σκέφτομαι ότι η Μικρή Ντόριτ ίσως είναι η καλύτερη επιλογή, αλλά δεν είμαι σίγουρη αν θα είναι ενθουσιασμένη. Θα πετάξει με έναν επιβάτη και θα επιστρέψει με δύο".

"Ούτε εγώ είμαι σίγουρος", είπε ο Άλφρεντ. "Θα μπορούσα να πετάξω εκεί, με δική μου πρωτοβουλία - αλλά, καθώς ο Χαρούτο είναι αρκετά μικρός - θα πρέπει να τον συνοδεύσω στο αεροπλάνο - εκτός αν έρθουν μαζί και οι γονείς του. Επιπλέον, πρέπει να ανησυχώ για τις κακές καιρικές συνθήκες - και είναι πολύ μακριά".

"Όπως είπα, εσείς οι δύο αποφασίστε τι σας βολεύει καλύτερα. Άλφρεντ, αν αποφασίσετε να πετάξετε με αεροπλάνο - ζητήστε από τον θείο Σαμ να ρυθμίσει τις λεπτομέρειες για εσάς".

Οι Τρεις ετοιμάστηκαν να φέρουν όλα τα παιδιά μαζί. Μετά θα σχεδίαζαν - για να νικήσουν αυτές τις κακές Ερινύες. Ακόμα κι αν ήταν το τελευταίο σχέδιο που έκαναν ποτέ.

ΚΕΦΑΛΑΙΟ 1
ΑΥΣΤΡΑΛΙΑ

Ο Ε-Ζ ήταν ο πρώτος της ομάδας που έφυγε από τη Βόρεια Αμερική. Πετώντας στον ουρανό με το αναπηρικό του αμαξίδιο, απολάμβανε την ελευθερία που του επέτρεπε ο ελεύθερος αέρας.

Η ιδέα και μόνο να βάλει το αναπηρικό του αμαξίδιο στην αποθήκη του αεροπλάνου τον τρόμαζε. Τι θα γινόταν αν χανόταν; Ή να καταστραφεί; Δεν ήταν ένα ρίσκο που άξιζε να πάρει. Θα εγκατέλειπε ο Μπάτμαν το αμάξι του; Ποτέ.

Αν και, ήταν αρκετά σίγουρος ότι θα έπρεπε να πάρει αεροπλάνο για να επιστρέψει με τον Λάκι. Δεν θα ήταν σωστό να βάλει το παιδί να πετάξει μόνο του. Ίσως να έκαναν μια εξαίρεση γι' αυτόν και να τον άφηναν να πετάξει με το αναπηρικό του καροτσάκι; Θα άξιζε τον κόπο να ρωτήσει. Θα περνούσε αυτή τη γέφυρα όταν θα έφτανε εκεί. Εξάλλου, δεν ήθελε ούτε να σκεφτεί το φαγητό των αερογραμμών. Δόξα τω Θεώ που είχε τώρα μαζί του ένα συσκευασμένο μεσημεριανό γεύμα.

Έπαιξε ντότζεμ με τα σύννεφα - και μία ή δύο φορές πέρασε κατευθείαν από μέσα τους. Αλλά έπρεπε να συγκεντρωθεί. Εξάλλου, η Αυστραλία βρισκόταν στην άλλη άκρη του κόσμου.

Οι σημειώσεις της Ρόζαλι για το αγόρι στο κουτί δεν ήταν τόσο χρήσιμες όσο ήλπιζε ότι θα ήταν. Είχε διαβάσει για την ιστορία του στο διαδίκτυο. Αυτό που του είχε ξεχωρίσει περισσότερο, ήταν ότι το αγόρι προτιμούσε πλέον τα ζώα από τους ανθρώπους. Ήταν λογικό, μετά από όλα όσα είχε περάσει.

Το καημένο το παιδί ήταν τόσο χάλια όταν τον βρήκαν, που είχε ξεχάσει να μιλάει. Ο E-Z ήξερε ότι υπήρχε σκληρότητα στον κόσμο, αλλά αυτό ήταν ανείπωτο.

Ο E-Z είχε πολλές ερωτήσεις στις οποίες ήλπιζε να βρει απαντήσεις, όπως πού ήταν οι γονείς του Lachie; Ποιος τάιζε και καθάριζε το κλουβί του; Ποιος τον έβαλε εκεί μέσα; Γιατί;

Το άρθρο έλεγε ότι έστειλαν δημοσιογράφους για να βγάλουν φωτογραφίες του αγοριού, για να δουν πώς τα πήγαινε, αλλά τα ζώα δεν τους άφηναν να πλησιάσουν. Ακόμα και όταν προσπάθησαν να χρησιμοποιήσουν τηλεφακό. Οι καρακάξες τους επιτέθηκαν και τους βομβάρδισαν. Παρακολούθησε μερικά αποσπάσματα από επιθέσεις καρακάξας - ήταν σαν κάτι από την ταινία του Χίτσκοκ Τα πουλιά.

Τελικά μια από τις καρακάξες πέταξε μακριά με το φακό του δημοσιογράφου. Μετά από αυτό, άφησαν το αγόρι ήσυχο.

Ο E-Z ήλπιζε ότι θα μπορούσε να κερδίσει την εμπιστοσύνη του αγοριού. Και ότι και οι ζωικοί του φίλοι θα τον εμπιστεύονταν. Αν όχι, το ταξίδι του θα ήταν άσκοπο. Λοιπόν, όχι πραγματικά άσκοπο αν συναντούσε και μιλούσε με το αγόρι. Θα ήθελε να βοηθήσει τους άλλους, μετά τον τρόπο που του φέρθηκαν; Μόνο ο χρόνος θα το έδειχνε.

Πετούσε πάνω από τον Ατλαντικό Ωκεανό. Είχε ξαναπετάξει αυτή τη διαδρομή και εκεί είχε συναντήσει τον Άλφρεντ για πρώτη φορά. Το τηλέφωνό του στην τσέπη του δονήθηκε - έριξε μια ματιά και υπήρχε ένα μήνυμα από τη Λία.

"Ήθελα απλώς να σε ενημερώσω ότι ταξιδεύω με τη Μικρή Ντόριτ".

"Αποφάσισες να μην πετάξεις - με αεροπλάνο - τελικά;"

"Η Μικρή Ντόριτ εμφανίστηκε και είναι στο πρόγραμμά μου".

"Ακούγεται σαν σχέδιο." Έστειλε ένα emoji με τον αντίχειρα προς τα πάνω.

"Πού είσαι;" ρώτησε.

"Ακριβώς πάνω από τον Ατλαντικό. Νερό, νερό και πάλι νερό".

Αποσυνδέθηκαν και εκείνος ανέβασε τον ρυθμό, διασχίζοντας την Αφρική, όπου εντόπισε το νησί

Ρόμπεν - τη φυλακή στην οποία κρατούσαν τον Νέλσον Μαντέλα για σχεδόν τριάντα χρόνια.

Το στομάχι του γουργούρισε- δεν του άρεσε το σάντουιτς στο σακίδιό του. Έτσι, κατέβηκε στο Κέιπ Τάουν και ήλπιζε ότι θα μπορούσε να χρησιμοποιήσει την τραπεζική του κάρτα για να βρει κάτι να φάει. Εντόπισε μια πινακίδα για ένα μαγαζί που πουλούσε "Παραδοσιακά ψάρια και πατατάκια" με βρετανική σημαία και δέχονταν τραπεζικές κάρτες. Μετέφερε το έτοιμο γεύμα του και πέταξε μέχρι την κορυφή του Lion's Head. Αφού ολοκλήρωσε την κατανάλωση του γεύματός του, το οποίο ήταν πεντανόστιμο, έβγαλε μια selfie και στη συνέχεια συνέχισε το ταξίδι του.

"Ξυπνήστε με σε δύο ώρες", είπε στην αναπηρική του καρέκλα, η οποία δονήθηκε και στη συνέχεια επιταχύνθηκε. Όταν ξύπνησε ξανά, διέσχιζε τον Ινδικό Ωκεανό. Ο τεράστιος πληθυσμός των αστεριών γύρω του τον έκανε να νιώθει κάπως λιγότερο μόνος. Συνέχισε το ταξίδι του, νιώθοντας θριαμβευτής που είχε σχεδόν φτάσει, όταν είδε τον ήλιο στον ορίζοντα να ανεβαίνει στον ουρανό και να εγκαινιάζει τη νέα μέρα.

Τότε ήταν ακριβώς μπροστά του - το σημείο που εντόπισε την ακτή της Αυστραλίας. Ενθουσιασμένος που ήθελε να τη δει με τα μάτια του, ανέπτυξε ταχύτητα και έσπρωξε προς τα εκεί. Συνειδητοποιώντας ότι διψούσε πολύ, έβαλε το χέρι του στο σακίδιό του και έβγαλε ένα μπουκάλι νερό, το οποίο άδειασε. Έβαλε το άδειο μπουκάλι πίσω στην τσάντα του για να το πετάξει αργότερα, και παρόλο που ήταν ακόμα αρκετά γεμάτος από τα ψάρια και τις πατάτες που είχε φάει νωρίτερα. Αποφάσισε να προχωρήσει και να φάει το σάντουιτς με ζαμπόν και τυρί που είχε ετοιμάσει ο θείος Σαμ.

Πετούσε πάνω από τη Δυτική Αυστραλία, νιώθοντας πλέον τη ζέστη έβγαλε το φούτερ του και το έβαλε στο σακίδιό του. Συνέχισε στην Outback στο Βόρειο Εδάφος αναρωτιόταν πού ακριβώς θα έπρεπε να προσγειωθεί, όταν ένα μικροσκοπικό πουλί με φτερά σε αποχρώσεις του μπλε τονισμένα με ένα μαύρο δαχτυλίδι γύρω από το λαιμό του πέταξε προς το μέρος του.

"Ακολούθησέ με, E-Z", του είπε. "Σε παρακολουθούσα".

"Ε, τι είσαι εσύ;" ρώτησε.

"Είμαι μια νεράιδα", είπε εκείνη. "Έλα, σε περιμένει."

Μια ομάδα όρνεων τους συνόδευσε.

"Μην ανησυχείς", είπε η νεραϊδοπούλα. "Είναι οι συνοδοί μας."

Παρατήρησε τη μοναδική μορφή με την οποία κινούνταν οι λευκές ρίγες των μαυροσφυριχτών όρνεων. Είχε ακούσει για την ποίηση εν κινήσει, τώρα ήξερε ακριβώς τι σήμαινε αυτή η φράση.

Τότε εντόπισε το αγόρι. Ήταν από κάτω τους και τους χαιρετούσε. Ο E-Z του χαιρέτησε. Εκτός από το γεγονός ότι καθόταν στην πλάτη ενός εξαιρετικά μεγάλου πουλιού, έμοιαζε με οποιοδήποτε άλλο παιδί.

"Καλώς ήρθες στην Αυστραλία", είπε. "Σύντομα θα σκοτεινιάσει, γι' αυτό ακολουθήστε με. Α, και παρεμπιπτόντως, μπορείς να με φωνάζεις Λάτσι".

"Χάρηκα για τη γνωριμία, Λάτσι! Ανυπομονώ να δω περισσότερα από την υπέροχη χώρα σας. Μακάρι να μπορούσα να μείνω περισσότερο".

"Αυτά είναι τα δάση της Σαβάνας", είπε το αγόρι. "Ανέπνευσε βαθιά και θα παρατηρήσεις το άρωμα του ευκαλύπτου".

"Ναι, μυρίζει υπέροχα", είπε ο E-Z.

Συνέχισαν να ταξιδεύουν, μέσα από την πέτρινη χώρα, πάνω από τις πλημμύρες και τα billabongs. Τελικά, έφτασαν στον προορισμό τους στο The Outliers.

"Εδώ μένω", είπε το αγόρι. "Το Εθνικό Πάρκο Kakadu είναι το μεγαλύτερο χερσαίο εθνικό πάρκο της Αυστραλίας με πάνω από 20.000 τετραγωνικά χιλιόμετρα γης. Ζω εδώ μαζί με τα φυτά και τα ζώα". Η νεραϊδοκουρούνα προσγειώθηκε στο κεφάλι του. "Ω, πάλι κουράστηκες", είπε το αγόρι χαμογελώντας. Στη συνέχεια, προς τον E-Z, " Χρειάζεται συχνά να την ανεβάσουμε".

Όταν έφτασαν σε μια περιοχή που έμοιαζε με κατασκήνωση, το αγόρι είπε: "Καλώς ήρθατε στο σπίτι μου".

"Ευχαριστώ", είπε ο E-Z. "Θα μπορούσα σίγουρα να κάνω ένα ντους ή ένα μπάνιο και πρέπει να κατουρήσω".

"Έσκαψα μια τουαλέτα, εκεί πίσω από το δέντρο. Θα είσαι αρκετά ασφαλής. Μετά θα σου δείξω πού είναι ο καταρράκτης, για να μπορέσεις να πλυθείς".

"Καταρράκτης, ε; Υπάρχουν κροκόδειλοι εκεί μέσα;"

"Υπάρχουν κροκόδειλοι... αλλά έχουν συνηθίσει να χρησιμοποιώ τον καταρράκτη. Θα έρθω μαζί σου για την πρώτη φορά, αν θέλεις."

"Όχι, έχω φτερά και το ίδιο και η καρέκλα μου. Θα πετάξουμε μακριά αν ακούσουμε δυνατούς παφλασμούς!"

"Ωραία", είπε ο μικρότερος. "Απλά αιωρείστε μέσα στο νερό που πέφτει -μην προσγειωθείτε- και θα είστε μια χαρά. Στο μεταξύ θα μαζέψω λίγο φαγητό για το δείπνο. Αν χρειαστείτε βοήθεια, φωνάξτε και θα έρθω τρέχοντας".

Καθώς πλησίαζε στον καταρράκτη, παρατήρησε πινακίδες - και μάλιστα πολλές από αυτές που έγραφαν ΚΙΝΔΥΝΟΣ και ΠΡΟΕΙΔΟΠΟΙΗΣΗ. Μία έλεγε ότι υπήρχαν κροκόδειλοι αλμυρού και γλυκού νερού. Μπλιαχ.

"Πάνω, στην κορυφή!" κατεύθυνε την καρέκλα του. Μπήκε κατευθείαν στο νερό, μπρούμυτα και κάθισε εκεί απολαμβάνοντας το νερό που έπεφτε πάνω του και γύρω του. Ήταν κρύο, στην αρχή, αλλά όταν το συνήθισε, ένιωθε μια χαρά.

Καθώς κοίταζε γύρω του, σκέφτηκε το εμού στο οποίο τον συνάντησε το αγόρι. Του φαινόταν παράξενο που ένα πουλί του μεγέθους του - με αυτά τα τεράστια φτερά δεν μπορούσε να πετάξει. Διάβασε στο διαδίκτυο για πουλιά που δεν μπορούσαν να πετάξουν. Έμεινε έκπληκτος όταν είδε στη λίστα ακτινίδια, μαζί με εμού, στρουθοκάμηλους, πιγκουίνους, κασουάρια και ρέες. Διάβασε στο διαδίκτυο ότι το DNA των ρατιτών είχε αλλάξει και τώρα δεν μπορούν να πετάξουν. Ένιωσε λίγο ένοχος, που αυτός, ένα αγόρι μπορούσε να πετάξει, ενώ αυτά τα όμορφα πουλιά δεν μπορούσαν.

Όταν ήταν καθαρός και φορούσε καινούργια ρούχα, πήρε το δρόμο για το αγόρι, το οποίο ετοίμαζε επιμελώς το γεύμα τους.

"Αυτό είναι ένα δαμάσκηνο."

Ο E-Z πήρε μια μπουκιά. Η γεύση του ήταν καταπληκτική.

"Αυτό είναι ένα κόκκινο μήλο από θάμνο, και αυτά είναι μαύρες σταφίδες".

Ο E-Z έφαγε τα πάντα και τα λάτρεψε.

"Αυτό ήταν το επιδόρπιό μας, πρέπει να ετοιμάσω το κυρίως πιάτο". Το αγόρι έσκαβε και έσκαβε, και στη συνέχεια βρήκε μια κατσαρόλα που ήταν πολύ καυτή για να τη χειριστεί. Όταν αφαίρεσε το καπάκι με ένα ξύλο, η μυρωδιά από ό,τι είχε μαγειρέψει έκανε το στόμα του E-Z να τρέχει.

"Αυτά είναι μύδια", είπε το αγόρι, βάζοντας μερικά πάνω σε ένα φύλλο.

"Είναι πολύ νόστιμα. Δεν έχω ξαναδοκιμάσει μύδια".

Ο ήλιος έπεφτε από τον ουρανό. "Ώρα για ύπνο", είπε το αγόρι.

"Ευχαριστώ και πάλι που με κάνατε να νιώσω τόσο ευπρόσδεκτος". Ο E-Z χασμουρήθηκε. Μέχρι τότε δεν είχε συνειδητοποιήσει πόση ώρα ήταν ξύπνιος.

"Θα κοιμηθείς εκεί πάνω", του έδειξε προς τα πάνω, σε ένα δέντρο στο οποίο υπήρχε ένα δεντρόσπιτο και μια σκάλα από σχοινί που οδηγούσε προς τα κάτω. "Μπορείς να πετάξεις πάνω, να βάλεις φρένο για να μην κουνιέσαι στον ύπνο σου. Το δωμάτιό μου είναι εκεί πέρα", έδειξε ένα άλλο δέντρο με ένα σχοινί που οδηγούσε προς τα κάτω και ένα δεντρόσπιτο στην κορυφή.

"Κοιμήσου τώρα", είπε ο Λάτσι. "Θα τα βρούμε όλα το πρωί.

ΚΕΦΑΛΑΙΟ 2

ΙΑΠΩΝΙΑ

Ο Άλφρεντ θα μπορούσε να έχει πεταχτεί από την E-Z στο δρόμο για την Αυστραλία. Αντ' αυτού, αποφάσισε να πετάξει με τον παραδοσιακό ανθρώπινο τρόπο - με αεροπλάνο.

Χρειάστηκαν κάποιες διαπραγματεύσεις από την πλευρά του Σαμ, για να πείσει τις αεροπορικές εταιρείες να δώσουν στον τρομπετοφόρο κύκνο μια θέση. Πόσο μάλλον μια θέση στην πρώτη θέση. Ο Σαμ χρησιμοποίησε τις διασυνδέσεις του στη δουλειά, για να βοηθήσει τον Άλφρεντ να ταξιδέψει με στυλ.

Στην καμπίνα φορώντας ακουστικά και το τυχερό του παπιγιόν, ο Άλφρεντ ένιωσε σαν στο σπίτι του. Ήταν χαλαρός και ο αεροσυνοδός ήταν προσεκτικός. Παρόλα αυτά, δεν μπορούσε να περιμένει να φτάσει στην Ιαπωνία. Και να γνωρίσει το αγόρι που λεγόταν Χαρούτο.

Ο Άλφρεντ είχε το σακίδιό του τοποθετημένο κοντά και μέσα είχε μερικά σνακ. Θα περίμενε μέχρι να πεινάσει πραγματικά πριν χωνέψει τις σακούλες με το άγριο ρύζι και το άγριο σέλινο. Μαζί με το φαγητό, είχε μια εφεδρική μπαταρία για το τηλέφωνό του και την πιστωτική κάρτα του Σαμ με μια επιστολή συγκατάθεσης για να τη χρησιμοποιήσει.

Ενώ κοίταζε έξω από το παράθυρο καθώς τα σύννεφα περνούσαν, σκεφτόταν τον Χαρούτο. Σύμφωνα με τις σημειώσεις της Ρόζαλι, ήταν πολύ μικρότερος από τα άλλα παιδιά. Και δεν είχε ιδέα ποιες ήταν οι δυνάμεις του - αν υποθέσουμε ότι είχε δυνάμεις.

Το σχέδιο του Άλφρεντ ήταν να τα εξηγήσει όλα πρώτα στους γονείς του Χαρούτο και να τους πείσει, ελπίζοντας ότι θα τους πείσει. Στη συνέχεια, να προχωρήσει σε περισσότερες λεπτομέρειες σχετικά με το πώς ο Χαρούτο θα μπορούσε να βοηθήσει, μόλις επιβεβαίωνε τον τομέα της ειδικότητάς του, δηλαδή τι δυνάμεις είχε.

Το δύσκολο μέρος θα ήταν να τους πείσει να αφήσουν τον νεαρό γιο τους να ταξιδέψει στο εξωτερικό. Η πληρωμή δεν αποτελούσε πρόβλημα - ο Σαμ είπε ότι θα έπρεπε να χρησιμοποιήσει την πιστωτική του κάρτα γι' αυτό. Αλλά το να τους πείσει να συμφωνήσουν να αφήσουν έναν κύκνο να μεταφέρει το παιδί τους στη Βόρεια Αμερική, τώρα αυτό θα χρειαζόταν αρκετή πειθώ.

Έγειρε προς τα πίσω στο κάθισμα και αυτό έγειρε.

"Θα θέλατε κάτι;" ρώτησε η όμορφη αεροσυνοδός.

Ήταν καλό που οι άνθρωποι μπορούσαν να τον καταλάβουν τώρα. Έκανε τη ζωή του πολύ πιο εύκολη, αφού δεν χρειαζόταν μεταφραστής.

"Ένα φλιτζάνι τσάι θα ήταν ό,τι πρέπει", είπε ο Άλφρεντ. "Σε ένα μπολ", πρόσθεσε. "Είναι δύσκολο να βάλω αυτό το ράμφος σε ένα φλιτζάνι τσαγιού".

Ο συνοδός χαμογέλασε. Λίγο αργότερα επέστρεψε με ένα μπολ, ένα φακελάκι τσάι, ζάχαρη, γάλα και ένα άλλο μπολ με πιο δροσερό νερό. "Σε περίπτωση που το τσάι είναι πολύ ζεστό", είπε.

"Πράγματι πολύ ευγενικό", είπε ο Άλφρεντ.

Άφησε το τσάι να κρυώσει και συνέχισε να κοιτάζει έξω από το παράθυρο. Ήταν τόσο ωραίο να μπορεί να κάθεται αναπαυτικά και να απολαμβάνει τη θέα. Χωρίς να χρειάζεται να ανησυχείς για μεγάλες ριπές ανέμου, ή για χιόνι, ή για βροχή, ή για αρπακτικά.

Τελικά, ήπιε το τσάι του με λίγο γάλα και ζάχαρη, και στη συνέχεια κοιμήθηκε.

Ξύπνησε από μια ανακοίνωση ότι οι αεροσυνοδοί προετοίμαζαν τους επιβάτες για προσγείωση. Είχε κοιμηθεί καθ' όλη τη διάρκεια της πτήσης!

Από το παράθυρο είχε πλήρη θέα του αεροδρομίου Χανέντα. Γύρω του έβλεπε πάρα πολύ φρέσκο γρασίδι για να φάει. Θα δοκίμαζε λίγο και θα φύλαγε το ρύζι και το σέλινο για αργότερα.

Πιο μακριά, διακρινόταν το περίγραμμα του ψηλότερου βουνού της Ιαπωνίας - του βουνού Φούτζι. Ο Σαμ είχε δίκιο, το να κάθεται στην αριστερή πλευρά του αεροπλάνου ήταν η καλύτερη θέση για να δει αυτό που ήταν γνωστό ως η καρδιά της Ιαπωνίας.

"Ξέρετε ότι υπάρχει ένα κατάστρωμα παρατήρησης, στον πέμπτο όροφο; Μπορεί να έχετε καλύτερη θέα του όρους Φούτζι από εκεί", είπε ο αεροσυνοδός στον Άλφρεντ.

"Μακάρι να είχα περισσότερο χρόνο, αλλά σας ευχαριστώ. Ίσως στο δρόμο της επιστροφής".

Οι αεροσυνοδοί του επέτρεψαν να βγει πρώτος από το αεροπλάνο. Έκαναν ουρά για να τον αποχαιρετήσουν, σαν να ήταν ροκ σταρ.

Καθώς ο Άλφρεντ είχε μόνο τη χειραποσκευή του και οι κύκνοι δεν πληρούν τις προϋποθέσεις για διαβατήριο, βγήκε από το αεροδρόμιο για να βρει ένα ταξί.

Πριν από το ταξίδι είχε ψάξει στο διαδίκτυο για να βρει πώς να νοικιάσει ταξί στην Ιαπωνία. Οι πληροφορίες έλεγαν ότι έπρεπε να αναζητήσει ένα κόκκινο αυτοκόλλητο στην κάτω δεξιά γωνία των παρμπρίζ των ταξί. Αυτό το κόκκινο αυτοκόλλητο επιβεβαίωνε ότι το ταξί ήταν διαθέσιμο για ενοικίαση.

Όταν βρήκε ένα ταξί με το αυτοκόλλητο, ήταν πολύ χαρούμενος. Πέταξε στο ανοιχτό παράθυρο και έδωσε στον οδηγό ένα σημείωμα χρησιμοποιώντας το ράμφος του. Το σημείωμα έδειχνε πού έπρεπε να πάει. Ο οδηγός ήταν ευγενικός και δεν τον πείραξε να μεταφέρει έναν επιβάτη κύκνο. Πάτησε ένα κουμπί στο τιμόνι του, το οποίο άνοιξε την πίσω πόρτα για να μπει ο Άλφρεντ. Ο οδηγός έκλεισε την πόρτα και ξεκίνησαν.

Ο Χαρούτο και η οικογένειά του ζούσαν στη δεύτερη μεγαλύτερη πόλη της Ιαπωνίας, τη Γιοκοχάμα. Παρόλο που προσπάθησε να δει τα αξιοθέατα, συμπεριλαμβανομένου του ορίζοντα, το μόνο που σκεφτόταν ήταν πώς θα έπειθε τον Χαρούτο και την οικογένειά του να συμμετάσχουν στον αγώνα τους εναντίον των Furies.

Το τηλέφωνο στο σακίδιό του δονήθηκε. Ήταν ένα μήνυμα από τον E-Z.

"Με τον Λάτσι τώρα. Πώς τα πας στην Ιαπωνία;"

Πληκτρολόγησε με το ράμφος του, ένα κόλπο που είχε μάθει μόνος του καθώς ταξίδευε μόνος του στην Ιαπωνία. Ήταν γρήγορος και δεν έκανε πολλά λάθη.

"Κοντεύω να φτάσω στη Γιοκοχάμα τώρα με ταξί. Ελπίζω να φτάσουμε σύντομα στο σπίτι του Χαρούτο".

Ο E-Z του έστειλε ένα emoji με τον αντίχειρα προς τα πάνω.

Ο γιος του Άλφρεντ λάτρευε να φτιάχνει ρομπότ Gundam. Στη Γιοκοχάμα, κατασκευαζόταν ένα γιγαντιαίο ρομπότ. Όταν θα ολοκληρωνόταν, θα είχε ύψος 59 πόδια, ανακάλυψε καθώς διάβαζε γι' αυτό στο διαδίκτυο. Ο γιος του θα ήθελε πολύ να επισκεφθεί την Ιαπωνία για να το δει. Από τότε που πέθαναν, ο Άλφρεντ προσπαθούσε να μην τους σκέφτεται γιατί τον στεναχωρούσε. Σήμερα όμως, εδώ στην Ιαπωνία, αποφάσισε να δει ό,τι μπορούσε, σαν η οικογένειά του να ήταν εκεί μαζί του στο πλευρό του. Η ζωή ήταν πολύ σύντομη, ακόμα και ως κύκνος, για να είναι συνέχεια θλιμμένος.

Ο οδηγός σταμάτησε έξω από ένα Garden House με σκαλοπάτια με λουλούδια και στις δύο πλευρές των κιγκλιδωμάτων. Ο οδηγός άνοιξε την πόρτα του και ο Άλφρεντ βγήκε έξω. Ανέβηκε μερικές σκάλες, σταμάτησε και τσιμπολόγησε χορτάρι που υπήρχε άφθονο εκατέρωθεν της σκάλας. Ο αέρας ήταν δροσερός και μυρωδάτος και ο ιδιωτικός κήπος στην πρόσοψη του σπιτιού ήταν πανέμορφος. Κοντεύοντας να φτάσει στην κορυφή, παρατήρησε ότι ο μπροστινός χώρος που περιέβαλλε το σπίτι ήταν πολύ φιλόξενος, με μια κουκουβάγια με νερό στα αριστερά κοντά στην είσοδο. Ωστόσο, το ίδιο το σπίτι είχε όλα τα ρολά κατεβασμένα σαν να μην ήταν κανείς στο σπίτι. Σίγουρα ήλπιζε ότι κάποιος θα ήταν εκεί για να τον υποδεχτεί. Ήθελε να φάει ένα σνακ και να ξεκουραστεί λίγο.

Χτύπησε την πόρτα με το ράμφος του. Μια φωνή ακούστηκε από ένα κουτί κοντά στη μέση της πόρτας, το οποίο δεν μπορούσε να φτάσει χωρίς να πετάξει - πράγμα που έκανε.

"Το όνομά μου είναι Άλφρεντ", είπε.

Η πόρτα άνοιξε και μια ηλικιωμένη γυναίκα του έκανε νόημα να μπει μέσα. Την ακολούθησε, αναρωτώμενος αν κάποιος από την ομάδα είχε επικοινωνήσει με την οικογένεια για να κάνει συστάσεις πριν από την άφιξή του.

Συνέχισε να την ακολουθεί, καθώς ο ήχος των δικτυωτών ποδιών του που χτυπούσαν στα ξύλινα πατώματα ήταν ο μόνος ήχος που ακούστηκε. Το εσωτερικό του σπιτιού ήταν γεμάτο ξύλο - και μυρωδάτες ορχιδέες γέμιζαν τον αέρα. Η ηλικιωμένη γυναίκα τον οδήγησε στο σαλόνι, το οποίο ήταν γεμάτο με έπιπλα, κυρίως δερμάτινα. Οι περσίδες στο πίσω μέρος του σπιτιού ήταν ανοιχτές - απολάμβανε τη θέα του βελούδινου πρασίνου στον πίσω κήπο. Έδειξε προς μια καρέκλα και εκείνος κινήθηκε για να καθίσει σε αυτήν.

Μόλις είχε βολευτεί, όταν η γυναίκα επέστρεψε στο δωμάτιο με έναν δίσκο γεμάτο με αχνιστό ζεστό τσάι και μερικά κέικ. Ήταν σχεδόν σαν να τον περίμενε - είτε αυτό είτε ότι οι βραστήρες έκαναν πολύ λιγότερο χρόνο για να βράσουν στην Ιαπωνία.

Πίσω της βρισκόταν ένα μικρό αγόρι, το οποίο κρατιόταν από το πόδι της και κρυβόταν πίσω του. Το αγόρι είχε την κατάλληλη ηλικία για να είναι ο Χαρούτο, αλλά έχοντας διαβάσει ότι δεν πρέπει να αποκαλεί κανείς έναν Ιάπωνα με το μικρό του όνομα χωρίς να του έχει δοθεί η άδεια. Κάθε τόσο το αγόρι έριχνε μια ματιά στον Άλφρεντ και μετά κρυβόταν ξανά. Έμοιαζε να είναι τεσσάρων ή πέντε ετών το πολύ και φορούσε ένα μπλουζάκι του Optimus Prime, κοντό παντελόνι και παντόφλες στα πόδια.

"Σου αρέσει ο Όπτιμους Πράιμ;" ρώτησε ο Άλφρεντ.

Το αγόρι χαμογέλασε και μετά επέστρεψε στην κρυψώνα του.

Η γυναίκα τον έδιωξε, για να μπορέσει να σερβίρει το τσάι.

Ο Άλφρεντ είχε ρυθμίσει έναν μεταφραστή στο τηλέφωνό του. Διάβασε τις λέξεις "γεια" στην οθόνη του και είπε: "Kon'nichiwa". Ζήτησε συγγνώμη για την κακή προφορά του.

"Είναι Βρετανός", είπε το αγόρι, και όταν το έκανε, η ηλικιωμένη γυναίκα γρύλισε.

Ο Άλφρεντ αιφνιδιάστηκε από το πόσο καλά μιλούσε αγγλικά αυτό το νεαρό αγόρι. "Α, μιλάς αγγλικά. Και ναι, είμαι. Είσαι έξυπνος που πρόσεξες την προφορά μου".

Το αγόρι κοίταξε τη γυναίκα πριν μιλήσει αυτή τη φορά. Εκείνη έγνεψε.

"Ο πατέρας και η μητέρα είναι στη δουλειά", είπε. "Αυτή είναι η Σόμπο μου" (που σε μετάφραση σημαίνει γιαγιά) "και το όνομά μου είναι Χαρούτο".

"Γεια σας", είπε η γυναίκα, επίσης στα αγγλικά. "Θα πρέπει να επιστρέψεις, αργότερα".

"Το όνομά μου είναι Άλφρεντ. Μπορώ να σε φωνάζω Χαρούτο;" Το αγόρι έγνεψε, και μετά προς τη γυναίκα: "Πώς να σε φωνάζω;".

"Σόμπο", είπε η γυναίκα, "όλοι με φωνάζουν Σόμπο, αφού είμαι η γιαγιά του Χαρούτο είμαι η γιαγιά όλων. Είναι χαρούμενος που με μοιράζεται".

Ο Άλφρεντ έγνεψε: "Χαίρομαι πολύ που σας γνωρίζω και τους δύο".

"Σε έστειλε η Ρόζαλι;" ρώτησε το αγόρι.

"Θυμάσαι τη Ρόζαλι;" Ο Άλφρεντ ρώτησε. Ήταν σούπερ χαρούμενος που είχαν αυτή τη σύνδεση - αν και αν ήξερε εκ των προτέρων ότι ο Χαρούτο μπορούσε να μιλάει αγγλικά, ίσως να τον είχε γλιτώσει από κάποιο άγχος. Παρ' όλα αυτά, αποφάσισε να ακολουθήσει τη συμβουλή της γυναίκας και σηκώθηκε για να φύγει.

"Ο πατέρας μου εργάζεται εδώ κοντά", είπε ο Χαρούτο.

"Πρέπει να βρω κάπου να μείνω. Μπορείτε να μου προτείνετε ένα μέρος εδώ κοντά;"

Η γιαγιά του Χαρούτο έδωσε στον Άλφρεντ μια διεύθυνση με οδηγίες για το πώς να φτάσει εκεί περπατώντας.

"Θα τηλεφωνήσω στον φίλο μας που διαχειρίζεται το ξενοδοχείο. Θα σας βοηθήσει να τακτοποιηθείτε και μπορείτε να συναντήσετε τον γιο μου αργότερα στο καφέ".

"Σας ευχαριστώ", είπε ο Άλφρεντ.

Ο περίπατος μέχρι το ξενοδοχείο ήταν σύντομος και απόλαυσε τον καθαρό αέρα. Δοκίμασε μάλιστα λίγο ιαπωνικό χόρτο που είχε αρκετά καλή γεύση και πήρε και μερικές γουλιές από σιντριβάνια.

Το δωμάτιο ήταν μικρό, αλλά είχε ό,τι χρειαζόταν, και ήταν εξαιρετικά καθαρό και καλά εξοπλισμένο. Στο κομοδίνο του υπήρχε μια λάμπα, με τη βάση της σε σχήμα κουκουβάγιας. Την άναβε και την έσβηνε, παρατηρώντας πώς φωτίζονταν τα μάτια της. Έκανε ένα ντους, άλλαξε παπιγιόν και μετά πήρε το δρόμο για το καφέ όπου θα συναντούσε τον πατέρα του Χαρούτο.

Το τηλέφωνό του χτύπησε- ήταν πάλι ένα μήνυμα από τον E-Z.

"Πώς είναι η Ιαπωνία;"

"Ωραία", απάντησε χρησιμοποιώντας το ράμφος του για να πληκτρολογήσει. "Γνώρισα τον Χαρούτο και τη γιαγιά του. Μιλούν αγγλικά. Είναι πολύ ντροπαλός, αλλά γνώρισε τη Ρόζαλι. Ήταν αξιοσημείωτα μικρός - ίσως τέσσερα ή πέντε ετών. Ίσως είναι δύσκολο να πείσουμε την οικογένειά του να τον αφήσει να έρθει στη Βόρεια Αμερική".

"Η Ροζαλί ήξερε ότι είχε δυνάμεις - αλλά ναι, είναι μικρότερος απ' ό,τι νόμιζα", είπε ο E-Z. "Είναι καλό που μιλούν αγγλικά. Πού βρίσκεσαι τώρα;"

"Πάω σε μια καφετέρια για να συναντήσω τον πατέρα του Χαρούτο. Παρεμπιπτόντως, δεν νομίζω ότι η Ρόζαλι είχε χρόνο να ενημερώσει ή να συμπληρώσει τις σημειώσεις της για τον Χαρούτο. Αναφερόταν σ' αυτόν ως μωρό".

"Δεν είμαι σίγουρη πόσο πρέπει να ανησυχούμε σε αυτό το στάδιο, αλλά διάβαζα στο διαδίκτυο - έλεγε ότι οι Ερινύες μπορούν να πάρουν οποιαδήποτε μορφή. Απλά μοιράζομαι τις πληροφορίες. Καθώς δεν μπορούμε να τις αναγνωρίσουμε, αν μάθουν για εμάς, θα πρέπει να είμαστε προσεκτικοί".

Ο Άλφρεντ έστειλε ένα emoji με τον αντίχειρα προς τα πάνω.

"Πρέπει να φύγω τώρα", είπε ο E-Z.

ΚΕΦΑΛΑΙΟ 3

ΚΑΚΆ ΌΝΕΙΡΑ

Ο E-Z κοιμόταν και ήταν ξύπνιος. Δηλαδή, μπορούσε να δει το ταβάνι πάνω από το κρεβάτι του, να νιώσει το στρώμα να στηρίζει την πλάτη του. Κι όμως, στο κεφάλι του τρεις μπανίσες ούρλιαζαν:

"Πες μας πού είσαι!"

"Πες μας!"

"Πες μας ΤΩΡΑ!"

"Όχι!" ούρλιαξε.

Τότε πάνω από το κεφάλι του στο ταβάνι υπήρχε ένας καθρέφτης. Αλλά το πρόσωπο μέσα σε αυτόν, που αντανακλούσε πάνω του, δεν ήταν ο ίδιος. Αντίθετα, ήταν ο θείος του ο Σαμ. Και στην αντανάκλαση ο θείος του Σαμ ούρλιαζε και σπαρταρούσε από τον πόνο.

"Ο θείος Σαμ είναι στη φωλιά μας!", φώναξε η πρώτη μάγισσα.

"Και δεν θα ξαναβγεί ποτέ!", φώναξαν οι άλλες δύο μαζί.

Τότε οι τρεις τους ξέσπασαν σε ένα είδος γέλιου, όπως δεν είχε ξανακούσει ποτέ. Οι ήχοι έμοιαζαν με ύαινες, ήταν λαρυγγικοί, ζωώδεις.

"Μίλα!" απαίτησαν οι κακές μάγισσες και σκούντηξαν και έσπρωξαν τον θείο Σαμ σαν να ήταν μια πλάκα κρέας που ετοιμάζεται πριν από το ψήσιμο.

"E-Z", είπε ο θείος Σαμ, με τη φωνή του να τρέμει σαν να ήταν το σώμα του στην αντανάκλασή του. "Ό,τι κι αν θέλουν, μην τους το δώσεις. Ό,τι κι αν μου κάνουν, μην ενδώσετε".

"Αν του κάνεις κακό", είπε ο E-Z, "θα, θα...".

"Πες μας πού είσαι, πού είναι όλοι τους, και θα τον αφήσουμε να φύγει", τραγούδησαν μαζί με μια φωνή που δεν θα φαινόταν παράταιρη στον Άδη.

"Το μόνο που χρειαζόμαστε είναι ένα στοιχείο ή δύο", είπε ο δεύτερος.

"Ενημέρωσέ μας για το ποιος είναι ποιος", είπε ο πρώτος.

"Αλλιώς θα ξεφορτωθούμε τον ξέρεις ποιον", είπε ο τρίτος.

Μετά γέλασαν. Οι φωνές τους στο κεφάλι του, τον έκαναν να πονάει τόσο πολύ. Αλλά ονειρευόταν μόνο. Έπρεπε να ξυπνήσει - ΤΩΡΑ.

"Ahhhhhhhhhhhhhhhhhhhhhhhhhhhhhhhh!"   Ο θείος Σαμ φώναξε.

Κι άλλα γέλια.

Ο E-Z ξύπνησε και γρήγορα συνειδητοποίησε ότι βρισκόταν στην Αυστραλία με τον Lachie και όχι στο σπίτι του στο δικό του κρεβάτι. Έλεγξε το τηλέφωνό του, αλλά είχε μόνο μία μπάρα. Θα συνέχιζε να το ελέγχει, μέχρι να έχει αρκετές μπάρες για να καλέσει τον θείο Σαμ. Για να βεβαιωθεί ότι ήταν καλά. Ότι ήταν ένας εφιάλτης και τίποτα περισσότερο.

Κάτω από το δεντρόσπιτο, άκουγε τον Λάτσι να κινείται. Πιθανότατα έφτιαχνε πρωινό. Ήταν ωραίο να βλέπεις τη ζωή του νεαρού. Πώς είχε ξαναφτιάξει τον εαυτό του μετά από όλα όσα είχε περάσει. Οι άνθρωποι ήταν αξιοθαύμαστοι.

Ό,τι κι αν μαγείρευε ο Λάτσι μύριζε ωραία, και η πρώτη του διάθεση ήταν να πετάξει εκεί κάτω και να του πει για τον εφιάλτη του. Αλλά κάτι στο πίσω μέρος του μυαλού του του έλεγε να το κρατήσει για τον εαυτό του - προς το παρόν. Εξάλλου, οι Ερινύες δεν ήταν δυνατόν να γνωρίζουν πού ζούσε. Πού ζούσαν όλοι τους. Έλεγξε ξανά τις μπάρες στο τηλέφωνό του - αυτή τη φορά ούτε μία μπάρα. Το έβαλε στην τσέπη του και πέταξε κάτω.

"Κοιμήθηκες καλά;" ρώτησε ο Λάτσι, ρίχνοντας υγρό από μια κατσαρόλα που βρισκόταν πάνω από τη φωτιά σε ένα μπολ.

Ο E-Z το δέχτηκε. "Είδα ένα περίεργο όνειρο, αλλά κατά τα άλλα, ναι. Είναι ωραία εκεί πάνω. Ευχαριστώ για την φιλοξενία".

"Μην ανησυχείς. Υπάρχουν πολλά πνεύματα εδώ έξω. Και άγνωστοι ήχοι για σένα. Αν θέλεις να μιλήσουμε για το όνειρο, μπορείς να είσαι ελεύθερος", είπε ο Λάτσι.

"Ίσως αργότερα".

"Εντάξει, προχώρα και σκάψε. Ελπίζω να σου αρέσουν τα μανιτάρια".

"Τα λατρεύω", είπε ο E-Z καθώς έβαλε στο στόμα του μια μεγάλη ποσότητα από την καυτή αχνιστή σούπα. "Είναι πολύ καλή".

"Ω, μισό λεπτό, ξέχασα το νταμάρι - αυτό είναι ψωμί". Άνοιξε κάποιο αλουμινόχαρτο που βρισκόταν στο κέντρο της φωτιάς και το έσκισε στα τέσσερα, δίνοντας στον E-Z το πρώτο μέρος.

"Αυτό είναι το καλύτερο ψωμί που έχω δοκιμάσει ποτέ! Πώς έμαθες να μαγειρεύεις έτσι;"

"Κάποιοι ντόπιοι με έμαθαν. Χαίρομαι που σου αρέσει".

Κάθισαν ήσυχα, καθώς ο ήλιος τους χαμογελούσε από ψηλά στον ουρανό. Ο E-Z προσπάθησε να μη σκέφτεται τον εφιάλτη του. Έβγαλε το τηλέφωνο από την τσέπη του και έλεγξε ξανά τις μπάρες. Ίσα ίσα που ήταν μία. Του άρεσε η τεχνολογία - όταν δούλευε.

"Τώρα που η κοιλιά σου είναι γεμάτη, ας μιλήσουμε για το γιατί είσαι εδώ", είπε ο Λάτσι. "Πάνω απ' όλα, για το πώς μπορώ να σας βοηθήσω".

Ο E-Z δεν μίλησε, αντίθετα κοίταξε ξανά το τηλέφωνό του με αισιόδοξη καρδιά. Ο Λάτσι δεν φάνηκε να ενοχλείται από αυτό, καθώς έκοβε άλλο ένα κομμάτι από το ντάμπερ. Τελικά, μάζεψε τον εαυτό του και εστίασε την προσοχή του στο θέμα που τον απασχολούσε.

"Συγγνώμη, οι σκέψεις μου ήταν ένα εκατομμύριο μίλια μακριά".

"Δεν υπάρχει πρόβλημα. Θέλεις κι άλλο ντάμπερ;"

"Όχι, είμαι εντάξει. Λοιπόν, θα ήθελα να μάθω πρώτα απ' όλα τι σου είπε η Ρόζαλι για τους τρεις μας. Εννοώ, τον Άλφρεντ, τη Λία και εμένα".

"Ναι, μου είπε τα πάντα για τους τρεις σας. Ήταν σαν να ήταν εδώ μαζί μου και να μου έλεγε ένα παραμύθι. Όσα περισσότερα έλεγε, τόσο περισσότερο ήθελα να σας γνωρίσω, να σας βοηθήσω".

"Χαίρομαι που ακούω ότι θέλεις να βοηθήσεις. Επιτρέψτε μου όμως να σας ενημερώσω πρώτα για τις λεπτομέρειες πριν δεσμευτείτε. Δεν πρόκειται να είναι εύκολος ο δρόμος μπροστά μας για κανέναν από εμάς".

"Δεν φοβάμαι τις προκλήσεις", είπε ο Λάτσι. "Τι σου είπε η Ρόζαλι για μένα;"

"Για να είμαι ειλικρινής, δεν μου είπε πολλά, αλλά διάβασα για σένα στο διαδίκτυο. Έμαθες ποτέ τι συνέβη στους γονείς σου;"

"Όχι, και δεν θέλω να μάθω. Είμαι ευτυχισμένη εδώ, αυτάρκης. Δεν χρειάζομαι κανέναν".

"Όλοι χρειάζονται φίλους", είπε ο E-Z.

"Ίσως."

"Σου είπε η Ρόζαλι για τις Ερινύες;"

"Όχι, αλλά είπε ότι θα με καλέσεις μια μέρα, όταν θα χρειαστείς τη βοήθειά μου για να πολεμήσεις το κακό. Και ανέφερε τους Furies - για τους οποίους είχα ήδη ακούσει".

"Αλήθεια; Τι άκουσες;" ρώτησε ο E-Z.

"Οι ιθαγενείς, από τους οποίους μαθαίνω κάτι καινούργιο κάθε φορά που είμαι μαζί τους, ξέρουν τα πάντα για τις Φούριες. Έχουν βάλει στο στόχαστρο τους αυθεντικούς, προσπαθώντας να τους τιμωρήσουν και διώχνοντάς τους από τα εδάφη τους".

"Ο Λάτσι σηκώθηκε, έριξε λίγο νερό στη φωτιά και βεβαιώθηκε ότι είχε σβήσει πλήρως.

"Εγώ πάντως πιστεύω ότι το κακό πρέπει να υπάρχει για να επιβιώσει το καλό - αλλά πρέπει να υπάρχει κάποιου είδους κώδικας - και αυτοί δεν ακολουθούν κώδικα. Ό,τι κάνουν είναι για τη δική τους αυτοσυντήρηση και αυτός δεν είναι τρόπος να ζεις".

"Αυτά είναι σοφά λόγια, για ένα παιδί στην ηλικία σου", είπε ο E-Z. Αφού τα είπε, ένιωσε λίγο αμήχανα, σαν να προσπαθούσε υπερβολικά να είναι σοφός όντας ο μεγαλύτερος από τους δύο. "Νομίζω ότι είσαι μάλλον επτά ή οκτώ χρονών, έχω δίκιο;"

"Έτσι νομίζω, αλλά όσον αφορά την πραγματική μου ηλικία δεν είμαι σίγουρος. Όταν με βρήκαν, δεν βρήκαν κανένα έγγραφο που να το αποδεικνύει. Υποθέτω ότι όταν αρχίσει να αλλάζει η φωνή μου, θα έχω μια καλύτερη ιδέα". Γέλασε.

"Στο μεταξύ, μπορείς να διαλέξεις εσύ την ηλικία σου", πρότεινε ο E-Z.

"Όπως διάλεξα και το όνομά μου", είπε ο Λάτσι. "Τέλος πάντων, ό,τι κι αν με χρειαστείς, είμαι μέσα".

"Αυτό που συμβαίνει με τους Furies, είναι ότι χρησιμοποιούν το διαδίκτυο. Ξέρεις για το ίντερνετ, ναι;"

"Ξέρω. Έχουν wi-fi στη βιβλιοθήκη. Μου αρέσει να διαβάζω. Η μυθολογία είναι πολύ ωραία. Και η επιστημονική φαντασία επίσης".

"Οι Furies χρησιμοποιούν online παιχνίδια πολλαπλών παικτών για να παγιδεύσουν τα παιδιά. Τα περισσότερα παιδιά παίζουν παιχνίδια, συμπεριλαμβανομένου και εμού", είπε ο E-Z.

"Τα παιχνίδια σπαταλούν χρόνο", είπε ο Λάτσι. "Αυτό μου έμαθαν οι δάσκαλοι των ιθαγενών. Η ζωή είναι πολύ σύντομη για να τη σπαταλάμε με άσκοπους περισπασμούς".

"Όλοι όμως αγαπούν τα παιχνίδια", είπε ο E-Z. "Θα μπορούσα να σας δώσω παγκόσμιους αριθμούς, αλλά το κυριότερο είναι ότι οι Furies εκμεταλλεύονται αυτό το φαινόμενο. Είναι σαν κάθε παιδί που παίζει, να τους έχει δώσει πρόσβαση στην καρδιά και το μυαλό τους".

"Πώς έτσι;"

"Για να ανέβεις επίπεδο μέσα στο παιχνίδι, πρέπει να ολοκληρώσεις μια λίστα με εργασίες. Είναι ο μόνος τρόπος για να προχωρήσεις στο παιχνίδι. Αν δεν έκανες αυτό που σου ζητούσαν, δεν θα είχε νόημα να παίζεις το παιχνίδι. Και όμως, αυτό που σας ζητείται να κάνετε πολλές φορές είναι παράνομο στην πραγματική ζωή".

"Ενάντια στο νόμο! Σαν τι;" Ρώτησε ο Λάτσι.

"Όπως το να σκοτώνεις".

Ο Λάτσι κούνησε το κεφάλι του.

"Είναι ένα παιχνίδι, οπότε κάνεις ό,τι χρειάζεται για να περάσεις στο επόμενο επίπεδο".

"Εντάξει, νομίζω ότι το καταλαβαίνω. Η εντολή των Ερινύων ήταν να τιμωρούν όσους διέπρατταν εγκλήματα και έμεναν ατιμώρητοι. Διαστρεβλώνουν αυτή την εντολή, για να βλάψουν παιδιά που παίζουν ένα φανταστικό παιχνίδι".

"Σωστά, Λάτσι. Ακριβώς. Και όταν τα παιδιά πεθαίνουν, κλέβουν τις ψυχές τους".

"Για ποιο λόγο;"

"Έχεις ακούσει ποτέ για τους Ψυχοπαγιδευτές;"

"Όχι", είπε ο Λάτσι.

"Όταν πεθαίνεις, η ψυχή σου έχει έναν τόπο αιώνιας ανάπαυσης. Ονομάζεται Ψυχοπαγίδα. Αλλά αυτά τα παιδιά δεν είναι γραφτό να πεθάνουν όταν τα πάρουν οι Φούριες, οπότε δεν υπάρχει Ψυχοπαγίδα που να τα περιμένει".

"Πώς τα ξέρεις όλα αυτά;" Ρώτησε ο Λάτσι.

"Οι αρχάγγελοι όχι μόνο μου το είπαν, αλλά μου το έδειξαν. Έχω βρεθεί μέσα στον Ψυχοπαγιδευτή μου μερικές φορές. Με κάλεσαν εκεί. Δεν ήξερα καν πώς λέγεται μέχρι που προέκυψαν όλα αυτά. Δεν είναι κάτι που υποτίθεται ότι πρέπει να απασχολεί τους ανθρώπους. Οι περισσότεροι πιστεύουν ότι πάμε στον παράδεισο ή στην κόλαση".

"Αν ο δικός σου ψυχοπομπός ήταν έτοιμος, κι εσύ είσαι μόνο ένα παιδί, γιατί δεν είναι έτοιμοι οι δικοί τους;"

"Καλή ερώτηση. Μία που δεν είχα σκεφτεί πριν. Μάλλον υπέθεσα ότι αποτελούσα ειδική περίσταση", είπε ο E-Z. "Ξέρω όμως ότι οι αρχάγγελοι τα έκαναν θάλασσα. Κάτι για το οποίο δεν θέλουν να μιλήσουν. Ίσως γι' αυτό χρειάζονται τη βοήθειά μας, για να διορθώσουν αυτό το πράγμα".

"Πώς το κάνουν όμως; Αυτό είναι που δεν καταλαβαίνω".

"Έχουν παραποιήσει τους κανόνες, ελπίζοντας να πάρουν τον έλεγχο όλων των Ψυχοπαγίδων. Όταν πεθαίνουμε, οι ψυχές μας υποτίθεται ότι μπαίνουν σε μία που μας περιμένει όταν πεθάνουμε. Δεν προβλέπεται να μπορούν να μεταφερθούν. Αν τις ελέγχουν όλες, τότε κάθε ψυχή δεν θα έχει πού να πάει. Αυτό θα σπρώξει τη μετά θάνατον ζωή στο χάος. Οπότε, τώρα που τα άκουσες όλα - είσαι ακόμα μέσα;"

"Ναι, σίγουρα. Εξάλλου, δεν υπάρχει τίποτα καλύτερο να κάνω εδώ έξω. Θα είναι μια ενδιαφέρουσα περιπέτεια".

"Για να είμαι εκατό τοις εκατό ειλικρινής", είπε ο E-Z, "δεν θα είναι εύκολο. Και θα ρισκάρεις τη ζωή σου μαζί με τους υπόλοιπους από εμάς. Αλλά θα έχουμε ο ένας τα νώτα του άλλου.

"Θα νικήσουμε!"

"Το ελπίζω, αλλά πρώτα πρέπει να σκεφτούμε πώς θα φτάσουμε εκεί. Ο θείος Σαμ μας έχει κρατήσει κάποια αεροπορικά εισιτήρια. Αυτό που πρέπει να κάνουμε είναι να τα παραλάβουμε από το πλησιέστερο διεθνές αεροδρόμιο. Τα έχει κρατήσει".

"Δεν χρειάζεται!" Είπε ο Λάτσι. "Έχω το δικό μου μεταφορικό μέσο". Έβαλε τα δύο δάχτυλά του στο στόμα του και σφύριξε.

Για λίγα λεπτά δεν συνέβη τίποτα.

ρώτησε ο Ε-Ζ.

Ο Λάτσι στάθηκε πολύ ακίνητος καθώς τα δέντρα μετατοπίζονταν και κινούνταν ψιθυριστά.

Στη συνέχεια ο Ε-Ζ άκουσε φτερά να χτυπούν. Από τον ήχο του, ό,τι κι αν ερχόταν είχε γιγαντιαία φτερά.

Τότε το πλάσμα έσπασε μέσα από τις φυλλωσιές των δέντρων. Δεν θα ήταν αταίριαστο σε καμία από τις ταινίες του Χάρι Πότερ.

"Είναι δράκος;" ρώτησε ο Ε-Ζ.

"Είναι ένας Αουσίεντρακο", είπε ο Λάτσι. "Γνωστός και ως πτερόσαυρος, οπότε είναι ντόπιος". Στον δράκο είπε, "Καλημέρα, φίλε", και έφυγε για να τον χαιρετήσει. Το τεράστιο φολιδωτό πλάσμα χαμήλωσε το κεφάλι του. Ο Λάτσι τον χάιδεψε και μετά πήδηξε στην πλάτη του.

"Έλα Ε-Ζ τι περιμένεις;"

"Ε, έχω το δικό μου μεταφορικό μέσο".

Ο Λάτσι έριξε πίσω το κεφάλι του και γέλασε.

"ΧΑΡ-ΧΑΡ-Ρ-Ρ-Ρ-Ρ!"

το πλάσμα συμμετείχε.

"Το όνομά του είναι Baby", είπε ο Lachie. "Ανέβα, γιατί ο Μπέιμπι θέλει να σε πάει βόλτα, και ό,τι θέλει ο Μπέιμπι, το παίρνει ο Μπέιμπι".

"Μα η καρέκλα μου!"

Ο Μπέιμπι άπλωσε τον μακρύ του λαιμό, σήκωσε τον E-Z. Χωρίς καρέκλα τον πέταξε στην πλάτη του. Ο E-Z άρπαξε τον Λάτσι καθώς ο Μπέιμπι πήδηξε στον αέρα.

"Πρόσεχε τα δέντρα!" φώναξε ο E-Z.

Ο Lachie και ο Baby γέλασαν.

Πέταξαν, πάνω από μίλια και μίλια κόκκινης άμμου.

Σύντομα ο E-Z ένιωσε να μην φοβάται.

Πετούσαν πάνω από διάφορους βραχώδεις σχηματισμούς, ένας από τους οποίους έμοιαζε με τον Χόμερ Σίμσον ξαπλωμένο. Στη συνέχεια, είδαν το Ουλούρου, τον τεράστιο κόκκινο μονόλιθο.

Πέρασαν ολόκληρη τη μέρα, πετώντας πάνω από την Αυστραλία, απολαμβάνοντας τα αξιοθέατα.

"Καλύτερα να γυρίσουμε πίσω", είπε ο Λάτσι. "Χρειαζόμαστε έναν καλό ύπνο πριν ξεκινήσουμε για τη Βόρεια Αμερική και συναντήσουμε την υπόλοιπη ομάδα".

"Ακούγεται σαν σχέδιο", είπε ο E-Z, απολαμβάνοντας πλέον όλο και περισσότερο τη βόλτα και ευχόμενος να μην τελείωνε ποτέ. Δεν θα έπεφτε, είχε φτερά αν τα χρειαζόταν - αλλά ήξερε ένα πράγμα σίγουρα, το να πετάς με το Μπέιμπι ήταν η ζωή.

Απλώς αναρωτιόταν πού θα την κρατούσε όταν θα επέστρεφαν και πάλι στο σπίτι. Ο δράκος ήταν πολύ μεγάλος για να χωρέσει στο γκαράζ. Αυτό το πρόβλημα θα το διαχειριζόταν όταν θα περνούσε αυτή τη γέφυρα. Ίσως αν γίνονταν φίλοι με τη Μικρή Ντόριτ, θα μπορούσαν να κοιμηθούν μαζί;

"Μην ανησυχείς για μένα", είπε η Μπέιμπι.

Ο E-Z έκανε μια διπλή ματιά.

"Ναι, μπορώ να διαβάσω τη σκέψη. Όχι συνέχεια και όχι όλων", είπε ο Μπέιμπι. "Θα τακτοποιήσω μόνη μου τις λεπτομέρειες του ύπνου μου. Και όσον αφορά τη Μικρή Ντόριτ, λοιπόν, οι Μονόκεροι και οι Δράκοι συνήθως δεν τα πάνε καλά - αλλά θα ήμουν πρόθυμη να το δοκιμάσω".

Η Μπέιμπι τους άφησε και πέταξε μακριά μέσα στη νύχτα.

Ο E-Z θυμήθηκε για τον θείο Σαμ, αλλά ήταν πολύ κουρασμένος για να κάνει κάτι γι' αυτό. Θα του τηλεφωνούσε το πρωί. Φυσικά, όλα θα ήταν μια χαρά.

ΚΕΦΑΛΑΙΟ 4

ΑΥΣΤΡΑΛΊΑ ΑΝΑΧΏΡΗΣΗ

Το επόμενο πρωί, ενώ ο E-Z και ο Lachie ετοιμάζονταν για το ταξίδι τους, συνομίλησαν και γνωρίστηκαν καλύτερα.

"Πρέπει να φορτίσω το τηλέφωνό μου και να καλέσω τον θείο Σαμ. Θα ήθελα να κάνω μια στάση για να τα κάνω και τα δύο πριν φύγουμε από την Αυστραλία".

"Κανένα πρόβλημα, καθώς θα ήθελα να πάρω και εγώ μερικές προμήθειες. Μπορούμε να τα κάνουμε όλα ταυτόχρονα. Εγώ θα ψωνίσω, εσύ μπορείς να φορτίσεις το τηλέφωνό σου και να τηλεφωνήσεις στον θείο σου. Υπάρχει κάτι που πρέπει να ξέρω;"

"Απλώς ένα παράξενο όνειρο που είδα. Με κάνει να θέλω να τον ελέγξω για να μην ανησυχώ άσκοπα".

"Δίκαιο", είπε ο Λάτσι, καθώς τακτοποιούσε κάποια είδη μαγειρικής, ώστε να είναι ασφαλή μέχρι να επιστρέψει. "Σίγουρα θα μου λείψει αυτό το μέρος".

"Το ξέρω, και οι φίλοι σου επίσης, αλλά θα κάνεις καινούργιες γνωριμίες, και όλοι θα σε κάνουν να νιώσεις σαν στο σπίτι σου. Επιπλέον, θα επιστρέψεις πριν το καταλάβεις".

"Αυτό είναι που με ανησυχεί. Κι αν δεν θέλω να επιστρέψω; Κι αν συνηθίσω να έχω ανθρώπους γύρω μου; Να με κακομαθαίνουν με ανέσεις;" Έκανε μια παύση, καθώς δύο κarakάξες προσγειώθηκαν, μία σε κάθε έναν από τους ώμους του. Τα πουλιά του τσιμπούσαν ελαφρά τα αυτιά, σαν να του ψιθύριζαν. Ο Λάτσι χαμογέλασε και πέταξαν.

"Τι είπαν;" ρώτησε ο E-Z.

"Ε, τίποτα στην πραγματικότητα. Είπαν απλώς ότι με αγαπούν και ότι θα τους λείψω". Ένα κοράκι πέταξε κάτω και προσγειώθηκε στον ώμο του. "Αυτός είναι ο σύντροφός μου, ο Έρολ".

"Χάρηκα για τη γνωριμία, Έρολ", είπε ο E-Z. "Ε, πώς γίνατε φίλοι οι δυο σας;"

Ο Λάτσι γέλασε. "Περίεργο που το ρωτάς αυτό. Οι Έρολ υπάρχουν εδώ και πάρα πολύ καιρό. Στην πραγματικότητα, ο παππούς του, πολλές φορές ήταν κατοικίδιο κάποιου που θα μπορούσε να είναι μακρινός συγγενής σας. Αυτό αν είσαι συγγενής του Τσαρλς Ντίκενς;"

Ο E-Z έσκυψε προς τα μέσα, γνέφοντας. Ο Λάτσι είχε σίγουρα τώρα την πλήρη προσοχή του.

"Ο Κάρολος Ντίκενς είχε ένα κατοικίδιο κοράκι που το έλεγαν Γκριπ. Σύμφωνα με τις ιστορίες που διηγούνται στο πέρασμα των χρόνων, ο Γκριπ ήταν αυτός που ενέπνευσε τον Έντγκαρ Άλαν Πόε να γράψει το πιο διάσημο ποίημά του με τίτλο "Το κοράκι"".

"Ουάου, αυτό είναι πολύ ωραίο!" αναφώνησε ο E-Z.

"Τα πουλιά είναι σούπερ έξυπνα. Όπως και οι Γέροντες των ιθαγενών που με πήραν υπό την προστασία τους όταν πρωτοήρθα στην Outback. Μου έμαθαν πώς να διαβάζω και να γράφω, να ετοιμάζω φαγητό. Μου έμαθαν επίσης πώς να αναγνωρίζω και να αποφεύγω τη δηλητηριώδη χλωρίδα και πανίδα.

"Μαθαίνω κάτι κάθε μέρα από τα πλάσματα που συναντώ και με τα οποία μιλάω. Λένε ότι τον παλιό καιρό όλοι μπορούσαν να μιλήσουν στα ζώα -όχι μόνο εγώ- αλλά κάτι άλλαξε. Πιστεύουν ότι συνέβη στον εγκέφαλό μας, αλλά ό,τι συνέβη σε όλους τους άλλους δεν συνέβη σε μένα".

"Πώς ήξεραν ότι ήσουν διαφορετικός;"

"Λένε ότι άκουσαν για μένα, όταν γεννήθηκα και όταν έγινα το αγόρι στο κουτί. Πριν καν γεννηθώ, οι φήμες για μένα κυκλοφορούσαν ψιθυριστά σε όλο τον κόσμο. Με περίμεναν, αυτό μου έλεγαν για πολύ καιρό".

"Πόσο καιρό;" ρώτησε ο E-Z.

"Δεν θέλω να φανώ μεγαλοκέφαλος, αλλά λένε ότι ο Μότσαρτ ήξερε για μένα - είχε ένα κατοικίδιο αστέρι και ζούσε τον 17ο αιώνα. Αυτό είναι πιο πρόσφατο. Πριν από αυτόν, μπορεί να αναχθεί στον Βιργίλιο το 70 π.Χ. Το ήξερες ότι είχε μια μύγα ως κατοικίδιο;"

"Αλήθεια; Μια μύγα - κατοικίδιο;"

"Μίλησα με μια μύγα του θάμνου που είχε συγγένεια με τον Βιργίλιο - το όνομά του ήταν Leonard, ή Leo για συντομία και επιβεβαίωσε τα πάντα". Ο Λάτσι πήρε μια γλάστρα και την έκρυψε στους θάμνους, μαζί με κάποια άλλα πράγματα. "Μίλησα επίσης με τον συγγενή του παπαγάλου του Άντριου Τζάκσον. Το πουλί του Τζάκσον λεγόταν Πολ -ήταν δώρο για τη γυναίκα του- και ήταν αρσενικό, αλλά καθώς η συγγενής του ήταν γυναίκα, το όνομά της ήταν Πόλι. Είχε μια περίεργη αίσθηση του χιούμορ!"

"Έτσι ακούγεται. Χμ, ελπίζω να μπορούμε να μιλήσουμε περισσότερο, αλλά πρέπει να σε ρωτήσω για τις ειδικές σου δυνάμεις - και θα πρέπει να ξεκινήσουμε σύντομα τον δρόμο μας, αυτό είναι αν τα έχεις τακτοποιήσει όλα με ασφάλεια".

Ο Λάτσι έγνεψε: "Βεβαίως. Σχεδόν έτοιμος. Απλώς πρέπει να εξασφαλίσω μερικά πράγματα ακόμα. Στο μεταξύ, γιατί δεν μου λες πρώτα για τον εαυτό σου;".

"Λοιπόν, έχεις ήδη δει εμένα και την καρέκλα μου σε δράση - ναι, μπορούμε να πετάξουμε. Η καρέκλα μου έχει ιδιαίτερες δυνάμεις, εκτός από το να πετάει μπορεί επίσης να αιχμαλωτίζει εγκληματίες και έχει όρεξη για αίμα. Είμαστε ένα ζευγάρι, η καρέκλα μου κι εγώ, όπως ο Μπάτμαν και το Batmobile του".

"Ωραία!" είπε ο Λάτσι. "Αλλά είναι κάπως περίεργο αυτό με το αίμα".

"Waste not want not, δεν ξέρω ποιος το είπε αυτό, αλλά η καρέκλα μου φαίνεται να συμφωνεί. Αντί να το αφήσει να στάξει στο έδαφος, το απορροφά.

"Η πρώτη μας διάσωση ήταν ένα κοριτσάκι - το σώσαμε από το χτύπημα ενός οχήματος. Μετά σώσαμε ένα αεροπλάνο γεμάτο επιβάτες. Δεν θέλω να καυχηθώ και είμαι σίγουρος ότι καταλάβατε την ουσία. Βοηθώντας άλλους, ανακάλυψα ότι είμαι σούπερ δυνατός τώρα και το ίδιο και η καρέκλα μου. Α, και είμαστε αλεξίσφαιροι".

"Εννοείς ότι σας έχουν πυροβολήσει άνθρωποι;"

"Ναι, είχαμε μερικές καταστάσεις που αφορούσαν όπλα. Τώρα είναι η σειρά σου".

Η πιο καταπληκτική μου δύναμη είναι, όπως έχετε ήδη δει - μπορώ να μιλάω με οποιοδήποτε πλάσμα, με οποιοδήποτε. Στην πραγματικότητα, χθες, όταν νόμιζες ότι μιλούσες στη Μπέιμπι, λοιπόν, κατά κάποιον τρόπο μιλούσες, αλλά αν δεν ήμουν εδώ, θα μιλούσε ασυναρτησίες. Επικοινωνεί μαζί σου, μέσω εμού. Είμαι σαν ένα δίκτυο, ένα δίκτυο ασφαλείας. Μπορώ να το κλείσω ή να το ανοίξω ανάλογα με το τι αποφασίζω.

"Όταν ήμουν σε εκείνο το κλουβί, τα ζώα συνήθιζαν να κάθονται έξω και να φλυαρούν. Μερικές φορές νόμιζα ότι επικοινωνούσαν μαζί μου, αλλά μετά, σκέφτηκα ότι ίσως τρελαινόμουν. Μια φορά μια κατσαρίδα πέταξε μέσα από τα κάγκελα του κλουβιού μου και είπε ότι θα μπορούσε να με βοηθήσει να βγω έξω, αν το ήθελα.

"Μπλιαχ, μισώ τις κατσαρίδες. Δεν έχω ακούσει ποτέ για ιπτάμενες κατσαρίδες όμως".

"Στην πραγματικότητα είναι αρκετά έξυπνες και έχουν τρομερό ένστικτο επιβίωσης - εννοώ ότι θα φάνε τα πάντα".

"Κρίμα που δεν έφαγαν τους ανθρώπους που σε έβαλαν σε αυτό το κουτί". Ο E-Z σκέφτηκε για μια στιγμή. "Γιατί δεν τον άφησες να προσπαθήσει να σε σώσει; Εννοώ ότι δεν είχες τίποτα να χάσεις".

"Ποιο είναι το παλιό ρητό, καλύτερα ο διάβολος που ξέρεις;"

"Το καταλαβαίνω, άρα δεν φοβήθηκες τους ανθρώπους που σε κρατούσαν;"

"Δεν ήταν πραγματικά ένα κουτί - ήταν ένα κλουβί. Αλλά ακούγεται καλύτερα αν το λένε κουτί. Εξάλλου, δεν μου έκαναν ποτέ κακό. Με τάιζαν και με πότιζαν. Αντικαθιστούσαν την εφημερίδα. Και στην πραγματικότητα δεν είδα ποτέ ποιοι ήταν, αφού φορούσαν μάσκες".

"Δεν καταλαβαίνω, γιατί σε κρατούσαν εκεί εξ αρχής".

"Αυτό δεν νομίζω ότι θα το μάθω ποτέ. Και δεν έμεινα εκεί για να πάρω απαντήσεις μόλις με άφησαν να βγω".

"Πώς έγινε αυτό;"

"Μου έστησαν ένα δωμάτιο στο ίδιο σπίτι. Έστειλαν μαζί μια καλή κυρία, για να με φροντίζει. Δεν βγήκα ποτέ έξω από το σπίτι. Ήταν πολύ τρομακτικό για μένα".

"Μπόρεσες να μιλήσεις; Θέλω να πω, αν ήσουν για πάντα σε ένα κλουβί, τότε έχεις αναμνήσεις από πριν; Από τους γονείς σου;"

"Δεν μου αρέσει να μιλάω γι' αυτό. Το παρελθόν είναι παρελθόν. Δεν μπορώ να το αλλάξω. Κοιτάζω πάντα μπροστά. Αλλά δεν γεννήθηκα μέσα σε ένα κλουβί. Μερικές φορές νομίζω ότι θυμάμαι να πηγαίνω σχολείο. Αλλά μπορεί να ήταν όνειρο. Είναι δύσκολο να ξεχωρίσω τα δύο μερικές μέρες".

Ο E-Z υπενθύμισε στον εαυτό του να καλέσει τον θείο Σαμ.

"Λοιπόν, πώς κατέληξες εδώ, να ζεις με ζώα και να είσαι εκατό τοις εκατό αυτάρκης; Υποθέτω ότι δεν σου λείπουν οι άνθρωποι;"

"Δεν μπορεί να σου λείψει αυτό που δεν θυμάσαι. Όσον αφορά τα ζώα, δεν τα επέλεξα εγώ, αλλά αυτά με επέλεξαν. Ήρθαν στο σπίτι, σαν να ήξεραν ότι δεν ήμουν πια στο κλουβί και με περίμεναν να βγω. Ήξεραν ήδη ότι μπορούσα να τους μιλήσω, να τα καταλάβω - αλλά εγώ δεν ήξερα ότι μπορούσα, μέχρι που προσπάθησα. Τότε ένας ολόκληρος κόσμος άνοιξε για μένα και έπρεπε να γίνω μέρος του. Δεν ήμουν πια μόνος. Τότε ήταν που προσφέρθηκαν να με πάρουν μακριά και να με κρατήσουν ασφαλή. Τώρα είσαι ενήμερος για την ιστορία του Λάτσι".

"Είναι μια καταπληκτική ιστορία. Λοιπόν, το να μιλάς σε ζώα. Κάτι άλλο που ανακάλυψες;"

"Λοιπόν, ναι. Αλλά είναι αρκετά καινούργιο".

"Πες μου γι' αυτό."

"Καλύτερα να σου δείξω."

"Εντάξει", είπε ο E-Z.

Παρακολούθησε τον Λάτσι να σηκώνεται και να προχωράει προς έναν κοντινό ευκάλυπτο. Έμεινε ακίνητος δίπλα στο δέντρο για ένα δευτερόλεπτο, και μετά έκανε ένα βήμα μπροστά, ώστε να στέκεται μπροστά στον χοντρό καιρικά φθαρμένο κορμό του δέντρου. Μετά εξαφανίστηκε.

"Τι στο...;"

Ο Λάτσι μετακινήθηκε προς την άλλη πλευρά του δέντρου, και στη συνέχεια ξαναγύρισε πίσω στον κορμό.

"Ω, είσαι αόρατος;"

"Όχι, κοίτα πιο προσεκτικά". Απομακρύνθηκε από το δέντρο. "Συνέχισε να παρακολουθείς τα μάτια μου".

Ο E-Z το έκανε, και μπορούσε να δει τα μάτια του Λάτσι στον κορμό του δέντρου, αλλά δεν μπορούσε να δει τον Λάτσι. "Περίμενε ένα λεπτό", είπε ο E-Z. " Κατάλαβα. Είναι καμουφλάζ - είσαι χαμαιλέοντας. Ουάου!"

Ο Λάτσι γέλασε και μετά επέστρεψε στη θέση του.

"Πώς το ανακάλυψες; Είναι μια πολύ ωραία δύναμη. Μπορείς να ταιριάξεις σχεδόν παντού και κανείς δεν θα το καταλάβει!"

"Αφού έζησα με τα πλάσματα για λίγο καιρό -χωρίς να βλέπω ανθρώπους- μια μέρα πέρασε από εδώ ένα τσούρμο πεζοπόρων. Έτρεξα να σκαρφαλώσω σε ένα δέντρο και να κρυφτώ, αλλά δεν είχα αρκετό χρόνο

- έτσι απλά σταμάτησα πάνω σε έναν κορμό δέντρου και έμεινα ακίνητος. Πέρασαν δίπλα μου, σαν να μην υπήρχα. Δεν μπορούσα να το καταλάβω. Ένα πουλί προσγειώθηκε στον ώμο μου και ένα φίδι σύρθηκε στο πόδι μου. Εκείνα μπορούσαν να με δουν, αλλά οι άνθρωποι όχι. Τότε ήταν που κατάλαβα ότι ήμουν χαμαιλέοντας".

"Πώς αισθάνεσαι; Εννοώ όταν μπαίνεις σε κατάσταση καμουφλάζ;"

"Δεν αισθάνομαι κάτι διαφορετικό. Απλά συμβαίνει".

"Ωραία. Λοιπόν, θέλεις να μάθεις για την υπόλοιπη ομάδα και τι ικανότητες φέρνουν στο τραπέζι;"

Ο Λάτσι έγνεψε.

"Θα σου αρέσει η Λία. Έχει όραση. Τα μάτια της είναι στα χέρια της και μπορεί να δει το τώρα, μέσα στο μυαλό κάποιων ανθρώπων και μπορεί να δει το μέλλον, τι πρόκειται να συμβεί μερικές φορές. Αυτό το κομμάτι της δύναμής της φαίνεται να αυξάνεται. Φυσικά, υπάρχει και το θέμα της ηλικίας. Όταν πρωτογνωριστήκαμε, ήταν επτά ετών και τώρα είναι δώδεκα".

"Αυτό είναι πολύ ωραίο", είπε ο Λάτσι. "Και μαθαίνω ότι η μητέρα της και ο θείος σου ο Σαμ είναι...".

"Σε πειράζει να ξεκινήσουμε. Και μόνο που ακούω το όνομα του Σαμ, το άγχος μου μεγαλώνει πάλι".

"Μην ανησυχείς", είπε ο Λάτσι. Σφύριξε και το Baby έφτασε και έφυγαν για την πλησιέστερη πόλη, όπου ο Lachie πήρε μερικά πράγματα, ο E-Z έβαλε το τηλέφωνό του στον φορτιστή και όταν φορτίστηκε αρκετά, κάλεσε αμέσως τον αριθμό της Sam.

Δεν υπήρξε απάντηση, αντίθετα η κλήση πήγε κατευθείαν στον τηλεφωνητή του Σαμ. Δοκίμασε το τηλέφωνο της Σαμάνθα και εκείνη απάντησε αμέσως. "Γεια σας, είμαι ο E-Z, είναι διαθέσιμος ο θείος Σαμ;"

"Φυσικά E-Z, ένα λεπτό". Κάποιοι ψίθυροι. "Γεια σου, μικρέ", είπε ο Σαμ. "Πού βρίσκεσαι τώρα, πετάς πάνω από τον ωκεανό ακόμα;"

"Απλά ελέγχω αν όλα είναι εντάξει με σένα", είπε ο E-Z. "Αν ναι, πες την κωδική λέξη".

"Σφουγγαράκης Μπομπ τετράγωνο παντελόνι", είπε ο θείος Σαμ.

"Δόξα τω Θεώ", είπε ο E-Z. "Είχα ένα περίεργο όνειρο ότι οι Furies σε είχαν".

"Α, έχουμε κάποιους φίλους εδώ και ετοιμαζόμαστε να καθίσουμε και να βουτήξουμε μερικά πράγματα στο φοντύ. Έχουμε σοκολάτα με φρούτα, τυρί με λαχανικά και τυρί με ψωμί και κρέας. Είναι μεγάλη η ποικιλία και έχουμε και διάφορα είδη κρασιού. Τα δίδυμα έχουν ήδη πέσει για ύπνο".

"Αυτό ακούγεται..."

"Πρέπει να φύγω E-Z, τα λέμε σύντομα. Να προσέχεις".

"Ο θείος μου είναι μια χαρά, και κάνουν φοντύ - ακούγεται σαν ένα μικρό πάρτι".

"Τι είναι το φοντύ;" ρώτησε ο Λάτσι.

"Είναι μια κατσαρόλα όπου λιώνεις πράγματα και μετά βουτάς άλλα πράγματα μέσα σε αυτό. Όπως βυθίζεις φράουλες στη σοκολάτα και κομμάτια ψωμιού στο τυρί. Και έχεις δίκιο, είναι παντρεμένοι τώρα και απέκτησαν πρόσφατα δίδυμα, οπότε το σπίτι είναι αρκετά γεμάτο και θορυβώδες".

"Ωωω, ακούγεται πεντανόστιμο", είπε ο Λάτσι.

Με το τηλέφωνο του E-Z πλήρως φορτισμένο, τις προμήθειες του Lachie ασφαλώς τοποθετημένες στην πλάτη του Baby, το ζευγάρι πέταξε έξω από την Αυστραλία. Συζητούσαν καθώς πήγαιναν. Μετά από ώρες που δεν είδαν τίποτα ενδιαφέρον, και με το στομάχι να γουργουρίζει, ετοιμάστηκαν να προσγειωθούν για φαγητό και διάλειμμα για τουαλέτα.

"Έτσι κι αλλιώς θα πρέπει να προσγειωθούμε σύντομα για να φάμε κάτι - άλλωστε, ήδη πεινάω! Και παρεμπιπτόντως, συγχαρητήρια!"

"Ευχαριστώ! Μπορούμε να σταματήσουμε στη Χαβάη για τσίζμπεργκερ και πατάτες τηγανιτές", πρότεινε ο E-Z.

"Δεν ήξερα ότι οι Χαβανέζοι ειδικεύονται στα χάμπουργκερ και τις πατάτες".

"Είναι μέρος των ΗΠΑ, οπότε, τα τσίζμπεργκερ και οι πατάτες τηγανιτές -για να μην αναφέρω τα παχύρρευστα μιλκσέικ- είναι εξαιρετικά παραδοσιακά φαγητά για να δοκιμάσεις και σου εγγυώμαι ότι θα σου αρέσουν".

"Δεν τρώω κρέας. Και οι αγελάδες είναι άνθρωποι".

"Έχουν κάτι με βάση τα λαχανικά, δεν παύει να είναι τσίζμπεργκερ και θα το λατρέψεις. Α, δεν έχεις τίποτα εναντίον του να πίνεις αγελαδινό γάλα, έτσι δεν είναι;"

"Όχι, δεν έχω".

"Εντάξει, καρέκλα και μωρό μου - πάμε στο πλησιέστερο τσιζμπεργκεράδικο που σερβίρει και χορτοφαγικά μπιφτέκια", πρότεινε ο E-Z, καθώς το στομάχι του γουργουρίζοντας έκανε την εμφάνισή του.

"Εμπρός!" φώναξε ο Λάκλαν, καθώς ο Μπέιμπι έψαχνε για ένα κατάλληλο μέρος για να προσγειωθεί.

ΚΕΦΑΛΑΙΟ 5
BRANDY

Η Λία και ο μονόκερος συνταξιδιώτης της, ο Μικρός Ντόριτ, πετούσαν μέσα από τα σύννεφα.

Η Λία εκτιμούσε τις χαριτωμένες αλλά γρήγορες κινήσεις του ιπτάμενου συντρόφου της. Μαζί επινόησαν ένα παιχνίδι με τίτλο "Πήδα τα σύννεφα". Ανάλογα με το είδος του σύννεφου, πηδούσαν είτε πάνω από αυτό, είτε κάτω από αυτό, είτε μέσα από αυτό. Το να περνάς μέσα από αυτά ήταν το πιο διασκεδαστικό.

"Μου αρέσει όταν είμαστε μέσα στο σύννεφο", είπε η Λία. "Απλώνω το χέρι μου για να το αγγίξω, αλλά δεν υπάρχει τίποτα εκεί".

"Φαίνεται ότι θα πάμε στο εμπορικό κέντρο από κάτω", είπε η Μικρή Ντόριτ πριν κάνει ένα τριπλό άλμα, περνώντας πάνω, μετά κάτω και μετά μέσα από το ίδιο σύννεφο.

"Weeeeeeeee!" αναφώνησε η Λία.

"Ευχαριστώ, ευχαριστώ", είπε ο μονόκερος, καθώς έδειχνε προς τα κάτω.

"Ψώνια, ε;" Είπε η Λία, καθώς το έλεγχε. Ήταν ένα μεγάλο εμπορικό κέντρο, μήκους σχεδόν ενός τετραγώνου. "Ελπίζω να μη χρειαστώ πολλά χρήματα, αλλά η μαμά μου έδωσε την πιστωτική της κάρτα σε περίπτωση που τη χρειαζόμουν".

"Η Μπράντι στέκεται στο διάδρομο του παντοπωλείου, γεμίζοντας ένα καρότσι για να περάσει η ώρα. Καλύτερα να βιαστούμε, αλλιώς η μητέρα της θα την αναζητήσει σύντομα", είπε ο μονόκερος.

"Αυτό είναι πολύ ωραίο, μπορείς να μηδενίζεις τη θέση της με αυτόν τον τρόπο. Ανυπομονώ να τη γνωρίσω και να μάθω περισσότερα για τις δυνάμεις της", είπε η Λία, τυλίγοντας τα χέρια της γύρω από το λαιμό της Μικρής Ντόριτ για να προετοιμαστεί για την προσγείωση. "Πάντα ήθελα να έχω μια μεγάλη αδελφή, οπότε ίσως αυτή να είναι η μόνη μου ευκαιρία".

"Σφύριξε όταν με χρειαστείς", είπε η Μικρή Ντόριτ, καθώς η Λία κατέβηκε, "και θα σε συναντήσω ακριβώς εδώ".

Η Λία μπήκε στο εμπορικό κέντρο από τις ανοιγόμενες πόρτες. Αμέσως είδε μια κοπέλα που ήλπιζε ότι ήταν η Μπράντι να σπρώχνει ένα καροτσάκι στο μπακάλικο. Με βάση την περιγραφή της Ρόζαλι, έπρεπε να είναι αυτή.

Η κοπέλα ήταν ντυμένη άνετα, με ένα γκρι φούτερ με κουκούλα. Είχε εν μέρει φερμουάρ, αλλά ήταν αρκετά ανοιχτό ώστε να αποκαλύπτει ένα κόκκινο μπλουζάκι I Love Music που βρισκόταν από κάτω. Το μαύρο τζιν της είχε αυτοκόλλητα με μουσικές νότες στις τσέπες. Τα πάνινα παπούτσια της ήταν διάβασε για να ταιριάζουν με το μπλουζάκι.

Η Λία παρακολουθούσε την κοπέλα για λίγα λεπτά, προτού την πλησιάσει με τα πόδια. Ένιωθε λίγο εκφοβισμένη. Σαν να συναντούσε μια διασημότητα. Στο μυαλό της, η Μπράντι απέπνεε στυλ και coolness.

Καθώς η Λία πλησίαζε, φανταζόταν ότι σύντομα θα γίνονταν κολλητές μια μέρα. Θα επισκέπτονταν μαζί το εμπορικό κέντρο. Να ψωνίζουν ρούχα μαζί. Ίσως η Μπράντι να τη βοηθούσε ακόμη και να διαλέξει μερικά νέα αμερικάνικα ρούχα.

"Τι κοιτάς, μικρέ;" ρώτησε η Μπράντι με ύφος που δεν ήταν πολύ φιλικό ή αδελφικό. Στη συνέχεια, με μια γεμάτη σφαλιάρα χτύπησε τα χέρια της Λία μακριά.

"Αυτό είναι πολύ αγενές", αναφώνησε η Λία. "Δεν σου έμαθε κανείς τρόπους;" Γύρισε την πλάτη της στο δροσερό κορίτσι. Κράτησε την αναπνοή της, μέτρησε μέχρι το δέκα και μετά γύρισε να την αντικρίσει ξανά. "Η Ρόζαλι θα ντρεπόταν για σένα".

"Ξέρεις τη Ρόζαλι;"

"Ναι, είμαι η Λία και δεν μπορώ να σε δω χωρίς τα μάτια μου, τα οποία είναι στα χέρια μου". Η Λία σήκωσε ξανά τα χέρια της.

"Ουάου!" Αναφώνησε η Μπράντι. "Νόμιζα ότι ήμουν παράξενη, αλλά μικρή, εννοώ, ε, Λία, εσύ παίρνεις το μπισκότο". Έβαλε τα χέρια της στις τσέπες της. "Αλλά κάθε φίλος της Ρόζαλι είναι και δικός μου φίλος".

"Ευχαριστώ", είπε η Λία. "Μπορούμε να πάμε κάπου να μιλήσουμε;"

"Δεν μπορώ να πω τι κοινό θα είχαμε εσύ κι εγώ - εκτός από τη Ρόζαλι", είπε η έφηβη καθώς έσπρωχνε το καροτσάκι προς τα εμπρός, αφήνοντας τη Λία πίσω της.

Η Λία πάλεψε να συγκρατήσει έναν λυγμό, αλλά κατάφερε να βγάλει τις λέξεις: "Χρειαζόμαστε τη βοήθειά σας γιατί η Ρόζαλι είναι νεκρή".

Η Μπράντι σταμάτησε και πήρε μια βαθιά ανάσα, καθώς ένα δάκρυ έτρεξε στο μάγουλό της, το οποίο γύρισε και το σκούπισε. "Ακολούθησέ με, μικρή". Εγκατέλειψε το καροτσάκι μαζί με όλα τα αντικείμενα που υπήρχαν μέσα σε αυτό και πήραν το δρόμο για ένα περίπτερο ακριβώς μέσα στο εμπορικό κέντρο και κάθισαν.

"Θα πάρω ένα ποτήρι νερό", είπε η Λία. "Χωρίς πάγο, παρακαλώ".

"Έλα παιδί μου, ζήσε επικίνδυνα. Θα πάρει ένα Root Beer Float - και μάλιστα δύο". Αφού έφυγε η σερβιτόρα: "Θα σου αρέσει, μην ανησυχείς. Τώρα, πες μου περισσότερα για τον λόγο που είσαι εδώ και πες μου τι συνέβη σε εκείνη τη γλυκιά κυρία Ρόζαλι".

"Πρώτον, τι σου είπε η Ρόζαλι για μένα, για μας;"

"Τίποτα. Ήξερα ποια ήταν και ήξερα ότι με παρακολουθούσε. Στην αρχή νόμιζα ότι ήταν άγγελος, γιατί μπορούσε να μου μιλάει μέσα στο κεφάλι μου, όπως όταν προσευχόμουν όταν ήμουν μικρό παιδί. Μετά συνειδητοποίησα ότι ήταν ένας πραγματικός άνθρωπος, όπως εγώ, και τώρα είναι νεκρή. Θα ήθελα να βοηθήσω να πιάσουμε τους ανθρώπους που τη σκότωσαν - αν αυτός είναι ο λόγος που βρίσκεστε εδώ, τότε είμαι μέσα. Περίεργο, νομίζω ότι τώρα είναι ένας άγγελος, που εξακολουθεί να με προσέχει".

"Κι εγώ", είπε η Λία. "Ακριβώς."

"Λοιπόν, πώς συνέβη;" ρώτησε η Μπράντι. "Αν δεν είναι αναίσθητο θέμα να ρωτήσω γι' αυτό. Πάντα βρίσκω ότι είναι καλύτερο να μιλάμε για τα παράξενα που μας κάνουν αυτό που είμαστε. Αν έχω τη δική μου παραδοξότητα, πίστεψέ με. Όλοι έχουν.

"Η μαμά μου θα με έβριζε που σου έκανα μια τόσο προσωπική ερώτηση. Αλλά μου αρέσει να μπαίνω στο θέμα. Είχες πάντα μάτια στα χέρια σου; Θα έλεγα ότι θα σε κυνηγούσαν δημοσιογράφοι και φωτογράφοι, ο κόσμος θέλει να σου μιλήσει, να ακούσει και να πει την ιστορία σου για να πουλήσει περιοδικά και εφημερίδες".

"Ω", είπε η Λία, "οι περισσότεροι άνθρωποι ενδιαφέρονται περισσότερο για τους διάσημους φανταστικούς χαρακτήρες, όπως ο Χάρι Πότερ, παρά για τους πραγματικούς ανθρώπους. Αν ο Χάρι Πότερ ήταν αληθινός, οι άνθρωποι θα τον απέφευγαν ή θα τον πείραζαν. Στον κόσμο του όμως, ήταν ο ήρωας, οπότε η ουλή του έγινε μέρος της ιστορίας του. Τον έκανε πιο ανθρώπινο για εμάς, ώστε να μπορούμε να ταυτιστούμε μαζί του. Αλλά κανένα παιδί δεν θέλει να ξεχωρίζει, γιατί σε αυτόν τον κόσμο οι διαφορές δεν εκτιμώνται πάντα.

"Είναι αστείο αυτό, το πώς μπορούμε να συσχετιζόμαστε και να έχουμε ενσυναίσθηση με φανταστικούς χαρακτήρες και να μην αναγνωρίζουμε τους πραγματικούς ήρωες στην καθημερινή μας ζωή".

"Ω, αδελφέ", είπε η Μπράντι, "είσαι λίγο άχαρος, έτσι δεν είναι; Είναι σαν να μιλάς με ένα εικοσάχρονο παιδί".

"Συγγνώμη", είπε η Λία. "Από επτά χρονών έγινα δέκα και δώδεκα, μέσα σε σύντομο χρονικό διάστημα. Δεν είχα χρόνο να προσαρμοστώ".

"Δεν πειράζει", είπε η Μπράντι. "Και θα συμφωνούσα μαζί σου κατ' αρχήν σε αυτό, παιδί μου, αλλά, από τότε που το Reality Tv βγήκε στον αέρα, μας ενδιαφέρει η ζωή των απλών ανθρώπων. Δηλαδή, συνηθισμένων αλλά πλούσιων ανθρώπων όπως οι Καρντάσιανς. Εγώ δεν το βλέπω, αλλά εκατομμύρια άνθρωποι το βλέπουν".

Τα ποτά τους έφτασαν. Η Μπράντι έφαγε πρώτα το κεράσι στην κορυφή του δικού της και μετά ρώτησε τη Λία αν ήθελε το δικό της. Όταν η Λία είπε όχι, η Μπράντι το σήκωσε και το έβαλε κατευθείαν στο στόμα της. "Πιες μια γουλιά. Αν το δοκιμάσεις, σίγουρα θα σου αρέσει".

Η Λία πήρε μια μεγάλη γουλιά μέσα από το καλαμάκι και το πρόσωπό της φωτίστηκε. "Είναι πολύ καλό!" Στη συνέχεια ανακάτεψε το παγωτό με το καλαμάκι καθώς σκεφτόταν τι θα πει στη συνέχεια.

"Για μένα, γεννήθηκα με μάτια που δούλευαν μια χαρά. Αλλά ένα ατύχημα με τύφλωσε και όταν ξύπνησα, είχα αυτά τα μάτια και είχα επίσης αυτό που αποκαλούν όραση. Μπορώ να δω τι σκέφτονται οι άνθρωποι, έτσι αρχίσαμε να μιλάμε με τη Ρόζαλι. Ο χρόνος για μένα δεν είναι όπως είναι για όλους τους άλλους, αλλά δεν έχω παραλείψει χρόνια εδώ και καιρό. Επίσης, καθώς περνάει ο χρόνος, μερικές φορές μπορώ να δω τι πρόκειται να συμβεί σε μένα και σε άλλους, ξέρεις, στο μέλλον".

"Ήξερες ότι η Ρόζαλι επρόκειτο να πεθάνει πριν συμβεί;"

"Όχι, δεν το ήξερα. Έρχεται και φεύγει. Μερικές φορές δεν λειτουργεί καθόλου. Δεν είναι εκατό τοις εκατό αξιόπιστο. Παρεμπιπτόντως, δεν μπορώ να διαβάσω το μυαλό σου- σε περίπτωση που αναρωτιέσαι".

"Ωραία. Το να ξέρω ότι μπορείς να διαβάσεις το μυαλό μου θα ήταν πολύ ανατριχιαστικό", είπε η Μπράντι, παίρνοντας μια τεράστια γουλιά, η οποία χτύπησε στον πάτο του δοχείου και έκανε έναν ήχο "αυτό είναι όλο λαός". "Θα ήθελα άλλο ένα, αλλά δεν θα το κάνω", είπε. "Καλύτερα να έχουμε μέτρο, γιατί αν κάνουμε συνέχεια κέρασμα σε πράγματα - πράγματα που νομίζουμε ότι θέλουμε πραγματικά, τότε δεν θα τα εκτιμήσουμε τόσο πολύ".

"Πολύ σοφό", είπε η Λία. "Μπορείς να πάρεις τα υπόλοιπα δικά μου, αν θέλεις".

"Θα ήταν κρίμα να τα αφήσουμε να πάνε χαμένα".

Τα δύο κορίτσια ήταν σιωπηλά για λίγο, μέχρι που το τηλέφωνο της Μπράντι δονήθηκε. "Η μαμά μου θα έρθει σύντομα να μας κάνει παρέα".

"Πώς ήξερε πού βρισκόμαστε;"

"Εντάξει, έχει τους τρόπους της, δηλαδή έναν ανιχνευτή στο τηλέφωνό μου".

"Και δεν σε πειράζει;"

Όχι, εξαφανίστηκα μερικές φορές, αλλά πάντα κατάφερνα να επιστρέψω στο εμπορικό κέντρο. Τις περισσότερες φορές όταν φεύγω, δεν έχει ιδέα. Μέχρι που της τηλεφωνώ και της ζητάω να έρθει να με πάρει από εδώ. Αυτό είναι συνήθως το πρώτο της στοιχείο, το μήνυμά μου ή το τηλεφώνημά μου. Η εφαρμογή όμως την σώζει από το να ανησυχεί για μένα. Υποθέτω ότι δεν είναι εύκολο να έχεις μια κόρη που μπορεί να πεθάνει και να επανέλθει ξανά στη ζωή".

Η μητέρα της Μπράντι έφτασε και έγιναν οι συστάσεις. Την ενημέρωσαν για τις ιστορίες της Ρόζαλι και της Λία και την ενημέρωσαν για όσα είχαν συζητήσει μέχρι τώρα.

"Τι σχεδιάζατε εσείς οι δύο κοπέλες;" ρώτησε. "Μοιάζετε σαν να μην ετοιμάζετε κάτι καλό".

"Απλώς η υπερβολική ζάχαρη", είπε η Μπράντι χαμογελώντας. "Η Λία μόλις ετοιμαζόταν να μου πει τι με χρειάζονται".

"Λοιπόν, μου εξήγησες για την, επαναλαμβανόμενη κατάστασή σου;"

"Εν συντομία. Δεν είχα φτάσει ακόμα σε αυτό μαμά, μόλις μου είπε για το ατύχημα και γιατί τα μάτια της είναι στα χέρια της".

Η σερβιτόρα ήρθε και η μαμά της Μπράντι παρήγγειλε έναν καφέ. Επέστρεψε αμέσως με μια κούπα, την οποία γέμισε. "Οι επαναγεμίσεις είναι δωρεάν", είπε η σερβιτόρα. "Απλά κρατήστε ψηλά την κούπα σας όταν αδειάσει και θα έρθω αμέσως να την ξαναγεμίσω".

"Σας ευχαριστώ", είπε η μαμά της Μπράντι.

"Θα ήθελα πολύ να ακούσω γι' αυτό", είπε η Λία, χτενίζοντας τα μαλλιά της πίσω από το αυτί της. Της άρεσε ο τρόπος με τον οποίο η Μπράντι και η μητέρα της ασχολούνταν μεταξύ τους. Ήταν φοβερά δεμένες- φαινόταν από τον τρόπο που ακουμπούσαν συνέχεια η μία την άλλη. Η εγγύτητά τους την έκανε να θυμηθεί όλες τις φορές που η μητέρα της δούλευε νύχτες και Σαββατοκύριακα και έπρεπε να βασίζεται στη Χάνα, τη νταντά της, για τα πάντα. Ήταν διαφορετικά τώρα που ήταν εδώ και η μητέρα της ήταν παντρεμένη με τον Σαμ, αλλά τα νέα μωρά έμοιαζαν σίγουρα να απορροφούν πολύ από το χρόνο της μητέρας της.

Η Μπράντι ξέσπασε: "Την πρώτη φορά που πέθανα, ήμουν μικρή. Ήταν σ' αυτό το εμπορικό κέντρο. Τη μια στιγμή ήμουν νεκρή και την επόμενη ήμουν πάλι ζωντανή. Όπως σου είπα και πριν, πάντα καταλήγω εδώ. Τόσο πολύ αγαπώ αυτό το εμπορικό κέντρο".

"Αυτό είναι αστείο", είπε η Λία.

"Μου αρέσουν πολύ τα ψώνια!"

"Όντως!" Είπε η μητέρα της Μπράντι, καθώς η κόρη της φώναζε πίσω τη σερβιτόρα και ζητούσε ένα ποτήρι παγωμένο νερό.

"Κάνε τα δύο ποτήρια νερό", είπε η Λία.

Αφού ήταν ήδη εκεί, η σερβιτόρα γέμισε ξανά το φλιτζάνι καφέ της μητέρας της Μπράντι.

Η Λία αισθάνθηκε ότι ήταν τώρα ή ποτέ - έπρεπε να μπει στο θέμα. Είχε περάσει η ώρα και η Μικρή Ντόριτ περίμενε.

"Ο E-Z, που είναι ο αρχηγός μας, είναι σε αναπηρικό καροτσάκι και μπορεί να διασώσει ανθρώπους, ακόμα και αεροπλάνα γεμάτα επιβάτες. Έχει σούπερ δύναμη και ταχύτητα και τόσο αυτός όσο και η αναπηρική του καρέκλα έχουν φτερά.

"Ο Άλφρεντ είναι ένας κύκνος τρομπετίστας και έχει ESP, συν το ότι μπορεί να επαναφέρει ανθρώπους και πλάσματα στη ζωή ξανά. Μαζί με εσένα υπάρχουν άλλα δύο παιδιά που θα προσθέσουμε στην ομάδα, συν τον ξάδερφο του E-Z, τον Charles - οπότε θα είμαστε συνολικά επτά".

"Α, τυχεροί επτά", είπε η μητέρα της Μπράντι.

Η Λία συνέχισε: "Αφού ακούσετε τα πάντα, αν συμφωνήσετε να μας βοηθήσετε να πολεμήσουμε τις

Ερινύες, θα κινδυνεύσει η ζωή σας. Είναι τρεις κακές αδελφές - θεές - που σκότωσαν τη Ρόζαλι".

"Κακές, ε; Η δολοφονία της Ροζαλί ήταν μια δειλή πράξη! Δεν θα πείραζε ποτέ ούτε μύγα!" Η Μπράντι είπε.

"Είναι αυτή η πληροφορία δημόσια;" ρώτησε η μητέρα της Μπράντι. "Όλα ακούγονται τόσο, φανταστικά".

"Γιατί το έκαναν;" ρώτησε η Μπράντι. "Τι κερδίζουν όταν σκοτώνουν μια γλυκιά ηλικιωμένη γυναίκα σαν τη Ρόζαλι;"

"Χρησιμοποιούν παιδιά. Σκοτώνουν παιδιά", είπε η Λία.

Τόσο η Μπράντι όσο και η μητέρα της σταμάτησαν να πίνουν.

"Είναι δύσκολο να το εξηγήσω, αλλά θα προσπαθήσω να κάνω ό,τι μπορώ. Όταν πεθαίνουμε, οι Ψυχές μας προορίζονται για τους Ψυχοπαγιδευτές που μας περιμένουν - τον αιώνιο τόπο ανάπαυσής μας. Ο καθένας από εμάς έχει τον δικό του μοναδικό Ψυχοπαγιδευτή - έτσι δεν μπορούμε ποτέ να πεθάνουμε. Οι ψυχές μας συνεχίζουν να ζουν. Δεν είναι ο παράδεισος που φανταστήκαμε, αλλά είναι αληθινός, και οι Ερινύες σκοτώνουν αθώα παιδιά - και τα βάζουν σε Ψυχοπαγίδες που ανήκουν σε άλλους ανθρώπους.

"Στην πραγματικότητα, όταν πέθανε η Ρόζαλι, δεν είχε πού να πάει η ψυχή της. Ευτυχώς, οι φίλοι μας Hadz και Reiki - είναι επίδοξοι άγγελοι -

μπόρεσαν να αιχμαλωτίσουν την ψυχή της Rosalie. Την κρατούν ασφαλή μέχρι να εξαλείψουμε τις Ερινύες και να ξαναβάλουμε τα πράγματα στη θέση τους με όλους τους Ψυχοπαγιδευτές. Μόλις τους εξαλείψουμε, οι αρχάγγελοι θα αναλάβουν και θα διορθώσουν το χάος που προκάλεσαν. Όλα θα ξαναγίνουν φυσιολογικά και πάλι".

"Νόμιζα ότι οι αρχάγγελοι ήταν κακοί", είπε η Μπράντι. "Πώς ξέρουμε ότι μπορούμε να τους εμπιστευτούμε; Και γιατί θέλουμε να τους βοηθήσουμε;"

"Αυτό είναι πολύ μεγάλο αίτημα από εσάς παιδιά", είπε η μητέρα της Μπράντι.

"Είναι μια πολύ μεγάλη ιστορία. Μια ιστορία που μπορούμε να σας την πούμε με τον καιρό. Αλλά αυτή τη στιγμή, πρέπει να επιστρέψουμε στο αρχηγείο. Αυτό είναι το σπίτι μας. Μόλις βρεθούμε όλοι κάτω από την ίδια στέγη, μπορούμε να εξηγήσουμε τα πάντα και να καταστρώσουμε ένα σχέδιο".

"Είμαι μέσα", είπε η Μπράντι. "Με είχες ήδη πείσει όταν είπες ότι σκότωσαν τη Ρόζαλι, αλλά τώρα που ξέρω ότι σκοτώνουν και αθώα παιδιά, λοιπόν, άσε με να τους επιτεθώ". Σήκωσε το ποτήρι με το νερό της και έκανε πρόποση με τη Λία.

"Περιμένετε", είπε η μητέρα της Μπράντι, "αν οι αρχάγγελοι δεν μπορούν να νικήσουν αυτό το πράγμα, τότε πώς μπορούν να περιμένουν από εσάς τα παιδιά να...".

"Μαμά", η Μπράντι χτύπησε το χέρι της. "Δεν είμαι σαν τα άλλα παιδιά. Ακούγεται σαν να είμαστε ένα μάτσο απροσάρμοστοι, με ειδικές ικανότητες και θα ταιριάξω αμέσως. Δεν είναι περίεργο που οι Αρχάγγελοι μας ζήτησαν να τους βοηθήσουμε.

"Η Ρόζαλι μας έφερε όλους μαζί, ώστε να σχηματίσουμε μια ομάδα. Αν ήταν εδώ, θα ήταν μαζί μας στην ομάδα. Τώρα είναι μαζί μας στο πνεύμα. Μαζί θα είμαστε μια υπολογίσιμη δύναμη.

"Εκτός αυτού, πρέπει να βεβαιωθούμε ότι η Ρόζαλι θα έχει πίσω την αιώνια κατοικία της. Όλα συμβαίνουν για κάποιο λόγο, εσύ δεν είσαι πάντα αυτός που μου το λέει αυτό;"

"Λοιπόν, τι θα γίνει μετά;" ρώτησε η μητέρα της.

"Πρέπει να είμαστε μαζί και το σπίτι του E-Z είναι αρκετά μεγάλο για όλους μας. Οι άλλοι και ο Κάρολος Ντίκενς - μεγάλη ιστορία - θα μας συναντήσουν εκεί".

"Όχι Ο Τσαρλς Ντίκενς;"

"Ο ένας και μοναδικός, αλλά είναι μόλις δέκα ετών. Έφτασε και τον ανακάλυψαν δύο Ανιχνευτές στο Λονδίνο της Αγγλίας. Τον έστειλαν πίσω στη γη για κάποιο λόγο. Εκτός από το γεγονός ότι αυτός και ο E-Z είναι ξαδέρφια. Είναι ένας από εμάς. Μαζί θα νικήσουμε αυτές τις αδελφές και θα ξαναβάλουμε τον κόσμο στη θέση του".

"Πάμε!" Είπε η Μπράντι. "Η μαμά έχει το σακίδιό μου στο αυτοκίνητο και έχει όλα τα απαραίτητα. Έχω πάντα μια τσάντα έτοιμη για κάθε περίπτωση. Έχει φανεί χρήσιμο αρκετές φορές. Υποθέτω ότι το σπίτι έχει πλυντήριο και στεγνωτήριο; Α, και σεσουάρ μαλλιών;"

"Ναι, ναι και ναι", είπε η Λία και μετά σφύριξε.

Η Μπράντι και η μητέρα της έκλεισαν τα αυτιά της. "Τι ήταν αυτό;"

"Έλα έξω και θα σου συστήσω τη φίλη μου τη Μικρή Ντόριτ -είναι μονόκερος- και ταυτόχρονα μπορείς να πάρεις την τσάντα σου". Βγήκαν από την πόρτα και εκείνη έδειξε τον ουρανό, όπου ο μονόκερος ερχόταν για προσγείωση.

"Μισό λεπτό", είπε η Μπράντι, "θα διασχίσουμε τη χώρα πάνω σε έναν μονόκερο;"

Η μητέρα της Μπράντι συνοφρυώθηκε. Ένιωσε λιποθυμία και τα πόδια της έγιναν σαν παραψημένα μακαρόνια.

"Έλα να τη χαϊδέψεις", είπε η Λία. "Μικρή Ντόριτ, αυτή είναι η Μπράντι και η μαμά της".

"Η γούνα της είναι υπέροχη και απαλή", είπε η μητέρα της Μπράντι.

"Θέλεις να σε πάω μέχρι το αυτοκίνητό σου;" ρώτησε η μικρή Ντόριτ.

"Όχι, ευχαριστώ", είπε η μητέρα της Μπράντι. Έπειτα στην κόρη της: "Δεν ξέρω πώς θα το εξηγήσω αυτό στον πατέρα σου. Ίσως πρέπει να έρθετε όλες μαζί μου στο σπίτι και μαζί θα του το εξηγήσουμε και θα αποφασίσουμε αν μπορείτε να πάτε...".

"Πρέπει να φύγω", είπε η Μπράντι. "Είναι το πεπρωμένο μου". Αγκάλιασε τη μητέρα της.

"Θα βοηθούσε αν μιλούσες με τη μαμά μου;" ρώτησε η Λία, και χωρίς να περιμένει απάντηση, την κάλεσε με ταχύτατη κλήση, της εξήγησε την κατάσταση και έδωσε το τηλέφωνό της στη μαμά της Μπράντι, η οποία συνομίλησε με τη Σαμάνθα και μετά της έδωσε το τηλέφωνο πίσω.

Το επόμενο πράγμα που ήξεραν ήταν ότι οι τρεις τους πετούσαν γύρω από το πάρκινγκ, αναζητώντας το αυτοκίνητο με τον κόσμο από κάτω να κορνάρει, να βγάζει φωτογραφίες με τα κινητά του και να πέφτει ο ένας πάνω στον άλλο με αυτοκίνητα και τρόλεϊ.

"Εκεί είναι", είπε η μητέρα της Μπράντι.

Η μικρή Ντόριτ προσγειώθηκε και γλίστρησε. "Περιμένετε εδώ και θα πάρω την τσάντα της κόρης μου".

Επέστρεψε και την πέταξε στην Μπράντι. "Ευχαριστώ για τη βόλτα", είπε στη Μικρή Ντόριτ. Στην Μπράντι είπε: "Μπράντι, τηλεφώνησε στο σπίτι. Καθημερινά. Σαν τον Ε.Τ." Της έστειλε ένα φιλί. Μετά στη Λία, "Χάρηκα για τη γνωριμία".

"Κι εγώ", είπε η Λία, καθώς η Μικρή Ντόριτ σηκώθηκε από το έδαφος. "Μην ανησυχείς, θα κρατήσουμε την κόρη σου ασφαλή".

Η μητέρα της Μπράντι τους παρακολουθούσε να πετούν μακριά, μέχρι που δεν μπορούσε να τους δει πια. Μέχρι τότε οι περίεργοι παρκαδόροι είχαν όλοι βρει κάτι άλλο να κοιτάξουν, οπότε μπήκε στο αυτοκίνητό της και ξεκίνησε προς το σπίτι.

Πήρε τον μακρύ δρόμο για το σπίτι. Έπρεπε να σκεφτεί πώς θα τα εξηγούσε όλα αυτά στον πατέρα της Μπράντι.

ΚΕΦΑΛΑΙΟ 6

HARUTO

Ο Άλφρεντ περίμενε στην είσοδο της καφετέριας μέχρι ο ιδιοκτήτης, ο οποίος περίμενε έναν νέο πελάτη. Η γιαγιά του Χαρούτο παρέλειψε να αναφέρει ότι ο πελάτης ήταν ένας κύκνος τρομπετίστας. Όταν ο ιδιοκτήτης είδε τον Άλφρεντ, τον πήγε σε ένα τραπέζι πολύ πιο πίσω.

Τον Άλφρεντ δεν τον πείραξε που ήταν στο περιθώριο. Για την ακρίβεια, το προτιμούσε, αφού υπήρχε μια πινακίδα που ανέφερε ότι δεν επιτρέπονται τα κατοικίδια - όχι ότι οι κύκνοι θεωρούνταν κατοικίδια στην Ιαπωνία ή οπουδήποτε αλλού στον κόσμο που γνώριζε.

Καθώς καθόταν ήσυχα, περιμένοντας να φτάσει ο πατέρας του Χαρούτο, χρησιμοποίησε το δωρεάν WI-FI του καφέ και ανακάλυψε μερικά πολύ ωραία πράγματα για την ιαπωνική κουλτούρα των καφέ. Όπως στη Γιοκοχάμα, υπήρχαν καφετέριες για τους λάτρεις των γατών και μία για τους σκαντζόχοιρους.

Δεκαπέντε λεπτά αργότερα ένας άνδρας μπήκε στο καφέ. Ο Άλφρεντ κατάλαβε αμέσως ότι ήταν ο πατέρας του Χαρούτο, καθώς ο φτιαγμένος προχώρησε γρήγορα προς το τραπέζι του.

"Naze watashitachiha daidokoro no chikaku ni iru nodesu ka;" ρώτησε τον ιδιοκτήτη της καφετέριας (που μεταφράζεται: "Γιατί είμαστε κοντά στην κουζίνα;").

"Kare wa hakuchōdakara!" είπε ο ιδιοκτήτης πριν απομακρυνθεί από το τραπέζι (που μεταφράζεται: Επειδή είναι κύκνος!).

Όταν επέστρεψε λίγα λεπτά αργότερα με έναν δίσκο γεμάτο με τσάι φούσκες, ο ιδιοκτήτης είπε: "Mōshiwakearimasen" (που μεταφράζεται: Λυπάμαι.)

"Ī nda yo", είπε ο πατέρας του Χαρούτο χαμογελώντας (που μεταφράζεται: Δεν πειράζει.)

Το τσάι του Άλφρεντ σερβιρίστηκε σε ένα μπολ αρκετά μεγάλο για να χώσει το ράμφος του μέσα. Το τσάι του ήταν παγωμένο - καλό πράγμα, καθώς δεν ήθελε να κάψει τη γλώσσα του ή να περιμένει πολύ ώρα για να κρυώσει.

"Domo arigato gozaimasu", είπε ο Άλφρεντ (που σε μετάφραση σημαίνει: ευχαριστώ πολύ.)

"Iie", απάντησε ο πατέρας του Χαρούτο (το οποίο μεταφράζεται ως: μην το αναφέρεις.)

Κάθισαν ήσυχα, κοιτάζοντας ο ένας τον άλλον ενώ έπιναν το τσάι τους για λίγο.

"Γιατί είσαι εδώ;" ρώτησε απότομα ο πατέρας του Χαρούτο. "Η γυναίκα μου φοβάται ότι θέλετε να μας πάρετε τον γιο μας και δεν μπορείτε να τον έχετε. Ναι, τον βρήκαμε, αλλά είμαστε οι μόνοι γονείς που έχει γνωρίσει ποτέ".

"Ουάου!" Αναφώνησε ο Άλφρεντ. "Τίποτα δεν θα συμβεί αν δεν το θέλετε εσείς. Παρεμπιπτόντως, τα αγγλικά του γιου σας είναι εξαιρετικά", είπε ο Άλφρεντ. "Όπως και τα δικά σας".

"Η κολακεία δεν θα σας ωφελήσει εδώ. Όπως είπα και πριν, δεν μπορείτε να έχετε τον γιο μου".

"Αν ο Χαρούτο μπορούσε να μας βοηθήσει, να σώσουμε τον κόσμο; Θα εξακολουθούσες να λες όχι;"

"Ο Χαρούτο είναι απλά ένα αγόρι. Εσύ είσαι ένας κύκνος. Τι μπορούν να κάνουν τα αγόρια και οι κύκνοι που δεν μπορούν να κάνουν οι άντρες; Δεν μπορείς να τον έχεις." Σταύρωσε τα χέρια του.

"Κι αν δεν μπορούμε να σώσουμε τον κόσμο, χωρίς τη βοήθειά του; Κι αν θέλει να μας βοηθήσει;"

"Ο Χαρούτο δεν ξέρει τίποτα από ζωή. Δεν μπορεί να σας βοηθήσει. Βρείτε τον γιο κάποιου άλλου, κάποιου μεγαλύτερου. Κάποιον που έχει γεννηθεί για να σώσει τον κόσμο. Όχι ένα αγόρι. Όχι το αγόρι μου, Χαρούτο. Ούτε σήμερα, ούτε αύριο, ούτε ποτέ".

"Κι αν τον αφήσουμε να αποφασίσει;" είπε ο Άλφρεντ. "Αφού του εξηγήσω τα πάντα."

"Πες μου τα πάντα τώρα. Και εγώ θα αποφασίσω τι πρέπει να ξέρει. Αλλά πρώτα, επιτρέψτε μου να σας ρωτήσω - τι σας κάνει να πιστεύετε ότι ένα μικρό αγόρι σαν τον γιο μου μπορεί να σας βοηθήσει;"

"Πιστεύουμε ότι, όπως και οι υπόλοιποι από εμάς, έχει χαρίσματα, μοναδικά χαρίσματα. Δεν είναι σαν τα άλλα παιδιά, έτσι δεν είναι; Όταν τον ανέφερε η Ρόζαλι, ήταν ακόμα μωρό. Γέρασε πιο γρήγορα από τα άλλα παιδιά;"

Ο πατέρας του Χαρούτο κούνησε το κεφάλι του. "Όταν τον βρήκαμε πριν από πέντε χρόνια, ήταν μωρό. Μεγάλωσε, όπως μεγαλώνει κάθε παιδί".

"Ω, συγγνώμη. Η Ρόζαλι δεν είχε χρόνο να ενημερώσει ή να συμπληρώσει τις σημειώσεις της. Παρ' όλα αυτά, δεν θέλετε ο γιος σας να είναι με άλλα παιδιά που έχουν ταλέντο σαν κι αυτόν; Θα ήταν ένας από εμάς, αποδεκτός από εμάς. Και θα τιμούσαμε τα χαρίσματά του και θα τον προστατεύαμε".

"Υπονοείτε ότι δεν μπορώ να προστατεύσω τον ίδιο μου τον γιο;"

"Όχι, κύριε. Δεν λέω καθόλου αυτό. Λέω να σας πω ότι τον χρειαζόμαστε και ίσως, μόνο ίσως, μας χρειάζεται. Ένα αγόρι που στέκεται μόνο του δεν μπορεί ποτέ να είναι τόσο δυνατό όσο ένα αγόρι που είναι μέλος μιας ομάδας".

"Ίσως είναι μόνος. Ίσως, αλλά είναι νέος και θα το ξεπεράσει". Ο πατέρας του Χαρούτο παρέμεινε σιωπηλός προτού ρωτήσει: "Ποιο είναι το χάρισμά σου και ποιος είναι ο εχθρός;"

"Έχω θεραπευτικές δυνάμεις, για ανθρώπους και ζώα - κυρίως για τα τελευταία. Μπορώ να διαβάσω το μυαλό. Η Λία μπορεί να δει το μέλλον. Ο E-Z σώζει ζωές. είμαι σε θέση να θεραπεύω τους αρρώστους και να διαβάζω το μυαλό. Έχουμε ακόμη και μια ιστοσελίδα για υπερήρωες, την οποία μπορώ να σου δείξω, αν θέλεις να τα δεις όλα μόνος σου ως απόδειξη".

"Είδα ήδη την ιστοσελίδα σας", είπε ο πατέρας του Χαρούτο. "Είστε γνωστοί ως οι Τρεις. Οι τρεις σας δεν είστε αρκετά ισχυροί για να τα βγάλετε πέρα με όποιον εχθρό κι αν βρεθείτε αντιμέτωποι; Πώς μπορεί ένα μικρό αγόρι σαν τον Χαρούτο να σας βοηθήσει; Με το ζόρι θυμάται να βουρτσίσει τα δόντια του".

"Το καταλαβαίνω αυτό. Είχα κι εγώ έναν γιο όταν ήμουν άνθρωπος".

"Ήσουν άνθρωπος κάποτε; Τι απέγινε ο γιος σου;"

"Πέθανε, και εγώ μεταμορφώθηκα σε κύκνο. Είναι μια πολύπλοκη ιστορία. Το κυριότερο είναι ότι μέχρι πρόσφατα δεν ξέραμε ότι υπήρχαν και άλλα παιδιά. Ήταν η Ρόζαλι. Ήταν μια καταπληκτική γυναίκα, με την ικανότητα να επικοινωνεί με τα παιδιά στο μυαλό της. Μίλησε με τη Λία, τον Χαρούτο, την Μπράντι και τον Λάτσι. Τους έφερε όλους μαζί και πλήρωσε μεγάλο τίμημα γι' αυτό. Οι Ερινύες τη σκότωσαν όταν δεν τους αποκάλυπτε καμία πληροφορία για τα παιδιά. Χωρίς τη Ρόζαλι, δεν θα ξέραμε ότι υπήρχαν οι άλλοι και δεν θα ήμασταν εδώ να θέλουμε να προστατεύσουμε τον γιο σας ή να ζητήσουμε τη βοήθειά του για να νικήσουμε αυτές τις κακές αδελφές.

"Με έστειλαν να μιλήσω με τον Χαρούτο και να σας εξηγήσω τι αντιμετωπίζουμε. Φυσικά, μπορεί να αρνηθεί, μπορείς να αρνηθείς εσύ γι' αυτόν - αλλά χωρίς αυτόν μπορεί να μην είμαστε σε θέση να νικήσουμε τις κακές θεές που είναι γνωστές ως Οι Ερινύες".

Ο ιδιοκτήτης πρόσφερε περισσότερο τσάι. Ο Άλφρεντ αρνήθηκε, ωστόσο τα χέρια του πατέρα του Χαρούτο έτρεμαν ελαφρώς καθώς σήκωνε το μόλις ξαναγεμισμένο τσάι του και το ρουφούσε.

"Ο Χαρούτο είναι το μικρότερο παιδί;"

Ο Άλφρεντ ένεψε.

"Πες μου για τους άλλους δύο νεοσυλλέκτους".

"Ο Μπράντι πεθαίνει και ξαναγεννιέται. Ο Λάτσι μπορεί να μιλάει και να γίνεται κατανοητός από όλα τα πλάσματα".

"Αυτή η Μπράντι ξαναγεννιέται ως ο εαυτός της κάθε φορά;" ρώτησε ο πατέρας του Χαρούτο.

"Έτσι καταλαβαίνω."

"Πόσο χρονών είναι;"

"Αυτό δεν το γνωρίζω με βεβαιότητα, αλλά πιστεύω ότι είναι έφηβη. Γιατί έχει σημασία;" ρώτησε ο Άλφρεντ.

"Επειδή το να ξαναγεννιέσαι επανειλημμένα, ενώ παραμένεις στην ανθρώπινη κατάσταση, σημαίνει ότι η Μπράντι έχει κολλήσει στο στάδιο της Μάθησης. Ως εκ τούτου, θα τα πάει καλά με άλλους που είναι πιο προχωρημένοι από αυτήν. Θα μάθει από αυτούς και ίσως, αυτό τη βοηθήσει να φτάσει στο επόμενο στάδιο".

Ο Άλφρεντ κατάλαβε, κάπως, αλλά δεν είπε τίποτα.

"Ο γιος μου δεν θα προωθούσε τη ζωή της Μπράντι, επομένως δεν θα του επιτρέψω να πάρει μέρος σε αυτόν τον αγώνα. Λυπάμαι που σπατάλησα τον χρόνο σας".

"Λοιπόν, έκανα όλο αυτό το δρόμο - οπότε, τι θα με βλάψει να του μιλήσω, με εσάς, τη γυναίκα σας και τη μητέρα σας παρόντες. Δώστε του την επιλογή. Αφήστε τον να αποφασίσει. Αν δεν είναι σωστό γι' αυτόν, αν νομίζετε ότι είναι πολύ νέος ή απροετοίμαστος - θα το καταλάβουμε - αλλά σας παρακαλώ, τουλάχιστον ας του μιλήσουμε γι' αυτό. Δείτε πόσα μπορεί να καταλάβει. Αφήστε τον να είναι αυτός που θα πει όχι - τότε θα ξαναμπώ στο αεροπλάνο και δεν θα με ξαναδείτε ποτέ".

"Είσαι κύκνος και πετάς με αεροπλάνο;" γέλασε δυνατά. Οι υπόλοιποι θαμώνες του καφενείου συμμετείχαν, αν και δεν είχαν ιδέα γιατί γελούσε. Γέλασαν επειδή ο ήχος του γέλιου του πατέρα του Χαρούτο ήταν μεταδοτικός.

"Πες μου τι σκοπεύει να κάνει η ομάδα σου και γιατί. Μετά θα αποφασίσω εγώ. Αν μπορέσετε να με πείσετε, τότε ίσως σας αφήσω να προσπαθήσετε να πείσετε τον Χαρούτο".

"Όταν πεθαίνουμε, οι ψυχές μας εγκαταλείπουν το σώμα μας και πηγαίνουν στην αιώνια ανάπαυσή τους σε αυτό που ονομάζεται Ψυχοπαγίδα. Ξέρω ότι αυτό είναι διαφορετικό από αυτό που πιστεύουμε, αλλά είναι αλήθεια. Οι Φούριες σκοτώνουν παιδιά - παιδιά που παίζουν ηλεκτρονικά παιχνίδια - και στη συνέχεια βάζουν τις ψυχές τους σε Ψυχοπαγίδες που προορίζονται για άλλες ψυχές. Όταν οι άλλοι πεθαίνουν, δεν υπάρχει πουθενά να πάνε οι Ψυχές τους".

Ο πατέρας του Χαρούτο ήταν σιωπηλός για λίγες στιγμές.

"Αν θέλει, γιε μου, ο Χαρούτο θα βοηθήσει. Θα σου πει ποιο είναι το ταλέντο του. Θα σου πει τι θέλει να μάθεις και θα αποφασίσει".

"Σ' ευχαριστώ", είπε ο Άλφρεντ.

Σηκώθηκαν, έφυγαν από το καφενείο και κατευθύνθηκαν προς το σπίτι του Χαρούτο. Όταν έφτασαν, το δείπνο σερβιρίστηκε αμέσως και όλοι ενημερώθηκαν σχετικά με την αποστολή.

"Τι συμβαίνει με τις άλλες ψυχές; Αν δεν έχουν πού να πάνε;" ρώτησε ο Χαρούτο, αφήνοντας τα ξυλάκια του και πίνοντας μια γουλιά νερό.

"Αυτό δεν το ξέρουμε με βεβαιότητα", απάντησε ο Άλφρεντ. Έριξε μια ματιά στον πατέρα του Χαρούτο, ο οποίος έγνεψε. "Αλλά η Ρόζαλι. Θυμάσαι τη Ροζαλί;"

"Ναι, την ήξερα και ξέρω ότι πέθανε", είπε ο Χαρούτο. Κάθισε πολύ ίσια: "Εννοείς ότι η ψυχή της δεν έχει σπίτι; Πώς μπορώ να τη βοηθήσω να φτάσει στο σπίτι της;"

"Χαίρομαι που θέλεις να βοηθήσεις, Χαρούτο", είπε ο Άλφρεντ. "Την ψυχή της Ρόζαλι κρατούν με ασφάλεια δύο επίδοξοι άγγελοι που έχουν βοηθήσει εμάς και τον Ε-Ζ, στο παρελθόν. Οπότε, είναι όλα καλά για την ώρα.

"Πριν σου εξηγήσω περισσότερα, είμαι περίεργος να μάθω ποιες είναι οι ιδιαίτερες δυνάμεις που κατέχεις;"

Ο Χαρούτο σηκώθηκε, κοίταξε τον πατέρα του, ο οποίος έγνεψε και μετά είπε. "Κινούμαι πολύ γρήγορα". Και άρχισε να στροβιλίζεται, όλο και πιο γρήγορα και πιο γρήγορα, μέχρι που εξαφανίστηκε.

"Ουάου!" είπε ο Άλφρεντ. "Είσαι σαν μια εξαφανιζόμενη εκδοχή του διαβόλου της Τασμανίας!"

"Δεν κουραζόμαστε ποτέ να τον βλέπουμε σε δράση", είπε η μητέρα του. Ήταν αξιοσημείωτα ήσυχη μέχρι αυτό το σχόλιο. "Γύρνα πίσω τώρα, παιδί μου", είπε. "Γύρνα πίσω."

Έφτασε με τον ίδιο τρόπο που είχε εξαφανιστεί, μόνο που αυτή τη φορά δεν μπορούσαν να τον δουν να στριφογυρίζει μέχρι να ξαναεμφανιστεί. "Πεινάω πάλι!" αναφώνησε ο Χαρούτο. Και κάθισε, γέμισε ξανά το πιάτο του και έφαγε αχόρταγα.

"Πάντα σε κάνει να πεινάς;" ρώτησε ο Άλφρεντ.

"Πάντα", είπε η Σόμπο, προσφέροντας στον εγγονό της κι άλλο φαγητό. Εκείνος έγνεψε, πολύ απασχολημένος με το φαγητό για να απαντήσει.

Αφού ο Χαρούτο είχε χορτάσει, ο Άλφρεντ εξήγησε πώς το Ε-Ζ's θα λειτουργούσε ως το αρχηγείο της ομάδας, ή αλλιώς ως βάση. Καθυστερούσε, ψάχνοντας να βρει τις κατάλληλες λέξεις για να τους πει για τον κίνδυνο που θα διέτρεχαν όλοι τους.

"Επιτρέψτε μου να πω, πριν συμφωνήσετε - ότι οι Φούριες είναι κακά, φρικτά πλάσματα που τιμωρούν τα παιδιά ακόμα κι αν δεν έχουν κάνει τίποτα κακό. Παίρνουν τις ζωές των παιδιών, για κακές σκέψεις και όχι για κακές πράξεις και κλέβουν ψυχοπαγίδες από άλλους. Πρέπει να τις σταματήσουμε και να επαναφέρουμε τα πράγματα στη θέση τους. Και είναι εξαιρετικά επικίνδυνες και ισχυρές θεές".

Ο πατέρας του Χαρούτο είπε: "Σου απαγορεύω να πας!"

"Μα, πατέρα, με έχεις διδάξει ότι οι πράξεις μου σε αυτή τη ζωή, θα συνεχίσουν και στην επόμενη. Επομένως, πρέπει να πω ναι". Κοίταξε τον Άλφρεντ και είπε, "Υπολόγισε με!"

"Χαρούτο, ως μητέρα και πατέρας σου, θέλουμε να πετύχεις - αλλά θέλουμε να είσαι κοντά μας, όχι στην άλλη άκρη του κόσμου με αγνώστους".

Ο Χαρούτο σηκώθηκε από τη θέση του και έριξε τα χέρια του γύρω από το λαιμό της γιαγιάς του. Οι δυο τους ψιθύριζαν μπρος-πίσω στα ιαπωνικά, ώστε ο Άλφρεντ δεν μπορούσε να καταλάβει.

"Η Σόμπο λέει ότι θα με συνοδεύσει, αλλά φοβάται ότι η ώρα της πλησιάζει. Αν πεθάνει και δεν είναι στην Ιαπωνία, πώς θα βρει η ψυχή της το δρόμο για την πατρίδα;"

"Έχουμε κάποιους αρχαγγέλους και αρχάγγελους βοηθούς που δουλεύουν μαζί μας. Κρατούν την ψυχή της Ρόζαλι ασφαλή και, αν συμβεί κάτι στη γιαγιά σου, είμαι σίγουρος ότι θα προστατεύσουν και τη δική της ψυχή. Μέχρι να είναι έτοιμοι οι Ψυχοπαγιδευτές τους".

"Είμαι τόσο περήφανη για σένα", είπε η Σόμπο, "και θα είναι χαρά μου να σε συνοδεύσω στην πτήση. Χαίρομαι που θα γνωρίσω και τα υπόλοιπα παιδιά των υπερηρώων. Αυτός ο Σόμπο θα αποκτήσει κι άλλα εγγόνια". Αγκάλιασε τον Χαρούτο.

Η μητέρα και ο πατέρας του Χαρούτο αγκαλιάστηκαν μαζί του. Ήταν μια οικογενειακή αγκαλιά. Δάκρυα έτρεχαν στο πρόσωπο του Άλφρεντ. Ένας κύκνος που κλαίει είναι το πιο θλιβερό πράγμα στη γη.

Καθώς χώριζαν, τα πιάτα μαζεύτηκαν και μπήκαν για πλύσιμο. Σε όλους σερβιρίστηκε τσάι, εκτός από τον Χαρούτο.

"Θα ετοιμάσω την τσάντα μου", είπε. "Καληνύχτα".

"Θα κλείσω τις πτήσεις μας και θα σε ενημερώσω για τις λεπτομέρειες", είπε ο Άλφρεντ.

Επέστρεψε στο ξενοδοχείο και έκλεισε την πτήση του. Στη συνέχεια έστειλε όλες τις λεπτομέρειες στον Κάρολο Ντίκενς. Ήλπιζε ότι ο Κάρολος θα μπορούσε να τους συναντήσει στο αεροδρόμιο Χίθροου και θα πετούσαν όλοι μαζί στο σπίτι του E-Z.

Μετά από μια εξαντλητική μέρα, ο Άλφρεντ πήδηξε στο Queen Size κρεβάτι του. Μουτζούρωσε τα μαξιλάρια και παρακολούθησε τηλεόραση μέχρι που τελικά έπεσε για ύπνο.

ΚΕΦΑΛΑΙΟ 7

EN ROUTE

Μ ε όλα τα παιδιά να κατευθύνονται στο σπίτι του E-Z, υπήρχε μια αίσθηση ενέργειας που ονομαζόταν ελπίδα στον αέρα. Αυτή η ενέργεια φαινόταν να εξαπλώνεται από τη μια πλευρά του κόσμου στην άλλη. Τόσο πολύ, που έφτασε μέχρι τις Φούριες.

Οι τρεις κακές θεές χόρευαν γύρω από τη φωτιά που είχαν δημιουργήσει σε ένα καζάνι από τα οστά των νεκρών. Μια πολυκέφαλη φλεγόμενη σφαίρα αναδύθηκε. Ακριβώς μπροστά στα μάτια τους, χωρίστηκε σε τρεις πύρινες σφαίρες.

Οι θεές γέμισαν τις πύρινες σφαίρες με αυξημένη ενέργεια, μέχρι που φάνηκε ότι οι οργισμένες σφαίρες θα εκραγούν. Τότε τις έστειλαν στο δρόμο τους, για να βρουν και να συντρίψουν την ελπίδα που ζούσε στις καρδιές των εχθρών τους.

Η πρώτη πύρινη σφαίρα βγήκε έξω, στον πιο μακρινό προορισμό που είχε ευθυγραμμιστεί για να συναντήσει και να καταστρέψει τον E-Z, τον Lachie και το Baby. Το πύρινο αντικείμενο διαλύθηκε στην πορεία, διαλύοντας από την απόλυτη ταχύτητα, μέχρι που είχε το μέγεθος μιας μπάλας του μπόουλινγκ. Μηδένισε το ανυποψίαστο τρίο εναντίον του οποίου προχωρούσε.

Ήταν οι αισθητήρες του αναπηρικού αμαξιδίου του E-Z που τον προειδοποίησαν για τον επερχόμενο κίνδυνο χάρη στην αναβάθμιση του Hadz και της Reiki. Το GPS εντόπισε ένα άψυχο αντικείμενο που κινούνταν γρήγορα και κατευθυνόταν προς το μέρος τους.

"Κάτι έρχεται κατά πάνω μας!" φώναξε ο E-Z. "Ας προσγειωθούμε και ας φύγουμε από τη μέση".

"Εντάξει", είπε ο Λάτσι, καθώς η τριάδα έπεσε.

Αλλά η φλεγόμενη μπάλα τους ακολουθούσε, σαν να είχε δικό της ανιχνευτή. Όσο χαμηλά κι αν έπεφταν, τους ακολουθούσε αμείλικτα.

Σταμάτησαν, αιωρούμενοι, ομαδοποιημένοι - αβέβαιοι αν έπρεπε να προσγειωθούν τώρα ή αν έπρεπε να προσπαθήσουν να την ξεγελάσουν με άλλο τρόπο. Αν προσγειώνονταν και το πράγμα ακολουθούσε, θα μπορούσε να σκοτώσει ή να βλάψει άλλους. Δεν ήθελαν να θέσουν κανέναν άλλο σε κίνδυνο επειδή τους κυνηγούσε.

"Τι θα κάνουμε;" ρώτησε ο Λάτσι.

"Εσύ και η Μπέιμπι καλυφθείτε, αφήστε εμένα και την καρέκλα μου να το χειριστούμε".

"Δεν θα σας αφήσουμε!" Ο Λάτσι αναφώνησε και η Μπέιμπι έγνεψε.

"Εντάξει, τότε πηγαίνετε πίσω μου", είπε ο E-Z. Ήξερε ότι ο ίδιος και η αναπηρική του καρέκλα ήταν αλεξίσφαιροι, αλλά ήταν ανθεκτικοί στις πύρινες σφαίρες; Θα το μάθαινε σε 5, 4, 3, 2, 1.

Το μωρό τέντωσε το λαιμό του, έβγαλε έναν βρυχηθμό με το στόμα του ανοιχτό όσο πιο πολύ μπορούσε - και η πύρινη σφαίρα πήγε κατευθείαν μέσα του. Τα μάτια του δράκου διογκώθηκαν και τα χείλη του έτρεμαν καθώς συγκρατούσε το πύρινο θηρίο μέσα του. Ύστερα έφυγε, με τον Λάτσι να κρατιέται από το λαιμό του για να του κρατήσει τη ζωή, πετώντας μακριά, αναζητώντας ένα μέρος για να απαλλαγεί από αυτό που τον έκαιγε μέσα του.

Επιτέλους, βρήκαν το μέρος για να το ρίξουν με ασφάλεια στη θάλασσα. Το μωρό άνοιξε το στόμα του και πέταξε έξω. Ακόμα φλεγόμενο, το πράγμα γλιστρούσε πάνω στο νερό, σαν να ήταν αποφασισμένο να μείνει ζωντανό, αλλά τελικά ενέδωσε και έσβησε καθώς βυθίστηκε στον ωκεανό.

"Ναι!" φώναξε ο E-Z. "Μπράβο μωρό μου!"

Ο Μπέιμπι και ο Λάτσι επέστρεψαν στο πλευρό του E-Z. "Τι συνέβη;"

"Ο Μπέιμπι ήταν καταπληκτικός! Έριξε την πύρινη σφαίρα στη θάλασσα. Τώρα δεν είναι τίποτα άλλο παρά ένας ακόμα βράχος".

"Ευχαριστώ, Μπέιμπι", είπε ο E-Z. "Αυτό ήταν λίγο πολύ κοντά για να σε παρηγορήσει".

"Σύμφωνοι. Και το Μωρό δικαιούται ένα κέρασμα. Κάτι δροσερό για το λαιμό του".

"Ό,τι θέλει το μωρό", είπε ο Ε-Ζ. "Πάμε κάτω να κάνουμε ένα διάλειμμα πριν συνεχίσουμε".

Ο Λάτσι αγκάλιασε τον λαιμό του Μπέιμπι και κατέβηκαν κάτω για να αποτινάξουν την πρώτη και ελπίζουν τελευταία τους συνάντηση με μια τρελή πύρινη σφαίρα.

"Λες να ήταν οι Furies;" ρώτησε ο Λάτσι.

"Δεν νομίζω ότι ξέρουν για εμάς. Θέλω να πω, ξέρουν ότι υπάρχουμε, αλλά όχι λεπτομέρειες".

"Αυτό το πράγμα μας μηδένισε. Προσπάθησε να μας σκοτώσει. Ποιος άλλος θα μας ήθελε νεκρούς;"

"Έχεις δίκιο, ήρθε κατευθείαν για εμάς. Πιθανόν να ήταν απλά μια σύμπτωση. Ελπίζω."

"Δεν θα έπρεπε να προειδοποιήσουμε τους άλλους;"

Ο Ε-Ζ κοίταξε το τηλέφωνό του. Είχε μηδέν μπάρες. "Η ομάδα μου μπορεί να τα βγάλει πέρα μόνη της και δεν θέλω να τους τρομάξω. Ας ελπίσουμε, αφού πρόκειται για κάτι μοναδικό".

$$***$$

Οι Furies έστειλαν έναν δεύτερο φλεγόμενο δίσκο προς την κατεύθυνση της Yokohama. Το αεροπλάνο του Άλφρεντ και του Χαρούτο βρισκόταν ήδη στον διάδρομο προσγείωσης και ετοιμαζόταν να απογειωθεί.

Η πύρινη σφαίρα πέταξε προς το μέρος τους, αλλά επέλεξε μια ατυχή διαδρομή - περνώντας δίπλα από το ρομπότ των 59 ποδιών που άπλωσε το χέρι του, το έπιασε και μετά το συνέτριψε. Οι στάχτες κάηκαν στην πλατφόρμα από κάτω.

Στο αεροδρόμιο, το αεροπλάνο του Άλφρεντ και του Χαρούτο απογειώθηκε με ασφάλεια και το ζευγάρι δεν έμαθε ποτέ ότι ήταν στόχος.

$$***$$

Η τρίτη και τελευταία φλεγόμενη σφαίρα βγήκε προς το Φοίνιξ της Αριζόνα. Πετούσε γύρω-γύρω, ψάχνοντας το στόχο της για ώρες, αλλά δεν μπόρεσε να τον βρει.

Η Μικρή Ντόριτ ήταν ένας εξαιρετικός μονόκερος, με μια ασπίδα κατά του εντοπισμού στη διάθεσή της και ήταν πάντα σε ετοιμότητα. Η προστασία των επιβατών της ήταν άλλωστε ο βασικός ρόλος της Μικρής Ντόριτ.

Αφού πετούσε άσκοπα, η φλεγόμενη μπάλα αντί να διαλυθεί με την ταχύτητα, μεγάλωσε σε μέγεθος, μέχρι που έφτασε στο μέγεθος κομήτη. Τότε επέστρεψε στο σπίτι της, στους νόμιμους ιδιοκτήτες της - τις Φούριες.

Το φλεγόμενο αντικείμενο, το οποίο δεν ξεχώριζε τον φίλο από τον εχθρό, κυνηγούσε για ώρες τις ουρλιάζουσες Furies γύρω από την Κοιλάδα του Θανάτου. Έτρεχαν να σωθούν μέχρι που ο Tisi έκανε ένα ξόρκι.

Στην αρχή η μπάλα σταμάτησε στον αέρα και οι τρεις θεές την παρακολουθούσαν με ικανοποίηση καθώς έπεφτε μέσα στο καζάνι και σκεπαζόταν με στιφάδο μανιταριών.

Η Άλι πέταξε προς το μέρος της, σφίγγοντας το καπάκι.

Τότε οι Ερινύες έριξαν τα κεφάλια τους πίσω και την έριξαν, καθώς χόρευαν, τραγουδούσαν και γελούσαν.

Ώσπου, μέσα στο καζάνι ακούστηκε ένας ήχος που έσκασε. Σαν πυρήνες ποπ κορν που ζεσταίνονται. Οι ήχοι γίνονταν πιο δυνατοί, καθώς το καπάκι του καζανιού χτυπιόταν από μέσα και τελικά ανασηκώθηκε αρκετά, ώστε οι νεογέννητες πύρινες σφαίρες να μπορούν να διαφύγουν.

Οι μικρές πύρινες μπάλες, που δεν είχαν πού να πάνε, εστίασαν στις Furies, κυνηγώντας τες, καθώς μία προς μία έσβηναν.

Τραγουδισμένες, εξαντλημένες και ενοχλημένες οι τρεις θεές κάλεσαν τον Eriel να έρθει να τις βοηθήσει, αλλά αυτή τη φορά δεν απάντησε.

***

Καθώς πετούσε στον ουρανό μόνος του, καθώς ο Lachie και ο Baby ταξίδευαν πιο αργά λόγω των παρενεργειών του Baby από την κατάποση της πύρινης σφαίρας, ο E-Z αξιολόγησε την ομάδα του. Μερικές φορές στην ουρά έλαβε μηνύματα που επιβεβαίωναν ότι τον σκέφτονταν κι εκείνοι.

Η Λία έστειλε ένα μήνυμα, το οποίο επιβεβαίωνε τις δυνάμεις του Μπράντι και ο Άλφρεντ είχε κάνει το ίδιο σχετικά με τις ικανότητες του Χαρούτο.

Ο E-Z δεν είχε ανταποδώσει λέγοντάς τους τις δυνάμεις του Λάτσι. Αντ' αυτού, ήθελε να εξετάσει τα πράγματα για να δει πώς θα τα πήγαιναν οι ικανότητες του ίδιου και της επταμελούς ομάδας του (συμπεριλαμβανομένου του Τσαρλς) απέναντι στις τρεις πανίσχυρες, αλλά κακές θεές.

Κάνοντας απογραφή στο μυαλό του, υπενθύμισε στον εαυτό του τα πλεονεκτήματα της ομάδας του:

Μπορώ να πετάξω, το ίδιο και η καρέκλα μου. Είμαστε αλεξίσφαιροι και είμαι πολύ δυνατός.

Είμαι καλός ηγέτης, είμαι έξυπνος και έχω ισχυρή ενσυναίσθηση.

Η Λία είναι εμπνευσμένη, με ενσυναίσθηση, ευγενική, έξυπνη και μπορεί να διαβάζει τις σκέψεις και το μέλλον.

Ο Άλφρεντ είναι δυνατός, έξυπνος και ως το μεγαλύτερο μέλος σοφός με την ηλικία. Έχει ενσυναίσθηση, μπορεί μερικές φορές να διαβάζει σκέψεις και μπορεί να θεραπεύει τους αρρώστους.

Ο Lachie επικοινωνεί με τα πλάσματα. Είναι μοναχικός, αλλά δεν φταίει γι' αυτό. Έχει ενσυναίσθηση, είναι έξυπνος. Ξέρει πώς να επιβιώνει ενάντια σε όλες τις πιθανότητες και η ικανότητά του να καμουφλάρεται θα του φανεί χρήσιμη.

Ο Χαρούτο είναι ο νεότερος, αλλά είναι επιζών. Είναι ικανός να γίνεται αόρατος.

Ο Μπράντι έχει πεθάνει - αρκετές φορές - και έχει επιστρέψει ξανά στη ζωή. Είναι σίγουρα επιζών.

Τελευταίος αλλά όχι λιγότερο σημαντικός είναι ο Κάρολος Ντίκενς. Οι ικανότητές του είναι άγνωστες. Αλλά είναι έξυπνος, με ενσυναίσθηση και είναι ικανός να προσαρμόζεται.

Χρησιμοποιώντας το τηλέφωνό του, όταν είχε αρκετές μπάρες, έψαξε σε ιστορικά έγγραφα στο διαδίκτυο για να βρει τι ικανότητες θα έφερναν στο τραπέζι οι Φούριες:

Υπεράνθρωπη δύναμη.

Αντοχή, συμπεριλαμβανομένης της μεγάλης ανοχής στον πόνο.

Ζωτικότητα.

Ευκινησία σαν αράχνη.

Αντοχή στους τραυματισμούς και υπερταχείες θεραπευτικές δυνάμεις.

Πτήση.

Μεταμόρφωση - σε μορφή άλλου ατόμου.

Αορατότητα.

Μπορούσαν να προκαλέσουν πόνο στα θύματά τους.

Η Μεγκ μπορούσε να εκκρίνει παράσιτα. YUCK.

Μισό λεπτό, λέει ότι οι Ερινύες ιστορικά αντιπροσώπευαν τη δικαιοσύνη. Λέει ότι στο παρελθόν έβλαπταν μόνο τους κακούς και τους ένοχους... ότι οι καλοί και οι αθώοι δεν είχαν τίποτα να φοβηθούν. Οπότε, τι άλλαξε; Γιατί αισθάνθηκαν την ανάγκη να σκοτώσουν αθώα παιδιά χρησιμοποιώντας παιχνίδι για να το κάνουν;

Συνέχισε να διαβάζει, αναρωτώμενος πώς ακριβώς σκότωναν τα παιδιά. Σύμφωνα με το μύθο, οι Ερινύες δεν έκαναν ποτέ κακό σε κανέναν από τους κακοποιούς. Αντίθετα, χρησιμοποιούσαν την ενοχή - για να τους τρελάνουν.

Σκέφτηκε το αγόρι που προσπάθησε να τον πυροβολήσει. Τον είχαν πείσει ότι αν δεν έκανε ό,τι του έλεγαν, θα έκαναν κακό στην οικογένειά του. Αναρωτήθηκε πού ήταν εκείνο το παιδί τώρα. Ήταν σε κάποιο από τα Ψυχοπαγίδες;

Συνέχισε να ψάχνει, για να μάθει αν οι Ερινύες ήταν ικανές για έλεος και δεν βρήκε καμία απόδειξη γι' αυτό.

Πρόσθεσε στον κατάλογο κάτι που ήδη γνώριζαν - οι Furies ήταν θνητοί. Αυτό ήταν ένα πράγμα που είχαν κοινό με τις κακές θεές, και αυτός και η ομάδα του θα έπρεπε να βρουν έναν τρόπο να το χρησιμοποιήσουν προς όφελός τους.

Ο Λάτσι και ο Μπέιμπι πρόλαβαν τον E-Z.

"Τι κάνει η Μπέιμπι;" ρώτησε.

"Τα πάει καλύτερα τώρα", απάντησε ο Λάτσι.

Ο Μπέιμπι έριξε πίσω το κεφάλι του, έβγαλε έναν βρυχηθμό και επιτάχυνε μπροστά.

"Περιμένετε με!" Ο E-Z φώναξε.

ΚΕΦΑΛΑΙΟ 8

οι FURIES

Με το βρώμικο συναίσθημα της ελπίδας να βρωμάει ακόμα τον αέρα, οι Furies περίμεναν. Είχαν επιδιορθώσει τα καμένα ρούχα τους και είχαν περιποιηθεί τα καμένα μαλλιά τους. Ευτυχώς, τα φίδια παρέμειναν ανέπαφα. Για να γίνουν ευπαρουσίαστοι για την επικείμενη άφιξη του καλεσμένου τους.

Ήταν ο ευεργέτης τους. Αυτός που τους έφερε πίσω στη γη. Τους πρότεινε να εγκατασταθούν στη μη ανιχνεύσιμη καρδιά της Κοιλάδας του Θανάτου.

Πριν από την αποτυχία της πύρινης σφαίρας, είχαν δει σημάδια. Σημάδια ότι όλα στρέφονταν εναντίον τους τώρα. Η αλλαγή ήταν καλή, αλλά μόνο αν είχαν τον έλεγχό της. Η ώρα τους ερχόταν. Έπρεπε να είναι έτοιμοι να κινηθούν. Τα πράγματα γύριζαν προς όφελός τους. Το μόνο που έπρεπε να κάνουν ήταν να το περιμένουν. Μετά να είναι έτοιμοι να ορμήσουν.

"Έριελ", σφύριξε η Μεγκ.

Ο αρχάγγελος, ο αγαπημένος τους ηγέτης είχε επιτέλους φτάσει.

"Ποια είναι τα τελευταία νέα;" ρώτησε η Τίσι. "Έχουμε αηδιάσει με όλη αυτή την ελπίδα στον αέρα".

"Ναι, αυτό το πράγμα με την ελπίδα μας καταβάλλει" τραγούδησαν η Tisi και η Allie καθώς χόρευαν γύρω από τη φωτιά που έκαιγε.

Εκείνος τις παρακολουθούσε, που χόρευαν γυμνές σαν μπανάνες. Χτυπούσαν τα μαστίγια τους, ενώ τα φίδια που είχαν για χέρια και μαλλιά γλιστρούσαν και έφτυναν τυχαία.

Ο Έριελ κατέβηκε πάνω τους σαν μαύρο σύννεφο, προσγειώθηκε και μετά δίπλωσε τα φτερά του κλειστά. Το τεράστιο ανάστημά του έκανε τις Ερινύες να μοιάζουν με κούκλες. Στάθηκε με τα χέρια του στους γοφούς του και μετά γονάτισε για να βρεθεί στο ίδιο επίπεδο μαζί τους. Ήταν ο τρόπος του να χαμηλώσει τον εαυτό του στο επίπεδό τους, ενώ ταυτόχρονα παρέμενε από πάνω τους. Ήθελε να ξέρουν ότι δούλευαν γι' αυτόν και όχι το αντίθετο. Είχε κουραστεί να το ενισχύει αυτό στις αδελφές, κι όμως, φοβόταν ότι ήταν ο μόνος τρόπος για να τις κρατήσει σε τάξη.

"Δεν υπάρχει ελπίδα - όχι τώρα που δουλεύουμε μαζί", είπε η Έριελ. "Και μη γελάτε. Λοιπόν, υποθέτω ότι μπορείτε να γελάσετε. Αυτό έκανα κι εγώ όταν άκουσα για πρώτη φορά ότι στέλνουν μια ομάδα παιδιών για να σας σκοτώσουν".

Οι Γούριες έπαθαν υστερία. Οι φωνές τους αντηχούσαν σε όλη την Κοιλάδα του Θανάτου και τρόμαξαν όλα τα πουλιά.

"Αυτοί οι ηλίθιοι!" είπε η Μεγκ.

"Θα τα φάμε αυτά τα παιδιά, για πρωινό, μεσημεριανό και βραδινό", είπε η Tisi γλείφοντας τα χείλη της.

"Δεν τρώμε παιδιά", είπε η Άλι. "Αλλά είσαι αστεία, αδελφή. Το μόνο που θέλουμε είναι οι ψυχές τους. Και δεν μπορώ να θυμηθώ ΓΙΑΤΙ τις θέλουμε. Εξήγησέ το ξανά αγαπητή αδελφή".

Η Μεγκ είπε: "Κάνουμε τις εντολές της Έριελ. Θέλει τους Ψυχοφάγους και εμείς τους φέρνουμε γι' αυτόν. Μόλις εκπληρώσουμε τις απαιτήσεις του, θα γίνουμε και πάλι Κόρες της Νυξ - οι Ευγενικές - και θα κυβερνάμε τη νύχτα και θα κάνουμε ό,τι μας αρέσει".

"Τότε αν θέλω να δοκιμάσω ένα από τα παιδιά - θα μπορώ να το κάνω, σωστά;" ρώτησε η Tisi. "Πάντα αναρωτιόμουν πώς θα ήταν η γεύση τους". Γύρισε τα μάτια της και μύρισε τον αέρα. Το φίδι στο κεφάλι της όρμησε προς το μέρος του.

Ο Έριελ χλεύασε. "Αυτά δεν είναι συνηθισμένα παιδιά, όπως αυτά που καταδιώκεις στο παιχνίδι. Πρόκειται για χαρισματικά παιδιά, με δυνάμεις και ικανότητες. Παρ' όλα αυτά, θα σε κρατώ ενήμερο και θα χρειαστείς τη βοήθειά μου".

"Τη βοήθειά σου; Για να νικήσουμε παιδιά, απλά μωρά;!" Το τρίο γέλασε και πετάχτηκαν σηκώνοντας από το έδαφος χρησιμοποιώντας τα πανίσχυρα φτερά νυχτερίδας τους. "Θα τους νικήσουμε πριν καν χτυπήσουν". Τα φίδια σφύριζαν και έφτυναν σε συμφωνία.

"Όπως κάναμε στο λευκό δωμάτιο. Όπως κάναμε με τη φίλη τους τη Ρόζαλι. Δεν μας έλεγε ποιον είχαν στείλει για μας. Θέλαμε να μάθουμε και κουραστήκαμε να περιμένουμε να μας το πεις εσύ. Έτσι, την βγάλαμε από τη μέση", είπε η Μεγκ.

"Ναι, και παραλίγο να προδώσετε το παιχνίδι! Επίσης, είναι κρίμα που δεν μαζέψατε την ψυχή της και δεν την βάλατε σε μια Ψυχοπαγίδα", είπε η Eriel. " Τώρα υπάρχουν εκκρεμότητες. Οι εκκρεμότητες μπορούν να γίνουν στοιχεία γι' αυτούς που τις ψάχνουν".

Κοίταξαν ψηλά στον ουρανό και είδαν μια λωρίδα χρωμάτων σαν ουράνιο τόξο που εκτεινόταν από τη μια πλευρά στην άλλη. Μόνο που δεν ήταν ουράνιο τόξο, αλλά ενέργεια. Η ενέργεια εκείνων που οι αρχάγγελοι είχαν στρατολογήσει για να κάνουν αυτό που οι ίδιοι δεν μπορούσαν να κάνουν.

"Ξέρουμε ότι έρχονται - και δεν θα έχουν καμία ελπίδα απέναντί μας!" φώναξε ο Tisi.

Λοιπόν, κατάφεραν να νικήσουν εκείνες τις παιδαριώδεις πύρινες σφαίρες που στείλατε!" αναφώνησε ο Έριελ. "Μια τόσο φτωχή και ερασιτεχνική προσπάθεια όπως ήταν! Με έκανε να ντρέπομαι που δουλεύω μαζί σας! Ευτυχώς που κανείς δεν ξέρει για τη σύνδεσή μας".

Με σφιγμένες γροθιές και δόντια, οι Furies δεν προχώρησαν μέχρι να σπάσει τον πάγο η Άλι.

"Αδελφές, η γνώμη του για εμάς δεν έχει σημασία. Κάναμε ό,τι καλύτερο μπορούσαμε. Άξιζε μια προσπάθεια. Εξάλλου, έχουμε ήδη πολλές ψυχές στη διάθεσή μας". Ανακάτεψε την κατσαρόλα, ρουφώντας λίγη σούπα σε μια κουτάλα, και μετά την έφτυσε. "Πολύ αλάτι", είπε. Πρόσθεσε νερό, στη συνέχεια άγρια μανιτάρια και μερικές πατάτες baby. "Και κάθε μέρα μαζεύουμε κι άλλες παιδικές ψυχές. Έχω κουραστεί να περιμένω εδώ τους παιδικούς υπερήρωες να έρθουν σε εμάς. Να οργανωθούν. Όταν είναι όλοι μαζί, γιατί δεν τους ΣΚΟΤΩΝΟΥΜΕ;".

"Αδελφή, πρέπει να κάνεις υπομονή".

"Κουράστηκα να είμαι υπομονετική. Έχω κουραστεί - είμαι απλά και μόνο κουρασμένη", είπε η Άλι. Ανακάτεψε και αφού έριξε μέσα μερικά άγρια βότανα και μπαχαρικά, δοκίμασε τη σούπα και ήταν καλή. "Το δείπνο είναι έτοιμο", είπε.

"Θα κάνετε υπομονή και δεν θα ενεργήσετε - εκτός αν σας πω εγώ να ενεργήσετε. Αυτό είναι το παιχνίδι μου και σας κάλεσα να παίξετε. Χωρίς εμένα, είστε απλώς τρεις άχρηστες θεές, που κοιμούνται το υπόλοιπο της ζωής τους". Κλώτσησε την άμμο με τη μπότα του. "Και είναι πραγματικά κρίμα που πρέπει να καταναλώνετε ανθρώπινη τροφή. Μεγάλη υποβάθμιση - αφού τώρα χρειάζεστε τροφή για να επιβιώσετε. Όταν θα κυβερνήσω τη γη και όλοι οι Ψυχοπαγιδευτές θα κατοικούν εδώ, θα πατήσω τη

ΓΕΩΠΑΥΣΗ. Θα κυβερνήσω τη γη και αν παίξετε σωστά το παιχνίδι. Αν κάνετε αυτό που σας ζητάω, τότε θα είστε στο πλευρό μου. Θα μοιράζεσαι τα κέρδη. Αν πάτε κόντρα σε μένα, τότε θα επιστρέψετε στη σκόνη".

Αφού είπε τη λέξη σκόνη, άνοιξε τα χέρια και τα φτερά του, σηκώθηκε από το έδαφος και εξαφανίστηκε.

Οι Γούριες τραγουδούσαν μαζί ενώ έπιναν τη σούπα τους. Τα φίδια, που ήταν τα πιο πεινασμένα, τη γλύφτηκαν, και παρόλο που καθάριζαν την κατσαρόλα, ήθελαν κι άλλη.

"Τώρα που έφυγε", είπε η Μεγκ, "ας μιλήσουμε για το δικό μας τελικό παιχνίδι".

Η Tisi και η Alli κακάρισαν.

"Ο Έριελ πιστεύει ότι θα μας επαναφέρει στη θεϊκή μας κατάσταση, αλλά δεν πρόκειται να αφήσουμε αυτόν τον αρχάγγελο να καταλάβει τη γη. Ποιος μπορεί να πει ότι δεν θα μας αφήσει στη σκόνη όταν θα έχουμε κάνει όλη τη δουλειά; Οι αρχάγγελοι δεν τηρούν πάντα τις υποσχέσεις τους. Ούτε εμείς χρειάζεται να κρατήσουμε τις δικές μας, έτσι δεν είναι αδελφές;".

"Ποιος νομίζει ότι είναι ο Εκλεκτός;" ρώτησε η Άλι.

Η Μεγκ γέλασε. "Δεν είναι εκλεκτός από τίποτα και κανέναν - αλλά παρόλα αυτά τον χρειαζόμαστε".

"Ναι", είπε η Tisi. "Η αυτοπεποίθησή του είναι το ελάττωμά του". Χαμήλωσε τη φωνή της σε ψίθυρο: "Κάθε φορά που μιλάει, αποδυναμώνει τον εαυτό του. Κάθε φορά που προδίδει τους άλλους αρχαγγέλους, δίνει λίγο ακόμα από τη δύναμή του".

Για άλλη μια φορά οι αδελφές ξέσπασαν σε τραγούδι:

"Το αίμα των στρατολογημένων παιδιών θα είναι η αυριανή σούπα.

Αφού δειπνήσουμε, θα διασκεδάσουμε με ένα χούλα-χουπ".

Η Μεγκ συνέχισε το τραγούδι,

"Μωρά, παιδιά κακά μικρά και ένοχα σαν σκουπίδια...

Θα πούμε να τους πάρουμε τα κεφάλια, αν έχουμε όλη την τύχη!"

τραγούδησε η Άλι,

"Κόρες του σκότους εναντίον παιδιών που δεν έχουν ιδέα.

Ο ουρανός θα πέσει βροχή από αίμα πριν τελειώσουμε!"

Κακάριζαν και σφύριζαν χτυπώντας τα μαστίγια τους και χορεύοντας καθώς το φεγγάρι ανέβαινε όλο και πιο ψηλά στον ουρανό. Εξαντλημένοι, έπεσαν στο έδαφος και κοιμήθηκαν στο χώμα. Τα φίδια προτιμούσαν αυτή τη στάση -και κοιμόντουσαν κι αυτά- παρά να σφυρίζουν και να κινούνται όλη τη νύχτα.

"Καληνύχτα, αδελφές", είπαν σε γύρους, όπως ακριβώς έβλεπαν τους ανθρώπους να κάνουν στο The Walton's στην τηλεόραση μέσω του δορυφορικού τους πιάτου. Ήταν μια από τις αγαπημένες τους εκπομπές. "Και το πρωί, θα επανεξετάσουμε το σχέδιο".

ΚΕΦΑΛΑΙΟ 9

PAFHS9

Ήταν ένας διαγωνισμός για τον Σαμ και τη Σαμάνθα που περίμεναν να δουν ποια ομάδα παιδιών θα επέστρεφε πρώτη. Ο νικητής θα ξυπνούσε με τα δίδυμα κάθε βράδυ για έναν ολόκληρο μήνα, οπότε το στοίχημα ήταν μεγάλο.

Ο Σαμ επέλεξε τον E-Z, τη Λία και στη συνέχεια τον Άλφρεντ. Η Σαμάνθα διάλεξε τον Άλφρεντ, τον E-Z και μετά τη Λία.

"Μα ο E-Z είναι στην Αυστραλία", είπε η Σαμάνθα. "Θα χάσεις. Θα σε σκέφτομαι - ΔΕΝ θα σε σκέφτομαι - όταν θα κοιμάμαι τη νύχτα για ένα μήνα".

"Εσύ διάλεξες τον Άλφρεντ και αυτός πετάει με αεροπλάνο! Ξέρεις ότι πάντα κάνουν υπεραριθμίες και σπάνια τηρούν τα προγράμματά τους. Ενώ ο E-Z μπορεί να έρχεται και να φεύγει όπως θέλει και το αναπηρικό του αμαξίδιο ταξιδεύει εκπληκτικά γρήγορα! Θα κερδίσω τόσο πολύ, και είμαι τόσο σίγουρος, που θα γλυκάνω το στοίχημα και θα το κάνω έξι μήνες. Είστε διατεθειμένος να αυξήσετε το στοίχημα;"

Η Σαμάνθα εξέτασε αυτή τη νέα προσφορά. Τέτοια στοιχήματα θα μπορούσαν να βλάψουν έναν γάμο, και ήδη τους έλειπε ο ύπνος με το να ξυπνούν και οι δύο κάθε βράδυ για να φροντίσουν τα δίδυμα. Τον αγκάλιασε: "Ας το κρατήσουμε απλό. Ένας μήνας".

"Κοτόπουλο", είπε ο Σαμ, τυλίγοντας την αγκαλιά του γύρω από τη γυναίκα του. Τη φίλησε στο μέτωπο, ενώ η Τζιλ άφησε ένα κλάμα, στο οποίο σύντομα προστέθηκε και ο Τζακ. "Θα πάω εγώ", είπε.

"Πάμε μαζί", είπε η Σαμάνθα, πήρε το χέρι του άντρα της στο δικό της και ξεκίνησαν να κατεβαίνουν στο διάδρομο.

Η μικρή Ντόριτ έκανε φτερούγισμα και επέστρεφε με ταχύτητα.

"Δεν μπορούμε να πάμε κάτω να πιούμε ένα ποτό;" ρώτησε η Μπράντι.

"Απλώς όχι", είπε η Μικρή Ντόριτ.

"Έλα", είπε η Λία, "θα πάρει μόνο μερικά λεπτά".

"Δεν θέλω να σε τρομάξω", είπε η Μικρή Ντόριτ, "αλλά έχω ένα κακό προαίσθημα και θέλω να φύγουμε από το ύπαιθρο το συντομότερο δυνατό".

"Εντάξει", συμφώνησαν τα δύο κορίτσια.

Σχεδόν στο σπίτι πλέον, η Λία έστειλε ένα μήνυμα στη Σαμάνθα, λέγοντάς της ότι θα ήταν σπίτι σε λίγα λεπτά.

"Α, κάναμε και οι δύο λάθος!", είπε.

"Αλλά μία από εμάς θα πρέπει να σηκώνεται κάθε βράδυ με τα δίδυμα", είπε η Σαμ.

"Θα εναλλάσσονται", είπε η Σαμάνθα, καθώς αυτή και ο Σαμ, τώρα που τα δίδυμα είχαν ξανακαθίσει για τον ύπνο τους, βγήκαν στον κήπο. Σύντομα θα μπορούσε να δει τη Μικρή Ντόριτ να προσγειώνεται.

Η Λία και η Μπράντι κατέβηκαν.

"Αυτό ήταν πολύ ωραίο", είπε η Μπράντι. "Ευχαριστώ, Μικρή Ντόριτ". Αγκάλιασε τον μονόκερο, ο οποίος της απάντησε: "Παρακαλώ".

"Ναι, ευχαριστώ που μας φρόντισες", είπε η Λία.

"Το να σας φροντίζω, υπήρξαν προβλήματα;" ρώτησε ο Σαμ.

"Τίποτα που να μην μπορούσα να διαχειριστώ", είπε η Μικρή Ντόριτ. "Τώρα, αν δεν με χρειάζεστε για λίγο, θα ήθελα να φέρω λίγο νερό και ένα σνακ".

"Πήγαινε εσύ", είπε ο Σαμ, "και σ' ευχαριστώ που προσέχεις τα κορίτσια μας".

Η Μικρή Ντόριτ έκλεισε το μάτι στον Σαμ, έπειτα έφυγε και σύντομα χάθηκε από τα μάτια του.

Μετά τις συστάσεις με τον Σαμ και τη Σαμάνθα, η Μπράντι τηλεφώνησε στο σπίτι για να ενημερώσει τη μητέρα της ότι έφτασαν με ασφάλεια.

Λίγες ώρες αργότερα έφτασαν ο Άλφρεντ, ο Τσαρλς, ο Χαρούτο και η γιαγιά του. Όπως και πριν, έγιναν συστάσεις, με την Brandy και τη Lia να προστίθενται στο μείγμα.

"Δεν μπορεί να είσαι Ο Τσαρλς Ντίκενς", είπε η Μπράντι με σηκωμένα φρύδια. "Κι εσύ είσαι απλώς ένα παιδί, που μόλις έχει βγάλει τις πάνες", είπε στον Χαρούτο, ο οποίος σε απάντηση έγινε αόρατος.

"Ουπς!" αναφώνησε η Μπράντι. "Κι εσύ, είσαι ένας μεγάλος φτερωτός κύκνος! Πώς θα μας βοηθήσεις να νικήσουμε τις Ερινύες!"

"Πρώτα απ' όλα", ξεκίνησε ο Άλφρεντ, "είσαι πολύ πιο αγενής απ' ό,τι θα έπρεπε. Ακόμα και ένας ανεκδιήγητος κύκνος σαν εμένα έχει τρόπους".

"Anata wa gakidesu!" Είπε η γιαγιά του Χαρούτο που μεταφράζεται "Είσαι παλιόπαιδο!".

Ένα χαχανητό ακούστηκε από τον αόρατο Χαρούτο.

Η Λία παρενέβη και ζήτησε συγγνώμη: "Θα την ενημερώσω εγώ. Είναι εντάξει. Απλά δώστε της λίγο χρόνο να προσαρμοστεί", είπε. "Δεν ήξερα μέχρι πριν από λίγο, όταν το είδα με τα μάτια μου τι μπορεί να κάνει ο Χαρούτο". Στο μικρό αγόρι είπε: "Γύρνα πίσω, Χαρούτο, σε παρακαλώ. Δεν ήθελε να σε πληγώσει".

"Συγγνώμη", είπε η Μπράντι με τα μάτια της χαμηλωμένα στο πάτωμα.

Ο Χαρούτο επέστρεψε, σβήνοντας μέσα και έξω. Στεκόταν με το χέρι του γύρω από τη μέση της γιαγιάς του. Ο Άλφρεντ και ο Τσαρλς πλησίασαν πιο κοντά τους.

"Μόλις κατεβήκαμε από το αεροπλάνο και είμαστε κουρασμένοι - οπότε, θα πάμε να φρεσκαριστούμε. Όταν επιστρέψουμε, περιμένω να της βάλετε λουρί ή ένα κομμάτι κολλητική ταινία στο στόμα. Ή θα της μάθετε τρόπους", είπε και έπειτα απομακρύνθηκε στον διάδρομο με τους άλλους δύο μαζί.

"Ουάου!" είπε η Μπράντι. "Απλά WOW! Είπα ότι λυπάμαι".

"Όχι, είχε δίκιο", είπε η Λία.

Η Σαμάνθα είπε: "Είσαι στο σπίτι μας τώρα, και δεν θα σε αφήσουμε να είσαι αγενής σε κανέναν".

Ο Σαμ δίπλωσε τα χέρια του στο στήθος του, ακριβώς τη στιγμή που τα δίδυμα άρχισαν πάλι να κλαίνε.

"Πρέπει να πεινάνε. Μην ανησυχείτε, θα τα καταφέρω", είπε η Σαμάνθα, αλλά πριν φύγει, κοίταξε επίμονα την Μπράντι.

"Μπράντι, βρίσκεσαι σε ένα παράξενο μέρος, όπου δεν γνωρίζεις κανέναν άλλο εκτός από τη Λία και τη Μικρή Ντόριτ ακόμα", είπε ο Σαμ. "Αν θέλεις να είσαι μέρος αυτής της ομάδας, να νικήσεις τις Φούριες - τότε πρέπει να συνεργαστείς. Το να προσβάλλεις τους συμπαίκτες σου δεν είναι ένας αποτελεσματικός τρόπος για να ξεκινήσεις. Θα σου πρότεινα να ζητήσεις ξανά συγγνώμη σαν να το εννοείς, όταν επιστρέψουν, και να ζητήσεις να ξαναρχίσουμε".

Τα μάτια της Μπράντι γέμισαν δάκρυα: "Απλώς εξεπλάγην, όταν είδα τα άλλα μέλη της ομάδας με τα οποία θα συνεργαστώ. Αλλά έχεις δίκιο, θα ζητήσω ξανά συγγνώμη και θα ζητήσω άλλη μια ευκαιρία. Ελπίζω να με συγχωρήσουν. Η μαμά πάντα λέει ότι είμαι πολύ ειλικρινής για το καλό μου".

Η Λία χαμογέλασε. "Θα αγαπήσεις τον Άλφρεντ μόλις τον γνωρίσεις. Είναι η πρώτη φορά που συναντώ και τον Τσαρλς από κοντά. Ο Τσαρλς βρίσκεται σε μια περίεργη κατάσταση. Όταν ήταν δέκα ετών, ήταν το 1822. Σκεφτείτε το αυτό. Και είναι επίσης η πρώτη φορά που συναντώ τον Χαρούτο και τη γιαγιά του".

"Αυτό είναι τρελό! Ο Τζέιμς Μονρό ήταν τότε πρόεδρος - και ήταν ο πέμπτος πρόεδρός μας!" Ο Μπράντι χούφτωσε. Σπρώχνει απαλά τον αγκώνα της στη Λία: "Η μαμά και ο μπαμπάς θα εντυπωσιαστούν πάρα πολύ που θυμήθηκα αυτές τις πληροφορίες! Και το παιδί, εννοώ ο Χαρούτο, φαίνεται πολύ μικρός για να βάλει τη ζωή του σε κίνδυνο".

Η Λία γέλασε και ο Σαμ συνέχισε να γελάει, μετά ακούγοντας ότι η γυναίκα του τον καλούσε να βοηθήσει με τα δίδυμα έφυγε βιαστικά από το δωμάτιο.

Ο Κάρολος απάντησε: "Ο Γεώργιος Δ' ήταν στο θρόνο όταν ήμουν εδώ την τελευταία φορά. Τουλάχιστον δεν χρειάζεται να ανησυχώ μήπως επιστρέψω στο πτωχοκομείο του χρόνου", είπε με ένα χαμόγελο που έσβησε γρήγορα.

Η Λία έβγαλε μια ακούσια κραυγή, ενώ η Μπράντι ξέσπασε σε δάκρυα και είπε: "Λυπάμαι πολύ, Κάρολε".

"Α, άρα έχεις ακούσει για τα πτωχοκομεία τότε", είπε. "Αλλά εγώ είμαι εδώ και επέζησα και προφανώς συνέχισα να χρησιμοποιώ την εμπειρία μου για να γράψω για χαρακτήρες όπως ο Όλιβερ Τουίστ και η Μικρή Ντόριτ, για να αναφέρω δύο. Ναι, διάβασα για τον εαυτό μου στο διαδίκτυο και πρέπει να σας πω ότι εντυπωσιάστηκα ακόμα και από τον εαυτό μου".

"Δεν έχεις γνωρίσει ακόμα τη Μικρή Ντόριτ τον Μονόκερο", είπε η Λία. "Έφυγε για αναψυκτικό, αλλά θα επιστρέψει σύντομα".

"Ποια;" ρώτησε ο Κάρολος.

Με το σύνθημα η Μικρή Ντόριτ επανεμφανίστηκε κάνοντας κύκλους πάνω από τα κεφάλια τους και προσγειώθηκε γρήγορα.

"Μικρή Ντόριτ, αυτός είναι ο Κάρολος Ντίκενς. Κάρολε, αυτή είναι η Μικρή Ντόριτ", είπε η Λία.

Ο Τσαρλς έμεινε άφωνος, καθώς ο φιλικός μονόκερος τον χάιδευε. "Δεν φανταζόμουν ούτε σε ένα εκατομμύριο χρόνια ότι θα συναντούσα έναν μονόκερο".

"Χάρηκα για τη γνωριμία, Τσαρλς", είπε η Μικρή Ντόριτ.

Ο Τσαρλς έμεινε άφωνος: "Και μάλιστα ένας έξυπνος που μιλάει!" Είχε ένα εκατομμύριο ερωτήσεις να της κάνει, αλλά θα έπρεπε να περιμένουν γιατί στον ουρανό, ο E-Z, ο Lachie και το Baby έρχονταν για προσγείωση. "Είμαι ξύπνιος ή ονειρεύομαι;" ρώτησε ο Τσαρλς. "Τσιμπήστε με, για να είμαι σίγουρος".

Μόλις προσγειώθηκε ο Μπέιμπι και κατέβηκε ο Λάτσι, έγιναν συστάσεις παντού, καθώς ο E-Z έτρεξε μέσα για να χρησιμοποιήσει το μπάνιο. Όταν επέστρεψε, ο Σαμ και η Σαμάνθα με τα δίδυμα στη ρυμούλκηση, ο Χαρούτο και ο Άλφρεντ τους έκαναν παρέα.

"Η παρέα είναι όλη εδώ", είπε ο Άλφρεντ.

"Μπορώ να μιλήσω σε σένα και στον Χαρούτο", ρώτησε η Μπράντι. Όταν έγνεψαν, είπε: "Λυπάμαι πάρα πολύ. Σας παρακαλώ, συγχωρέστε με για την αγένειά μου και δώστε μου μια δεύτερη ευκαιρία". Κοίταξε τα πόδια της.

"Ας ξεκινήσουμε πάλι από την αρχή", είπε ο Άλφρεντ.

"Saikai suru", είπε ο Χαρούτο και μετά μετέφρασε: "Αυτό που είπε".

"Anata wa yurusa rete imasu", είπε η γιαγιά του Χαρούτο που μεταφράζεται: "Σε συγχωρώ".

Το μωρό και η μικρή Ντόριτ να στέκονται δίπλα-δίπλα ήταν ένα πολύ παράξενο θέαμα. Η Μικρή Ντόριτ δεν ήταν μικρή, ήταν ένας μονόκερος που ξεπερνούσε τα 2,5 μέτρα ύψος, ενώ ο Μπέιμπι, δεν ήταν μωρό στο ανάστημα, καθώς είχε ύψος πάνω από 2,5 μέτρα.

"Ε, νομίζω ότι εσείς οι δύο - αναφερόμενος στο Μωρό και τη Μικρή Ντόριτ - θα πρέπει να βρείτε κάπου αλλού να κοιμηθείτε, καθώς ο κήπος δεν θα είναι αρκετά μεγάλος για τους δυο σας", είπε ο E-Z.

Η Μικρή Ντόριτ είπε: "Ξέρω ένα μέρος και μπορούμε να πάρουμε κάτι νόστιμο να φάμε και λίγο νερό επίσης".

"Μου ακούγεται καλό", είπε η Μπέιμπι.

Η γιαγιά του Χαρούτο χάιδεψε το μωρό στο κεφάλι και ρώτησε: "Josha wa dodesu ka;" που μεταφράζεται: "Τι θα λέγατε για μια βόλτα;".

Το μωρό είπε, "Tashika ni, tobinotte!" που μεταφράζεται, "Σίγουρα, ανέβα!"

Ο Χαρούτο έτρεξε και είπε, "Matte watashi o wasurenaide!" που μεταφράζεται: "Περίμενε, μη με ξεχνάς!".

Το μωρό κατέβηκε προς τα κάτω ώστε ο Χαρούτο και η γιαγιά του να ανέβουν στην πλάτη του. Πέταξαν, με τη Μικρή Ντόριτ να ακολουθεί από κοντά.

Ο Σαμ είπε: "Νομίζω ότι όλοι πρέπει να τακτοποιηθούν και αύριο μπορείτε να μιλήσετε και να σχεδιάσετε με την καρδιά σας".

"Καλή ιδέα", είπε ο Ε-Ζ, καθώς ο Μπέιμπι άφηνε τον Χαρούτο και τη γιαγιά του. Τα μαλλιά της Σόμπο είχαν σηκωθεί σαν να είχε βάλει το δάχτυλό της σε πρίζα.

Καθώς η γιαγιά του Χαρούτο ήταν άφωνη, η Σαμάνθα την οδήγησε στο δωμάτιό της. "Ο Χαρούτο κοιμάται στο δωμάτιό μου", είπε.

"Βέβαια, επιστρέφω αμέσως". Κατέβηκε στο διάδρομο προς το δωμάτιο του Ε-Ζ.

"Πώς ήταν;" Ο Ε-Ζ ρώτησε τον Χαρούτο.

"Subarashi!" αναφώνησε που μεταφράζεται "Φανταστικά!".

"Μας έφεραν σήμερα μια κούνια και μερικές κουκέτες", είπε η Σαμ, "οπότε Χαρούτο, Τσαρλς και Λάτσι, είστε με τον Ε-Ζ και τον Άλφρεντ στο δωμάτιό τους. Ο Άλφρεντ κοιμάται στην άκρη του κρεβατιού του Ε-Ζ".

"Ευχαριστώ", είπε ο Ε-Ζ καθώς κατευθύνονταν προς το δωμάτιό του. "Α, παρεμπιπτόντως", είπε όταν έμειναν μόνοι τους, "είχε κανείς σας πρόβλημα στην επιστροφή;"

Ο Άλφρεντ είπε ότι δεν είχαν.

"Κι εσύ, Λία;" ρώτησε μέσα στο μυαλό του.

"Όχι."

"Λοιπόν, τι συνέβη;" ρώτησε ο Άλφρεντ.

"Λοιπόν, είχαμε μια φλεγόμενη μπάλα φωτιάς στα ίχνη μας".

Η Λία αγκομαχούσε.

"Αλλά χάρη στη γρήγορη σκέψη της Μπέιμπι, καταστράφηκε".

"Πώς κατάφερε να την καταστρέψει;" ρώτησε ο Άλφρεντ.

"Ο Μπέιμπι την κατάπιε και μετά την έριξε στον ωκεανό".

"Αυτό είναι τρομακτικό", είπε ο Χαρούτο.

"Ανησυχώ ακόμα λίγο για τον Μπέιμπι", είπε ο E-Z, "γιατί στην επιστροφή παρατήρησα ότι έβηξε και φτερνίστηκε μερικές φορές".

Ο Λάτσι είπε: "Μια σπίθα μάλιστα πετάχτηκε από το στόμα και τα ρουθούνια του. Λέει ότι είναι καλά, αλλά τον παρακολουθώ στενά".

"Δεν μπορούμε ακριβώς να τον πάμε στον κτηνίατρο, τώρα, έτσι δεν είναι;" είπε ο Άλφρεντ.

Ο Χαρούτο γέλασε και γέλασε.

"Τι είναι τόσο αστείο;" ρώτησε ο E-Z.

"Ο Hyoryu Doragon", είπε. "Hyoryu Doragon!" - που μεταφράζεται ως κτηνίατρος δράκος - και βροντοφώναξε πάλι από τα γέλια.

Ο Άλφρεντ και ο E-Z σήκωσαν τους ώμους τους, όπως και ο Τσαρλς, ο οποίος άλλαξε το θέμα ρωτώντας αν οι υπόλοιποι σκέφτηκαν ότι θα έπρεπε να βρουν ένα νέο όνομα για την ομάδα τους, αφού τώρα είναι επτά αντί για τρεις.

"Ίσως", είπε ο E-Z.

"Ποια είναι τα βασικά μας χαρακτηριστικά;" ρώτησε ο Charles.

"Η υπόσχεση", πρότεινε ο Χαρούτο, καθώς είχε ηρεμήσει και είχε σταματήσει να γελάει.

"Φιλοδοξία", είπε ο Τσαρλς.

"Πίστη", είπε ο E-Z.

"Ελπίδα", είπε ο Alfred.

Η Σαμάνθα άκουσε έξω από την πόρτα για λίγα λεπτά. Όλοι ακούγονταν αρκετά φιλικοί, οπότε επέστρεψε για να μιλήσει με τη γιαγιά του Χαρούτο.

"Ο Χαρούτο τακτοποιείται με τα άλλα αγόρια και συζητούν. Μπορείτε να τον μεταφέρετε εδώ αύριο, αν θέλετε. Έχει το δικό του κρεβατάκι εκεί μέσα. Σχεδίαζαν ένα νέο όνομα για την ομάδα των υπερηρώων τους - οπότε δεν ήθελα να διακόψω τον καταιγισμό ιδεών τους".

Η γιαγιά του Χαρούτο έγνεψε: "Ευχαριστώ".

Η Λία και η Μπράντι συμμετείχαν τώρα στη συζήτηση από δωμάτιο σε δωμάτιο.

"Δύναμη x 7", πρότειναν τα κορίτσια.

"E, μπορεί μερικές φορές να διαβάζει τις σκέψεις μας", επιβεβαίωσε ο E-Z.

Ο Τσαρλς αναφώνησε: "Τι γίνεται με το PAFHS7;"

"Μου αρέσει", είπε ο E-Z, "αλλά δεν ξεχνάμε δύο βασικά μέλη της ομάδας μας; Εννοώ τη Μικρή Ντόριτ και το Μωρό. Είναι αναπόσπαστα μέλη και μας έχουν σώσει τον πισινό μερικές φορές ήδη".

Ο Άλφρεντ επανέλαβε τα λόγια, όπως και ο Χαρούτο.

"Τι γίνεται με το PAFHS9!" Τραγούδησαν η Λία και η Μπράντι.

Οι PAFHS9 δεν μπορούσαν να κάνουν αλλιώς, γέλασαν - μέχρι που άκουσαν κάποιον να περπατάει πάνω από τα κεφάλια τους στην οροφή.

"Τι στο καλό ήταν αυτό;" ρώτησε ο E-Z.

"Γιου-χου! Εμείς είμαστε!" Είπε ο Ραφαήλ. "Ο Έριελ κι εγώ.

ΚΕΦΑΛΑΙΟ 10

Θ΄ΟΡΥΒΟΣ ΣΤΗΝ ΟΡΟΦ΄Η ΤΟΥ ΣΠΙΤΙΟ΄Υ

Ο Σαμ αναρωτήθηκε αν τα Χριστούγεννα είχαν έρθει νωρίς, όταν βγήκε έξω με το μπουρνούζι του για να διερευνήσει τη φασαρία στην ταράτσα. Δεν μπορούσε να δει ποιος ήταν εκεί πάνω, μέχρι που στάθηκε στο κέντρο του μπροστινού του γκαζόν.

"Σσσς!" ψιθύρισε. "Μόλις βάλαμε τα μωρά για ύπνο".

Οι αρχάγγελοι δεν απάντησαν. Αντιθέτως, κρέμασαν τα κεφάλια τους σαν δύο μαλωμένα παιδιά.

"Θα θέλατε να έρθετε μέσα;" ρώτησε.

"Σας ευχαριστώ πολύ", απάντησε ο Ραφαήλ.

POOF

POW

Εκείνη και ο Έριελ εξαφανίστηκαν.

Ο Σαμ δεν απομακρύνθηκε αμέσως από το γκαζόν. Τα πόδια του ήταν βρεγμένα από τη δροσιά στο γρασίδι, και καθώς έσφιγγε τις γροθιές του στις τσέπες της ρόμπας του, είδε τη Μικρή Ντόριτ και το Μπέιμπι να κάνουν κύκλους γύρω από το σπίτι.

"Είναι όλα εντάξει εκεί κάτω;" ρώτησε η Μικρή Ντόριτ.

"Ναι", είπε ο Σαμ, "αλλά μην πάτε πολύ μακριά για κάθε ενδεχόμενο. Θα σφυρίξω αν χρειαστούμε βοήθεια". Χαιρέτησε και μετά ξαναμπήκε στο σπίτι, το οποίο τώρα ήταν γεμάτο φωνές και γρατζουνιές από καρέκλες. Έσφιξε τα δόντια του και ήλπιζε ότι τα δίδυμα κοιμόντουσαν ήσυχα. Τώρα στην κουζίνα, παρατήρησε ότι όλοι ήταν ξύπνιοι και ξύπνιοι, εκτός από τη γιαγιά του Χαρούτο.

Η Ραφαέλ που καθόταν στην κεφαλή του τραπεζιού έμοιαζε τώρα με τη γυναίκα που ήταν ντυμένη νοσοκόμα στο ξενοδοχείο όταν σώθηκε η ζωή του Άλφρεντ. Το μακρύ, ρέον φόρεμά της που έμοιαζε με απολυτήριο αύξανε το κύρος της ανάμεσα στους άλλους σαν να ήταν καθιστή καθηγήτρια ή δικαστής.

Ο Eriel, από την άλλη πλευρά, είχε αλλάξει την εμφάνισή του ώστε να μοιάζει με έναν αποθανόντα τραγουδιστή, του οποίου το σήμα κατατεθέν ήταν να ντύνεται από την κορυφή ως τα νύχια στα μαύρα, συμπεριλαμβανομένων των γυαλιών ηλίου με σκούρο σκελετό.

"Χρειαζόμαστε κι άλλες καρέκλες;" ρώτησε η Σαμάνθα.

"Νομίζω ότι είμαστε εντάξει", είπε ο Σαμ. "Ελπίζω ότι αυτό δεν θα πάρει πολύ ώρα. Α, και E-Z, εσύ θα πάρεις την άλλη άκρη του τραπεζιού, αφού είσαι ο εκλεγμένος αρχηγός μας".

"Ε, ευχαριστώ", είπε ο Ε-Ζ μετακινούμενος στη θέση του. "Λοιπόν, τι στο καλό κάνετε εσείς οι δύο εδώ στη μέση της νύχτας;"

Η Μπράντι γέλασε: "Και ποιος είπε ότι εγώ είμαι η αγενής;"

Η Λία είπε: "Σσσς".

Ο Ραφαήλ έριξε μια ματιά σε καθένα από τα παιδιά. Ήταν η πρώτη φορά που έβλεπε τον Χαρούτο, τον Τσαρλς, τη Μπράντι και τη Λάκι. Ήταν όλοι τους τόσο απίστευτα νέοι, τόσο γενναίοι. Τα μάτια της άνοιξαν, καθώς το βλέμμα της έπεσε πάνω στον Ε-Ζ. Έσκυψε το κεφάλι της.

Ο Ε-Ζ περίμενε, και τότε συνειδητοποίησε ότι ο Ραφαήλ του ζητούσε να της δώσει την άδεια να μιλήσει. Κούνησε το κεφάλι του.

Πριν μιλήσει, η Ραφαέλ διόρθωσε τα καινούργια της γυαλιά. Το γεγονός ότι το έκανε αυτό, έκανε τον Ε-Ζ να ρυθμίσει τα παλιά της γυαλιά, τα οποία, όπως του ζήτησε ο αρχικός ιδιοκτήτης τους, δεν έβγαλε ποτέ από το πρόσωπό του.

Ο Κάρολος, ο οποίος πολύ αχαρακτήριστα γινόταν όλο και πιο ανυπόμονος, ρώτησε: "Κυρία, γιατί βρίσκομαι εδώ ως δεκάχρονο αγόρι, ενώ θα ήμουν πολύ πιο χρήσιμος σε αυτή την ομάδα ως ενήλικας".

"ΣΙΩΠΉ!" Αναφώνησε ο Έριελ, χτυπώντας τις γροθιές του στο τραπέζι. "Εμείς έχουμε τον λόγο. Μίλα, αδελφή, καθώς αυτά τα παιδιά γίνονται όλο και πιο ανυπόμονα. Τα μάτια τους τρεμοπαίζουν και εκτοξεύονται σε όλο το δωμάτιο. Σαν να περιμένουν να τα ρίξεις μέσα σε καυτές δεξαμενές με κερί!"

"Αγένεια!" αναφώνησε η Μπράντι. "Δεν σε φοβάμαι!"

"Σσσ", ψιθύρισε η Λία.

Ο Κάρολος χαμογέλασε στην Μπράντι.

"Θα έπρεπε να φοβάσαι", είπε η Έριελ με μια γκριμάτσα. "Να φοβάσαι πολύ".

"Ησυχία! Ησυχία!" φώναξε ο Ραφαήλ και περίμενε μέχρι να καθίσουν όλοι στη θέση τους και να ηρεμήσουν περισσότερο. "Βρισκόμαστε εδώ απόψε για το καλό ΣΑΣ". Ο Ραφαήλ είπε μάλλον πιο δυνατά απ' ό,τι περίμενε.

"Εδώ! Εδώ!" Παρενέβη η Έριελ.

"Πώς έτσι;" ρώτησε ο E-Z.

"Θα σου πει αν σωπάσεις!" δήλωσε η Eriel.

Ο Ραφαήλ περίμενε και πάλι πριν μιλήσει ξανά.

"Δεν υπάρχει χρόνος για φανταχτερά σχέδια ή καθυστερήσεις. Οι Furies προκαλούν τον όλεθρο, ολοένα και περισσότερο κάθε μέρα με την πειρατεία των Soul Catchers. Εκτοξεύοντας παλιές ψυχές στο ανοιχτό κενό. Επικρατεί απόλυτο χάος εκεί έξω! Και δημιουργούν περισσότερο με κάθε δευτερόλεπτο, κάθε λεπτό, κάθε ώρα κάθε ημέρας. Εν ολίγοις, πρέπει να τους σταματήσουμε. Αμέσως."

"Μα..." είπε ο Άλφρεντ, "δεν ανέφερες καν τα παιδιά".

Ο Έριελ σηκώθηκε από την καρέκλα του. Κοίταξε επίμονα τον Άλφρεντ, αναγκάζοντάς τον να κοιτάξει αλλού. "Δεν έχει τελειώσει ΑΚΟΜΑ".

Ο Ραφαήλ συνέχισε χωρίς να διστάσει αυτή τη φορά.

"Εμείς, ο Έριελ κι εγώ, είμαστε εδώ για να σας δώσουμε συμβουλές - χωρίς να αναμιχθούμε άμεσα. Η αποστολή μας είναι να σας βοηθήσουμε, να βοηθήσετε τον εαυτό σας να σώσει τα παιδιά".

Στον E-Z δεν άρεσε καθόλου αυτό που ακούστηκε, καθόλου. Χτύπησε τις γροθιές του στο τραπέζι.

"Έχουμε ήδη συμφωνήσει να πολεμήσουμε τις Ερινύες. Πρώτα, πρέπει να ετοιμαστούμε, να καταστρώσουμε ένα σχέδιο. Όταν είμαστε έτοιμοι, θα τους καταστρέψουμε. Αν ήρθατε εδώ για να μας πιέσετε, να μας ωθήσετε στη μάχη πριν έρθει η κατάλληλη στιγμή, τότε, καθώς έχω εκλεγεί αρχηγός, θα ήθελα να αποσυρθώ. Είμαστε απλά παιδιά και μας ζητάτε να βάλουμε τις ζωές μας σε κίνδυνο. Δεν είμαι, δεν είμαστε, διατεθειμένοι να προχωρήσουμε μπροστά μέχρι να είμαστε πλήρως προετοιμασμένοι".

Η Λία σηκώθηκε πρώτη και άρχισε να χειροκροτεί και η υπόλοιπη ομάδα της προσχώρησε.

"Αυτό που είπε", γουργούρισε ο Άλφρεντ, αφού οι κύκνοι δεν μπορούν να χειροκροτήσουν.

"Περιμένετε!" Είπε ο Ραφαήλ. "Δεν είμαστε εδώ για να σε σπρώξουμε, είμαστε εδώ για να σε βοηθήσουμε".

Το χρώμα του Έριελ άλλαξε από λευκό σε κόκκινο, σε ακραία αντίθεση με τη μαύρη ενδυμασία του. Ο E-Z και οι άλλοι κοιτούσαν, καθώς η επιδερμίδα του αρχάγγελου συνέχιζε να κοκκινίζει, φοβούμενοι μήπως εκραγεί το κεφάλι του.

"Ηρεμήστε και καθίστε!" διέταξε ο Ραφαήλ. Ο Έριελ πήρε μερικές βαθιές αναπνοές, και στη συνέχεια βυθίστηκε ξανά στη θέση του.

Ο Ραφαήλ παρέμεινε ήρεμος με το κεφάλι ψηλά. Έσπρωξε την καρέκλα της προς τα πίσω και σηκώθηκε. Και συνέχισε να σηκώνεται μέχρι που βρέθηκε πάνω από τους υπόλοιπους. Βολεύτηκε, σαν να ταξίδευε με μαγικό χαλί, και έγειρε το κεφάλι της προς τα δεξιά σαν να πόζαρε για μια selfie.

"Είμαστε αφοσιωμένοι σε εσάς και στην αποστολή, αλλά οι δυνάμεις μας έχουν περιορισμούς. Αν γνωρίζετε τη ρήση, "είμαστε εδώ για εσάς στο πνεύμα", - τότε αυτό είμαστε. Σήμερα έχουμε καταστρέψει όλους τους κανόνες, ερχόμενοι εδώ στο σπίτι σας. Το κάναμε αυτό ενάντια στις συμβουλές των ανωτέρων μας και ενάντια στην κοινή λογική.

"Ερχόμενοι εδώ, εκθέσαμε τους εαυτούς μας σε αόρατους και άγνωστους κινδύνους, αλλά αξίζετε το ρίσκο. Γι' αυτό και αποφασίσαμε να έρθουμε και να προσφέρουμε τη βοήθειά μας αυτοπροσώπως".

"Επίσης, καταλαβαίνουμε ότι έχετε καταστρώσει ένα σχέδιο και είμαστε εδώ ως ηχητικά όργανα. Μπορείτε να το δοκιμάσετε πάνω μας, να δείτε αν θα πετύχει. Αν εντοπίσουμε κάποια ελαττώματα, θα σας τα επισημάνουμε και θα σας βοηθήσουμε".

Ο E-Z έριξε μια ματιά στα μέλη της ομάδας του, τα οποία κάθισαν και πάλι κάτω. "Σκεφτόμαστε την επιλογή να τραβήξουμε τις θεές σε ένα παιχνίδι και να τις νικήσουμε εκεί".

"Α, κατάλαβα", είπε ο Ραφαήλ. "Πιστεύετε ότι μπορείτε να τις νικήσετε στο δικό τους παιχνίδι, ας πούμε, έξυπνα. Αρκετά έξυπνο, αλλά όχι αρκετά έξυπνο, φοβάμαι".

"Τι εννοείς;"

"Έχουν καταλάβει πώς να χειραγωγούν και να ελέγχουν όλους τους παίκτες στον κόσμο των παιχνιδιών. Ξέρουν κάθε κόλπο που υπάρχει στο βιβλίο - επειδή η βιομηχανία το έχει κάνει εύκολο όταν είσαι μέσα στο παιχνίδι. Για να παίξεις, πρέπει να σκοτώσεις. Για να εξελιχθείς, πρέπει να σκοτώσεις. Για να κερδίσεις, πρέπει να σκοτώσεις.

"Μέσα στον κόσμο του gaming E-Z, θα πρέπει να σκοτώσεις κι εσύ. Μόλις το κάνεις, είσαι ελεύθερο παιχνίδι για τις Ερινύες. Θα μπορούσαν να σας συλλάβουν όλους, έναν προς έναν. Δεν μπορείτε να μείνετε σαν ομάδα εκεί. Οι ομάδες μέσα στο παιχνίδι είναι απλές ψευδαισθήσεις. Κανένας παίκτης δεν θα μπορούσε να εξαιρεθεί από το εκδικητικό τους σχέδιο.

"Θυμηθείτε, οι θεές έχουν μια εντολή - η οποία είναι να τιμωρούν τους ατιμώρητους. Και την ακολουθούν πιστά, χωρίς αν, και και αλλά. Ωστόσο, χρησιμοποιούν μια γκρίζα ζώνη προς όφελός τους. Τίποτα δεν μπορεί να τις σταματήσει - υπό την προϋπόθεση ότι τηρούν την εντολή". Σταμάτησε και κοίταξε την Έριελ: "Θέλεις να προσθέσεις κάτι;"

"Αν ήμουν στη θέση σου", είπε, "θα τους επιτίθονταν κατά μέτωπο σε ανοιχτό χώρο. Εκεί και όταν το περιμένουν λιγότερο. Θα σε έβαζε σε θέση ισχύος και θα τους έκανε ευάλωτους".

"Αυτό ισχύει αν δεν μας δουν ή αν δεν διαισθανθούν ότι ερχόμαστε να τους πιάσουμε", είπε η Μπράντι. "Ακόμα δεν καταλαβαίνω πώς σκοτώνουν τα παιδιά. Πρέπει να το δούμε, για να το καταλάβουμε και για να ξέρουμε τι αντιμετωπίζουμε. Είπα ότι θα βοηθήσω, αλλά σίγουρα περίμενα πιο συγκεκριμένες πληροφορίες".

"E-Z", ρώτησε ο Ραφαήλ, "είσαι πρόθυμος να μου επιστρέψεις τα γυαλιά μου; Για λίγο καιρό; Με αυτά, θα μπορέσω να σου δείξω την τεχνική των Furies. Πώς παγιδεύουν τα παιδιά μέσα στο παιχνίδι σε πραγματικό χρόνο. Η Μπράντι έχει δίκιο, βλέποντας πιστεύεις, αλλά δεν μπορώ να το κάνω χωρίς τα αυθεντικά μου γυαλιά. Μόνο εσύ μπορείς να πάρεις αυτή την απόφαση. Αν θέλετε πραγματικά να δείτε. Αν θέλεις πραγματικά να μάθεις".

"Ωραία", είπε η Μπράντι. "Ας ξεκινήσουμε, E-Z".

Η Έριελ κοίταξε το ταβάνι. "Ο Οφάνιελ με κάλεσε. Πρέπει να φύγω τώρα". Υποκλίθηκε.

ZIP

Εξαφανίστηκε μέσα στη νύχτα.

Ο Ε-Ζ έβγαλε τα κόκκινα γυαλιά και τα δίπλωσε, πριν τα δώσει στον Ραφαήλ, ο οποίος εξακολουθούσε να αιωρείται πάνω από το τραπέζι. Τα γυαλιά, όταν τα άγγιξε, πέταξαν στα χέρια της.

Ο Ραφαήλ έβγαλε τα καινούργια της γυαλιά και γυάλισε τα παλιά, προτού τα τοποθετήσει στο πρόσωπό της. Χαμογέλασε, καθώς η ίδια και όλοι οι υπόλοιποι στο δωμάτιο παρακολουθούσαν το αίμα να κινείται γύρω από τους σκελετούς με τον φιδίσιο τρόπο του, σαν να εξοικειωνόταν ξανά μαζί της.

Όταν το αίμα στα γυαλιά είχε επανέλθει στη ραφαηλινή του ροή, τα έβαλε στο πρόσωπό της και στη συνέχεια έστρεψε τον εαυτό της προς τον τοίχο, καθώς από τα γυαλιά της έβγαιναν ισχυρά έντονα φώτα που έδιναν παλλόμενες ακτίνες, όπως θα περίμενε κανείς να δει σε μια κινηματογραφική αίθουσα.

"Πριν ξεκινήσουμε", είπε ο Ραφαήλ, "αυτό δεν είναι για τους αδύναμους. Αυτό που πρόκειται να δείτε είναι χαρακτηρισμένο ως συνοδεία ενηλίκων. Δεν νομίζω ότι ο Χαρούτο πρέπει να το δει".

Η Σαμάνθα είπε: "Έλα, Χαρούτο. Εσύ κι εγώ μπορούμε να δούμε λίγη τηλεόραση στο άλλο δωμάτιο".

Οι δυο τους έφυγαν. Και η παράσταση άρχισε.

Στην οθόνη φαινόταν ένα μικρό αγόρι. Περίπου επτά, ίσως οκτώ ετών. Παρόλο που ήταν μεσάνυχτα, καθόταν μπροστά στον υπολογιστή. Στο κεφάλι του είχε ακουστικά. Μπροστά από το στόμα του υπήρχε ένα μικροσκοπικό μικρόφωνο που ήταν συνδεδεμένο με το κάλυμμα του κεφαλιού του.

"Σ' έπιασα!" είπε. "Το μόνο που χρειάζομαι είναι ένας ακόμη φόνος, και μετά θα είμαι στο επόμενο επίπεδο".

Και μπορούσαν να το ακούσουν κι εκείνοι.

"Είσαι δολοφόνος!"

"Μόνο τα κακά αγόρια σκοτώνουν - κι εσύ είσαι κακό αγόρι. Ξέρει η μητέρα σου τι είδους κακό αγόρι δολοφόνος είσαι;"

"Παίζω ένα παιχνίδι", είπε. "Είναι μόνο ένα παιχνίδι και αν δεν σκοτώσω, δεν μπορώ να προχωρήσω".

"Καημένο παιδί", είπε ο E-Z.

Σιωπή.

Το αγόρι συνέχισε το παιχνίδι του. Σύντομα ήρθε η ώρα να σκοτώσει ξανά. Αυτή τη φορά δίστασε.

"Συνέχισε. Σκότωσες μια φορά, ξέρεις ότι είχε πλάκα, οπότε προχώρα και σκότωσε ξανά. Ξέρεις ότι το θέλεις".

"Όχι!" είπε.

"Δεν έχει σημασία. Ένας φόνος είναι το μόνο που χρειαζόμαστε!"

Τότε το σφύριγμα έγινε πάλι πολύ δυνατό, πιο δυνατό, πιο δυνατό, πιο δυνατό, πιο δυνατό.

"Σταμάτα!" ούρλιαξε.

"Σταμάτα Ραφαήλ!" Ούρλιαξε η Λία.

"Δεν μπορώ", απάντησε ο αρχάγγελος. "Είπες ότι θέλεις να δεις πώς το κάνουν. Αν κάποιος από εσάς φοβάται πολύ, να φύγει από το δωμάτιο ή να καλύψει τα μάτια του. Η Μπράντι είχε δίκιο, πρέπει να το δείτε με τα μάτια σας. Μέχρι τώρα, ούτε εγώ το έχω δει".

Πήγαινε. Σκότωσες μια φορά, ξέρεις ότι είχε πλάκα, οπότε προχώρα και σκότωσε ξανά. Ξέρεις ότι το θέλεις".

Πήγαινε. Σκότωσες μια φορά, ξέρεις ότι είχε πλάκα, οπότε προχώρα και σκότωσε ξανά. Ξέρεις ότι το θέλεις."

Go on. Σκότωσες μια φορά, ξέρεις ότι είχε πλάκα, οπότε προχώρα και σκότωσε ξανά. Ξέρεις ότι το θέλεις."

"Λα, λα, λα, λα, λα", τραγούδησε το αγόρι. Προσπαθώντας να αποκλείσει τις φωνές.

"Έχει τρελαθεί", είπε ο φίλος του που έπαιζε κι αυτός το παιχνίδι. "Φεύγω. Τα λέμε αύριο στο σχολείο, Τόμι".

"Λα, λα, λα, λα, λα!" Ο Τόμι συνέχισε να τραγουδάει.

Οι σφυγμοί του έτρεχαν. Οι χτύποι της καρδιάς του επιταχύνθηκαν. Χτυπούσε και χτυπούσε, σαν να ήθελε να ξεσπάσει από το στήθος του. Δεν μπορούσε να αναπνεύσει. Προσπάθησε να σηκωθεί, αλλά τα πόδια του έγιναν μαρμελάδα.

Άκουσε μια φωνή στο κεφάλι του. Ακουγόταν σαν τη φωνή της μητέρας του, αλλά δεν ήταν.

"Ντρεπόμαστε τόσο πολύ για σένα, Τόμι. Δεν μας αξίζει να έχουμε έναν δολοφόνο για γιο μας!"

Μια δεύτερη φωνή, που ακούστηκε σαν του πατέρα του.

"Ο γιος μας δεν είναι δολοφόνος, ποιος είσαι εσύ; Δεν είσαι ο γιος μας".

Ο Τόμι έκλαψε.

"Είμαι δολοφόνος", είπε καθώς έπεσε από την καρέκλα του και σωριάστηκε σε μια μπάλα στο πάτωμα.

Τώρα από την οθόνη, δύο ακόμα φωνές. Ο αδελφός του Άλεξ, η αδελφή του Κέιτι, που τραγουδούσαν ένα τραγούδι με τους γονείς του, ένα τραγούδι που τραγουδούσαν σε ένα δημοφιλές παιδικό τραγούδι για έναν θάμνο μουριάς. Η εκδοχή τους ήταν η εξής:

"Ο Τόμι είναι ένας μουρμούρης- μουρμούρης, μουρμούρης, μουρμούρης, μουρμούρης, ο Τόμι είναι ένας μουρμούρης, και δεν τον αγαπάμε πια".

Ο καημένος ο Τόμι ήταν ολομόναχος τώρα.

"Μην τα παρατάς", φώναξε η Λία, αν και ήξερε ότι δεν μπορούσε να την ακούσει.

Στο πάτωμα, τυλιγμένος σε μια μπάλα, φανταζόταν ότι η μητέρα του, ο πατέρας του, η αδελφή του και ο αδελφός του χόρευαν γύρω του. Τον περικύκλωναν όπως ένα όρνιο περικυκλώνει το θήραμά του.

"Ο Τόμι είναι φουρ-ντερ-ερ, φουρ-ντερ-ερ, φουρ-ντερ-ερ, φουρ-ντερ-ερ, ο Τόμι είναι φουρ-ντερ-ερ, και δεν τον αγαπάμε πια".

Η καρδούλα του Τόμι ράγισε. Βγήκε από το σώμα του και πέταξε μακριά.

Οι Furies την έπιασαν και την έσπρωξαν μέσα σε ένα Soul Catcher. Έκλεισαν την πόρτα.

Ο Ραφαήλ έβγαλε τα γυαλιά. Αμέσως ο προβολέας τοίχου τελείωσε. Καθώς παρέδωσε τα γυαλιά πίσω στον E-Z, ένα δάκρυ κύλησε στο μάγουλό της.

Η σιωπή γύρω από το τραπέζι ήταν εκκωφαντική.

"Κάνουν τις μάγισσες για τις οποίες έγραψε ο Σαίξπηρ στον Μάκβεθ να φαίνονται ευγενικές", είπε ο Άλφρεντ.

"Δεν βλέπω πώς η δύναμή μου να καμουφλάρω ή να μιλάω στα ζώα θα βοηθήσει, όχι εναντίον τους", είπε ο Λάτσι.

"Θα σκότωνα ένα, θα πέθαινα, θα επέστρεφα, θα σκότωνα το δεύτερο, θα πέθαινα, θα επέστρεφα και θα σκότωνα το τρίτο", είπε η Μπράντι. "Αφήστε με να τα πιάσω στα χέρια μου!"

"Περίμενε ένα λεπτό", είπε ο E-Z. "Τώρα που το είδαμε, πρέπει να το συζητήσουμε. Πριν βουτήξουμε μέσα. Ίσως θα έπρεπε να ξαναψηφίσουμε; Η συμμετοχή μας πρέπει να είναι ομόφωνη".

Μίλησε ο Σαμ. "Δεν χρειάζεται να ντρέπεστε, για να πείτε όχι. Κανείς δεν σας διόρισε σωτήρες του κόσμου".

"Έχει δίκιο", είπε ο Ραφαήλ. "Κανείς δεν σας διόρισε - όμως δεν υπάρχει κανένας άλλος που να μπορεί να το κάνει".

"Γιατί δεν μπορείτε να το κάνετε εσείς οι αρχάγγελοι;" ρώτησε η Μπράντι.

"Δοκιμάσαμε ό,τι ξέραμε και αποτύχαμε. Γι' αυτό ήρθαμε σε εσάς", είπε ο Ραφαήλ. "Και ένα πράγμα θέλω να ξεκαθαρίσω σε όλους σας... Αν υπάρξει ποτέ μια στιγμή, που θα φοβάστε ότι το τέλος πλησιάζει, τότε είναι που θα έρθουμε να σας βοηθήσουμε".

"Πώς σκοπεύετε να μας βοηθήσετε τότε, όταν μόλις μας είπατε ότι είστε άχρηστοι;" ρώτησε ο Κάρολος.

"Αυτό ακριβώς ήθελα να ρωτήσω", είπε η Μπράντι.

"Αν, όταν, το τέλος είναι κοντά... σε εμάς τους αρχαγγέλους θα δοθούν άλλες δυνάμεις. Μέχρι να χρειαστούν, αυτές οι δυνάμεις κοιμούνται βαθιά μέσα στα έγκατα της γης.

"Στο μεταξύ, E-Z, ξέρεις τις μαγικές λέξεις για να καλέσεις την Έριελ στο πλευρό σου. Οι ίδιες λέξεις θα φέρουν εμένα και τους άλλους, αν μας χρειαστείς.

"Θα έρθουμε. Θα πολεμήσουμε στο πλευρό σου. Αλλά σε παρακαλώ, μην σπαταλήσεις το κάλεσμα. Για να ξυπνήσουν οι αρχαίες δυνάμεις, πρέπει να υπάρχουν αδιάψευστες αποδείξεις ότι επίκειται το τέλος της ανθρώπινης φυλής".

"Και τι θα γίνει αν σας καλέσουμε και οι δυνάμεις που λέτε ότι θα έχετε δεν έρθουν. Τότε τι θα γίνει;" ρώτησε ο E-Z.

"Τότε θα πεθάνουμε μαζί με εσάς".

Ο E-Z χτύπησε τις γροθιές του στο τραπέζι.

"Το να τους βλέπω σε δράση, κάνει το αίμα μου να βράζει. Πρέπει να τους νικήσουμε".

"Ορίστε! Εδώ!" φώναξε ο Τσαρλς.

"Αλλά πρώτα", είπε ο Σαμ, "πρέπει να το πεις σε αυτά τα παιδιά πριν τα στείλεις στη μάχη. Πες τους ακριβώς πώς εσύ και οι άλλοι αρχάγγελοι προσπαθήσατε να νικήσετε τις Ερινύες".

"Τους στήσαμε μια παγίδα όταν ανακαλύψαμε ότι είχαν επιστρέψει. Μας πρόδωσαν, μας πρόδωσαν και μετά μετακόμισαν στην Κοιλάδα του Θανάτου. Η Κοιλάδα του Θανάτου είναι πλέον εκτός ορίων για τους Αρχαγγέλους".

"Εκτός ορίων; Ποιος την έκανε έτσι;"

"Αυτό είναι ένα ερώτημα που δεν μπορώ να απαντήσω. Το μόνο που ξέρω είναι ότι μια ομάδα απίστευτα ισχυρών αρχαγγέλων δεν μπόρεσε να σπάσει τα προστατευτικά φράγματα που έχουν τοποθετηθεί".

"Αυτό είναι όλο;" ρώτησε η Μπράντι. "Αυτό είναι το μόνο που προσπαθήσατε και θέλετε να αναλάβουμε εμείς τώρα. Αλήθεια;"

Η Ραφαήλ έβαλε τα χέρια στους γοφούς της: "Είμαστε αρχάγγελοι και οι δυνάμεις μας στη γη είναι περιορισμένες". Γέλασε: "Και οι δυνάμεις μας αλλού είναι περιορισμένες".

"Εντάξει, εντάξει", είπε ο E-Z. "Το καταλάβαμε. Δεν έχουμε άλλη επιλογή, όχι πραγματικά, αλλά αφήστε το σε μας".

"Πολύ καλά", είπε ο Ραφαήλ. "Αλλά πριν φύγω, Τσαρλς, ήθελα να απαντήσω στην ερώτησή σου. Οι αρχάγγελοι δεν σε κάλεσαν ούτε σε απελευθέρωσαν. Πιστεύουμε ότι η παρουσία σου εδώ, είναι τυχαία.

"Ούτε εμείς πιστεύουμε ότι οι Ερινύες γνωρίζουν για σένα. Ίσως είσαι ένα μυστικό όπλο. Μπορεί να έχεις τεράστιες δυνάμεις μέσα σου.

"Είπες, ότι θα ήθελες να σε είχαν φέρει πίσω ως έναν κανονικό άντρα. Η ηλικία σου σήμερα είναι σημαντική. Πιστεύουμε ότι τα παιδιά κρατούν το μέλλον της ανθρώπινης φυλής στα χέρια τους. Μόνο τα παιδιά μπορούν να νικήσουν το αγνό κακό".

"Αλλά γιατί μόνο τα παιδιά;" ρώτησε ο Τσαρλς.

"Επειδή γεννιούνται με αγνή καρδιά", είπε ο Ραφαήλ.

Ο Κάρολος κάθισε λίγο πιο ψηλά στη θέση του.

Ο Ραφαήλ συνέχισε: "Τσαρλς Ντίκενς, μη φοβάσαι να πειραματιστείς και να αποκαλύψεις τον πραγματικό σου εαυτό. Μέσα σου μπορεί να υπάρχει μια πόρτα που μόνο εσύ μπορείς να ανοίξεις. Ένα κλειδί.

"Το γεγονός και μόνο ότι υπάρχει μια γραμμή αίματος, ανάμεσα σε σένα, τον E-Z και τον Σαμ, είναι σημαντικό. Μη φοβηθείτε, να τα ρισκάρετε όλα για να βρείτε αυτό το κλειδί. Είστε εδώ για να βοηθήσετε να σωθεί η ανθρωπότητα. Δεν υπάρχει αμφιβολία γι' αυτό. Χρησιμοποιήστε το χρόνο σας εδώ με σύνεση. Κάντε τη διαφορά."

Ο Κάρολος έκλαψε, καθώς μέχρι τώρα ένιωθε άχρηστος. Οι άλλοι τον παρηγορούσαν και τον καθησύχαζαν.

"Καλή τύχη σε όλους σας", είπε ο Ραφαήλ.

POW.

Και έφυγε.

"Όταν επιβιώσουμε από αυτό", είπε η Λία, "και θα επιβιώσουμε, θα κάνουμε το μεγαλύτερο πάρτι νίκης που έγινε ποτέ".

"Τσαρλς", είπε ο E-Z. "Αν ο Ραφαήλ έχει δίκιο, μπορεί να γίνεις το πιο σημαντικό μέλος της ομάδας. Σε παρακαλώ, πάρε τον χρόνο να κάνεις μια μικρή ενδοσκόπηση".

"Πώς κάνει κάποιος, ψυχολογική έρευνα;", ρώτησε.

"Ο διαλογισμός είναι ένας τρόπος", είπε η Μπράντι.

"Ή το περπάτημα στη φύση", είπε ο Λάτσι.

"Μόνος του, απλά σκεπτόμενος", πρότεινε ο Άλφρεντ.

"Ας κοιμηθούμε λίγο και ας συνεχίσουμε αυτή τη συζήτηση το πρωί", είπε ο E-Z.

"Δεν νομίζω ότι θα κοιμηθώ πολύ αφού είδα τον καημένο τον Τόμι", είπε η Λία. "Ήταν χειρότερα απ' ό,τι φανταζόμουν".

"Ναι, ο καημένος ο μικρός Τόμι", συμφώνησε ο Άλφρεντ.

"Λοιπόν, όλοι είναι ακόμα μέσα;" ρώτησε ο E-Z.

Όλοι απάντησαν "ΝΑΙ".

"Τι γίνεται όμως με τον Χαρούτο;"

"Νομίζω ότι θα είναι ακόμα μέσα", είπε ο E-Z, "αλλά θα εξηγήσω τα πάντα στη Σόμπο και μπορεί να τα συζητήσει μαζί του. Θα καταλάβαινα απόλυτα αν επέλεγε να μην συμμετάσχει".

"Δεν νομίζω όμως ότι θα το κάνουν", είπε η Σαμάνθα. "Ο Χαρούτο κοιμάται. Ένιωθε ντροπή επειδή ήταν πολύ μικρός για να δει αυτό που έβλεπες εσύ. Σαν να ήταν λιγότερο μέλος της ομάδας".

"Έκανες το σωστό, που τον έβγαλες από το δωμάτιο", είπε η Σαμ. "Αυτό που είδαμε ήταν φρικτό".

"Συμφωνώ", είπε ο E-Z.

Ο Τσαρλς είπε: "Οπότε, όλοι για έναν και ένας για όλους. Ακριβώς όπως στους Τρεις Σωματοφύλακες".

"Πάντα μου άρεσε αυτό το βιβλίο!" Είπε ο Άλφρεντ.

Ακόμα και στις πιο άσχημες καταστάσεις, τα βιβλία πάντα ένωναν τους ανθρώπους. Κάθε μέλος του PAFHS9 ήλπιζε ότι αυτό ήταν ένα πράγμα στον κόσμο που δεν θα άλλαζε ποτέ.

ΚΕΦΑΛΑΙΟ 11

DEJA VU

Ο E-Z και ο Sam δεν είχαν πια πολύ χρόνο μόνοι τους, αλλά κανένας από τους δύο δεν παραπονιόταν γι' αυτό. Η Σαμάνθα ανησυχούσε ότι είχαν χάσει την επαφή τους και ήταν αποφασισμένη να διορθώσει τα πράγματα κάνοντάς τους έκπληξη με ένα πρωινό Early Bird στο Ann's Café.

Έφτασαν στην κουζίνα την ίδια ώρα - αφού είχαν λάβει και οι δύο μηνύματα για να ντυθούν και να έρθουν αμέσως στην κουζίνα.

"Τι τρέχει;" ρώτησε ο Σαμ.

"Ναι, τι συμβαίνει;" ρώτησε ο E-Z.

"Τίποτα δεν συμβαίνει", είπε η Σαμάνθα. "Εσείς οι δύο έχετε κάνει κράτηση στης Ανν, οπότε πηγαίνετε εκεί αμέσως τώρα - πριν ξυπνήσουν όλοι και θελήσουν να σας κάνουν παρέα".

Ο Σαμ φίλησε τη γυναίκα του.

"Σκέφτηκα ότι ήρθε η ώρα να πάρετε κι εσείς πρωινό πάλι μαζί".

Ο E-Z έδωσε στη Σαμάνθα μια μεγάλη αγκαλιά.

"Θα πάμε μόνοι μας εκεί;"

"Σίγουρα, θείε Σαμ".

Ο Σαμ άρπαξε το σακίδιό του με το λάπτοπ του μέσα και ξεκίνησαν.

Ήταν ένα όμορφο ανοιξιάτικο πρωινό με άφθονο κελάηδισμα πουλιών να τους κάνει καντάδα στο δρόμο προς την καφετέρια.

"Η γυναίκα σου είναι πολύ ξεχωριστή".

"Ναι, είναι μία στο εκατομμύριο".

Σύντομα, έφτασαν στο καφέ. Ήταν σχεδόν άδειο, και η Ανν ήταν άφαντη, αλλά ο E-Z αναγνώρισε την αδελφή της, την Έμιλι. Είχε να την δει από τότε που ήταν μικρό παιδί.

"Δεν έχεις αλλάξει πολύ", είπε η Έμιλι, ρίχνοντας τα χέρια της γύρω του.

"Ούτε κι εσύ", είπε ο E-Z, με πνιχτή φωνή, καθώς τον έπνιγε με το ογκώδες πουλόβερ της. "Και αυτός είναι ο θείος Σαμ".

"Βλέπω την ομοιότητα", είπε η Έμιλι, σφίγγοντας δυνατά το χέρι του. "Έχω το τέλειο τραπέζι για σένα, ακολούθησέ με".

Όταν πέρασαν το συνηθισμένο τους τραπέζι, δίστασε και κοίταξε τον θείο του. "Σε πειράζει να καθίσουμε σ' αυτό αντί γι' αυτό, Έμιλι;"

"Βεβαίως!" Είπε η Έμιλι, απλώνοντας τα μαχαιροπίρουνα και δίνοντας τα μενού. "Καφέ;" Ο Σαμ έγνεψε, εκείνη του έβαλε μια αχνιστή ζεστή κούπα γεμάτη.

"Θα πάρεις το συνηθισμένο;" ρώτησε τον Ε-Ζ. "Η αδελφή μου μου είπε ποια μπορεί να είναι.

"Σίγουρα".

"Και ήταν ένα παχύρρευστο ρόφημα σοκολάτας, σωστά;"

Είχε απόλυτο δίκιο.

"Κι εσύ, Σαμ;" ρώτησε. "Τι θα πάρεις σήμερα;"

"Κάνε τα δύο από αυτά που πίνει ο ανιψιός μου", είπε, "αλλά χωρίς το παχύρρευστο μιλκσέικ. Ο καφές είναι το μόνο ρόφημα που χρειάζομαι σήμερα το πρωί".

"Σωστά!" είπε και έφυγε για την κουζίνα.

Ο Σαμ άνοιξε το λάπτοπ του και μετά το έκλεισε ξανά.

"Είναι ωραίο να έρχεσαι σε ένα μέρος όπου όλα είναι πάντα τα ίδια", είπε ο Ε-Ζ.

"Πρέπει να φέρω τον Σαμ και τα δίδυμα εδώ μια μέρα σύντομα. Θα ήθελα να υποστηρίζω τις τοπικές επιχειρήσεις και είναι ένα καλό παράδειγμα για τον Τζακ και την Τζιλ".

"Σίγουρα. Αυτό το μέρος έχει μόνο καλές αναμνήσεις για μένα", είπε ο Ε-Ζ. "Αλλά μια από αυτές τις μέρες θα τολμήσω να παραγγείλω κάτι διαφορετικό. Πρέπει να δώσω το καλό παράδειγμα στα ξαδέλφια μου, έτσι δεν είναι;"

Ο Σαμ γέλασε και μετά ήπιε μια γουλιά καφέ. Ένα δευτερόλεπτο αργότερα πέρασε η Έμιλι και γέμισε ξανά το φλιτζάνι. "Είναι σαν να έχει μάτια στο πίσω μέρος του κεφαλιού της".

Ο E-Z γέλασε. Το μυαλό του αιωρούνταν γύρω από ένα συγκεκριμένο θέμα που ήθελε να συζητήσει: Οι Ερινύες. Ταυτόχρονα, δεν ήθελε να μπει κατευθείαν στη βαριά συζήτηση.

"Λοιπόν. Η γυναίκα μου θα έχει ένα σπίτι γεμάτο καλεσμένους να ταΐσει όταν σηκωθούν όλοι".

"Ο Σόμπο θα βοηθήσει".

"Είναι αλήθεια, αλλά δεν νομίζω ότι πρέπει να το εκμεταλλευτούμε. Θα ήθελα να είμαστε σε θέση να κάνουμε μια επανάληψη, αν καταλαβαίνεις τι εννοώ".

"Σίγουρα. Οπότε, ας ξεκινήσουμε".

Ο Σαμ άνοιξε ξανά το λάπτοπ του. Αυτή τη φορά το άνοιξε και πληκτρολόγησε στη μηχανή αναζήτησης:

Πώς να νικήσεις τις Ερινύες.

Ο E-Z έγνεψε, καθώς το μιλκσέικ του τοποθετήθηκε μπροστά του. Προσπάθησε αμέσως να πιει λίγο από το παχύρρευστο μιλκσέικ του, αλλά ήταν πολύ παχύρρευστο για να περάσει κάτι μέσα από το καλαμάκι - πράγμα που του άρεσε όπως ακριβώς του άρεσε. "Τίποτα χρήσιμο;"

"Λέει ότι οι Ερινύες - ή οι Ερινύες - μπορούν να κατευναστούν μόνο με τελετουργικό εξαγνισμό".

"Τι σημαίνει αυτό;"

"Νομίζω ότι σημαίνει ότι θα πρέπει να κάνεις μια πράξη - κατόπιν αιτήματός τους, ως εξιλέωση".

"Η εξιλέωση δεν σημαίνει το ίδιο με τη μετάνοια; Δεν μου αρέσει αυτό που ακούγεται", είπε ο E-Z. "Δεν έχουμε κάνει τίποτα για να επανορθώσουμε απέναντί τους".

"Μπορεί επίσης να σημαίνει εξιλέωση. Εξαγορά. Αποκατάσταση. Αποκατάσταση".

"Τα τέσσερα Rs, είναι πιασάρικο, αλλά και πάλι ρωτάω για ποιο λόγο θα τους ξεπληρώσουμε;

"Σκεφτείτε έξω από το κουτί", είπε ο Σαμ. "Κι αν μπορούσατε να κάνετε κάτι, για να τους ενθαρρύνετε να κάνουν μια βόλτα και να αφήσουν τα παιδιά και τους ψυχοπαγιδευτές στην ησυχία τους;"

Ο E-Z γέλασε. "Αν υπήρχε τρόπος, θα ήταν τέλειος. Επίσης, πολύ εύκολο".

Ο Σαμ έξυσε το κεφάλι του. "Εδώ λέει ότι οι Ερινύες τιμωρούσαν άνδρες και γυναίκες για εγκλήματα μετά θάνατον και κατά τη διάρκεια της ζωής τους. Αυτό ακριβώς κάνουν και τώρα - παιδιά, όχι ενήλικες. Δεν το ήξερα αυτό".

"Αυτό που δεν καταλαβαίνω είναι, γιατί. Γιατί επέστρεψαν τώρα; Τι έχει αλλάξει..."

"Όλα εξαιρετικές ερωτήσεις στις οποίες δεν μπορώ να απαντήσω", είπε ο Σαμ. "Αλλά, ω, να κάτι ενδιαφέρον. Λέει ότι ως θεές της μοίρας εμπόδισαν τον άνθρωπο να μάθει για το μέλλον".

"Πώς ακριβώς;"

"Δεν το λέει", είπε ο Σαμ, μόλις έφτασε ξανά η Έμιλι για να ανανεώσει το φλιτζάνι του καφέ του. "Μόνο λίγο", είπε. Φοβόταν ότι θα επέπλεε στο σπίτι του αν έπινε κι άλλο καφέ.

"Το πρωινό σου θα έρθει σε λίγο", είπε εκείνη. "Ελπίζω να πεινάς!"

"Σίγουρα είμαστε", είπε ο E-Z, καθώς προσπάθησε να πιει ξανά το παχύρρευστο ρόφημά του και είχε κάποια επιτυχία στο να ανεβάσει λίγο από το καλαμάκι.

Η Έμιλι χαμογέλασε και μετά πήγε να χαιρετήσει μερικούς νέους πελάτες.

"Πριν από όλα αυτά", είπε ο Σαμ, "δεν είχα καν ακούσει για τους Furies. Εδώ λέει ότι τόσο στην ελληνική όσο και στη ρωμαϊκή μυθολογία ήταν πνεύματα της δικαιοσύνης και της εκδίκησης. Το άλλο τους όνομα Ερινύες σημαίνει οργισμένες". Έκανε κύλιση προς τα κάτω. "Βλέπω μερικές αναφορές στον κόσμο των παιχνιδιών. Κανένα από τα επίθετα που χρησιμοποιούνται για να τις περιγράψουν δεν έρχεται σε αντίθεση με αυτό που ήδη γνωρίζουμε, δηλαδή ότι οι Ερινύες είναι κακά, μοχθηρά πλάσματα που δεν δείχνουν έλεος".

"Μακάρι ο Πι Τζέι και ο Άρντεν να ήταν πάλι μαζί μας. Με τις μαγικές γνώσεις τους για το παιχνίδι, στοιχηματίζω ότι θα ήξεραν τι να κάνουν. Από τότε που τους χάσαμε, κλωτσάω τον εαυτό μου που έχασα την επαφή. Κι όλα αυτά επειδή ασχολήθηκα πολύ με τον εαυτό μου, με το να είμαι υπερήρωας. Σίγουρα μου λείπουν αυτά τα παιδιά".

"Δεν θα ήθελαν να κλωτσάς τον εαυτό σου. Κι εμένα μου λείπει να τους βλέπω τριγύρω".

Η Έμιλι άφησε το φαγητό στο τραπέζι: "Καλή όρεξη!" είπε.

Ο E-Z και ο Σαμ έφαγαν λαίμαργα, χωρίς να μιλήσουν για λίγο. Μετά από πολλούς ήχους από την απόλαυση του φαγητού συνέχισαν τη συζήτησή τους.

"Σκεφτόμουν το σχέδιο - να τους νικήσουμε μέσα στο παιχνίδι. Σίγουρα ακουγόταν καλό - ή τουλάχιστον έτσι νομίζαμε μέχρι που ο Ραφαήλ μας είπε το αντίθετο. Ευτυχώς όμως που μας το είπε ευθέως, αλλιώς... δεν θέλω καν να σκέφτομαι τι θα μπορούσε να είχε συμβεί σε κάποιο από τα παιδιά".

"Παρόλα αυτά, σκέφτομαι συνέχεια ότι οι Furies πρέπει να έχουν μια αχίλλειο πτέρνα. Θυμάσαι εκείνη την ιστορία;"

"Θυμάμαι. Αν έχουν κάποιο αδύναμο σημείο, δεν ξέρω ποιο είναι αυτό. Ξέρουμε ότι είναι θνητοί σαν κι εμάς. Αν μπορούν να πεθάνουν, όπως εμείς, τότε τουλάχιστον οι όροι είναι ίσοι".

"Ας εστιάσουμε λίγο περισσότερο στις αδυναμίες τους: θυμός, μνησικακία, εκδίκηση".

"Αυτά είναι τα ίδια πράγματα για τα οποία τιμωρούν τους άλλους, άρα πώς μπορεί να είναι οι αδυναμίες τους;" ρώτησε ο E-Z, καθώς έβαζε μια πιρουνιά τηγανίτες στο στόμα του. "Λοιπόν, καλά."

Ο Σαμ έγνεψε: "Σίγουρα είναι". Ήπιε άλλη μια γουλιά καφέ. "Αλήθεια, πράγμα που σημαίνει ότι ίσως μπορέσουμε να χρησιμοποιήσουμε εναντίον τους τα ίδια πράγματα για τα οποία τιμωρούν τους άλλους".

"Αλλά πώς;"

"Αυτό δεν το ξέρω - ΑΚΟΜΑ".

"Ίσως χρειαστούμε περισσότερες από μία τέτοιες συνεδρίες μαζί για να επεξεργαστούμε τα πράγματα", είπε ο E-Z. Το δεύτερο πιάτο του γεμάτο τηγανίτες τοποθετήθηκε στο τραπέζι μπροστά του.

"Η Ανν μόλις τηλεφώνησε και μου είπε να φροντίσω να σου φέρω μια δεύτερη παρτίδα τηγανίτες", είπε η Έμιλι.

"Ευχαριστώ. Και πες στην Ανν ότι ελπίζω να νιώσει σύντομα καλύτερα".

"Θα το κάνω. Θέλεις κι άλλο καφέ;"

Ο Σαμ έγνεψε, οπότε εκείνη γέμισε ξανά το φλιτζάνι του. Όταν η Έμιλι έφυγε, είπε: "Ε, επιστρέφω σε λίγο", και πήγε στο μπάνιο.

Ο E-Z γύρισε την οθόνη προς το μέρος του και πληκτρολόγησε:

ΠΏΣ ΜΠΟΡΏ ΝΑ ΣΚΟΤΏΣΩ ΤΙΣ ΦΟΥΡΊΕΣ;

Κάποιες απαντήσεις εμφανίστηκαν, αλλά όλες είχαν να κάνουν με το πώς να νικήσεις τις τρεις θεές ως χαρακτήρες μέσα στον κόσμο του παιχνιδιού.

Ο Σαμ επέστρεψε. "Βρήκες τίποτα;"

"Τίποτα χρήσιμο. Αν και λέει ότι οι ρίζες των Φούριων μπορεί να πηγαίνουν μέχρι την προϊστορική εποχή".

"Λοιπόν, η καταγωγή του Baby πηγαίνει επίσης αρκετά πίσω".

"Έπρεπε να δεις πόσο γρήγορα καταβρόχθισε εκείνη την πύρινη σφαίρα! Χωρίς δευτερόλεπτο δισταγμού."

Καθώς τελείωσαν το γεύμα τους, ευχαρίστησαν την Έμιλι και έφυγαν για το σπίτι τους. Είχαν χορτάσει τόσο πολύ που δεν πίστευαν ότι θα ξαναφάγανε ποτέ.

"Σίγουρα ήταν ωραία που πέρασα το πρωινό μαζί σας", είπε ο E-Z. "Ένιωσα σαν τον παλιό καλό καιρό".

"Πράγματι. Ας το ξανακάνουμε σύντομα. Στο μεταξύ, ας σκεφτούμε περισσότερο αυτά που μάθαμε σήμερα, γιατί όπως λέει και το παλιό ρητό - όπου υπάρχει θέληση υπάρχει και τρόπος".

"Αλήθεια, αλήθεια, θείε Σαμ. Αλήθεια, αλήθεια."

ΚΕΦΑΛΑΙΟ 12
ΠΙΣΩ ΣΠΙΤΙ

Όταν επέστρεψαν στο σπίτι, το πρώτο πράγμα που έκανε ο Σαμ ήταν να αγκαλιάσει τη γυναίκα του. Εκείνη χάρηκε που τον είδε, αλλά τα χέρια της ήταν γεμάτα με την προετοιμασία του πρωινού.

"Χαίρομαι που σου άρεσε", ξεφούρνισε η Σαμάνθα.

"Μπορώ να κάνω κάτι για να βοηθήσω;" ρώτησε ο Σαμ, καθώς αξιολογούσε την κατάσταση με τα δίδυμα.

"Τα καταφέρνουμε όλα", είπε η Σαμάνθα, καθώς πίσω της τα δίδυμα άφησαν ένα κλάμα.

Κυρίως επειδή ο Χαρούτο είχε σταματήσει για μια στιγμή να παίζει τη δική του εκδοχή του hon no riku που μεταφράζεται ως κρυφτό. Στην εκδοχή του Χαρούτο, έκανε μια γκριμάτσα, μετά στριφογύριζε πολύ γρήγορα μέχρι που εξαφανιζόταν, μετά επανεμφανιζόταν και τα δίδυμα χασκογελούσαν.

"Πολύ δημιουργικό!" είπε ο Σαμ, καθώς ο Λάτσι ανέλαβε να αναλάβει τον διασκεδαστικό ρόλο.

Ο Lachie προχώρησε κατευθείαν σε μερικές μιμήσεις ζώων και απέσπασε διθυραμβικές κριτικές από τα δίδυμα όταν γέλασε σαν kookaburra:

-Κα-κα-κα-κα-κα-κα-κα-κα-κα!-Κα-κα!-Κα-κα!

Στη συνέχεια ήταν η σειρά του Charles να διασκεδάσει με την ιστορία του που ονομάζεται Οι τρεις ογκόλιθοι.

"Iwa;" είπε ο Χαρούτο που όταν μεταφράζεται σημαίνει ογκόλιθοι.

"Ναι", είπε ο Charles, καθώς ο E-Z και ο Sam υποχώρησαν στην πόρτα για να ακούσουν και αυτοί την ιστορία, καθώς ο Alfred, ο Sobo, η Brandy, η Lia και η Samantha συνέχισαν με τις προετοιμασίες του φαγητού.

"Μια φορά κι έναν καιρό", ξεκίνησε ο Τσαρλς, "ήταν ένας λόφος, ψηλά πάνω από τη Μάγχη. Πάνω του υπήρχαν πολλοί, πάρα πολλοί ογκόλιθοι. Για την ακρίβεια, πάρα πολλοί για να τους μετρήσουμε.

"Εκείνη τη συγκεκριμένη μέρα, ένα μεγάλο και βαρύ φορτηγό ανέβηκε το λόφο, τρίζοντας και τρίβοντας τα γρανάζια του καθώς προχωρούσε. Όταν έφτασε στην κορυφή, ανέπτυξε έναν ανυψωτή ογκόλιθων, ο οποίος πάλευε με το βάρος κάθε κομματιού πέτρας. Σε μια περίοδο ωρών, κατάφερε να συγκεντρώσει όσες περισσότερες από τις πέτρες μπορούσε. Μέχρι που το πίσω μέρος του φορτηγού γέμισε. Αλλά όχι υπερβολικά γεμάτο. Η υπερπλήρωση σήμαινε ότι οι ογκόλιθοι θα κυλούσαν από το φορτηγό όταν αυτό μετακινούνταν, κάτι που έπρεπε να αποφευχθεί με κάθε κόστος.

"Το φορτηγό κατέβηκε τον λόφο. Άδειασε τους ογκόλιθους σε ένα άλλο μεγαλύτερο φορτηγό. Ένα φορτηγό που ήταν πολύ μεγάλο για να καταφέρει να ανέβει καθόλου τον λόφο και δεν είχε μηχανισμό ανύψωσης πάνω του. Όταν το μικρότερο φορτηγό ήταν πάλι άδειο, ανέβηκε ξανά τον λόφο. Σύντομα γέμισε πάλι με ογκόλιθους.

"Αυτή η διαδικασία ολοκληρώθηκε αρκετές φορές, μέχρι που το μεγαλύτερο φορτηγό γέμισε μέχρι την κορυφή. Όλοι οι υπόλοιποι ογκόλιθοι έπρεπε να μεταφερθούν με το μικρότερο φορτηγό. Τώρα που και τα δύο φορτηγά ήταν γεμάτα, η βαριά δουλειά είχε τελειώσει. Έτσι, έφτασε η ώρα του μεσημεριανού γεύματος. Και οι άνδρες έφαγαν τα σάντουιτς τους και ήπιαν τα θερμός τους γεμάτα ζεστό, γλυκό τσάι.

"Πίσω στην κορυφή του γκρεμού, παρέμεναν μόνο τρεις μοναχικοί ογκόλιθοι. Ήταν λυπημένοι, αφού είχαν χάσει τους φίλους τους και ένιωθαν απορριπτέοι, ανεπιθύμητοι, αχρείαστοι και αρκετά θυμωμένοι ταυτόχρονα. Το να νιώθεις πολλά συναισθήματα ταυτόχρονα μπορεί να προκαλέσει σύγχυση, αλλά το να μοιράζεσαι τα συναισθήματα με φίλους, μπορεί να βοηθήσει, έτσι οι τρεις ογκόλιθοι συζήτησαν τη δύσκολη θέση τους".

"Τι κάνουν με όλους τους φίλους μας;", ρώτησε ο πρώτος ογκόλιθος, το όνομα του οποίου ήταν Ρόκι.

"Δεν ξέρω", είπε ο δεύτερος ογκόλιθος του οποίου το όνομα ήταν Pebbles. "Ίσως, χρειάζονται και αυτοί φίλους εκεί που πηγαίνουν. Σίγουρα θα μου λείψουν".

"Όχι", είπε ο τρίτος ογκόλιθος, ο οποίος ήταν μεγαλύτερος και σοφότερος και το όνομά του ήταν Craggy. "Δεν τους παίρνουν μακριά για να δουν τον κόσμο. Ούτε για να γίνουν φίλοι τους. Δεν ξέρεις ότι μας συνθλίβουν για να φτιάχνουν τους δρόμους τους".

"Όχι!" Φώναξαν ο Ρόκι και ο Πέμπλς. "Δεν μπορούν να συνθλίβουν τους φίλους μας σε πολτό!"

"Μακάρι να με είχαν πάρει κι εμένα", είπε ο Κράγκι. "Είμαι πολύ μεγάλος για να συνεχίσω να κάθομαι εδώ πάνω με όλες αυτές τις κακοκαιρίες. Οι σκληροί άνεμοι διαπερνούν το εξωτερικό μου στρώμα και δεν θα με πείραζε να περάσω το μέλλον μου ως δρόμος. Τουλάχιστον τότε θα είχα έναν σκοπό".

"Έναν σκοπό;" Αναφώνησε ο Ρόκι. "Το να συνθλίβεσαι και να σε πατάνε οχήματα κάθε μέρα και κάθε νύχτα το αποκαλείς σκοπό;"

"Είναι καλύτερο από το να καθόμαστε εδώ, μόνο οι τρεις μας για πάντα. Βαρέθηκα τον άνεμο, τη βροχή και όλα τα άλλα", είπε ο Κράγκι.

"Λοιπόν, αν είσαι τόσο πρόθυμος", είπε ο Πεμπλς, "τότε το μόνο που έχεις να κάνεις είναι να κυλιστείς από την άκρη. Θα πέσεις κατευθείαν στο πίσω μέρος του φορτηγού από κάτω και θα φύγεις μαζί με τους υπόλοιπους φίλους μας".

"Ω, είναι πολύ μακριά", είπε ο Ρόκι καθώς κυλιόταν λίγο πιο κοντά στην άκρη. "Θέλεις πραγματικά να μας αφήσεις, τόσο πολύ; Δεν μπορείς να βρεις έναν σκοπό, μένοντας εδώ μαζί μας; Σε χρειαζόμαστε. Είσαι μεγαλύτερος και σοφότερος".

Ο Κράγκι κινήθηκε προς την άκρη και κοίταξε πάνω από το πλάι. Ήταν αλήθεια, το φορτηγό ήταν ακριβώς εκεί. Μερικές χάντρες ιδρώτα έσταζαν. Είτε ήταν χάντρες ιδρώτα, είτε δάκρυα.

"Είναι πολύ μακριά ο δρόμος προς τα κάτω", είπε ο Κράγκι. "Και δεν θα ήταν σωστό εκ μέρους μου να σας αφήσω εσάς τους δύο νέους μόνους σας".

Ο Πεμπλς είπε: "Κι αν χάσετε το φορτηγό και γίνετε κομμάτια εκεί κάτω! Εμείς θα ήμασταν εδώ πάνω, με αυτή την υπέροχη θέα και εσείς θα ήσασταν εκεί κάτω ολομόναχοι".

"Εξάλλου", είπε ο Ρόκι, "μπορεί να γυρίσουν για μας μια μέρα. Στο μεταξύ, μπορούμε να κουβεντιάσουμε και να απολαύσουμε τη θέα και τον καθαρό αέρα".

Από κάτω τους το φορτηγό ξεκίνησε ξανά.

ΤΣΟΥΓΚΆ ΤΣΟΥΓΚΆ ΤΣΟΥΓΚΆ ΤΣΟΥΓΚΆ ΤΣΟΥΓΚΆ ΤΣΟΥΓΚΆ ΤΣΟΥΓΚΆ ΤΣΟΥΓΚΆ ΤΣΟΥΓΚΆ.

"Ή τώρα ή ποτέ", είπε ο Κράγκι, καθώς το φορτηγό απομακρυνόταν.

"Τουλάχιστον είμαστε μαζί", είπε ο Ρόκι.

"Οι τρεις ογκόλιθοι συνωστίζονται ώμο με ώμο. Γύρισαν την πλάτη τους στον άνεμο, ανέπνευσαν τον καθαρό αέρα και κοίταξαν την όμορφη θέα του ήλιου που έδυε στον ορίζοντα.

"Το ηθικό δίδαγμα της ιστορίας είναι", άρχισε ο Τσαρλς...

Αυτά ήταν τα τελευταία λόγια που άκουσε ο E-Z πριν επιστρέψει και πάλι στο καταραμένο σιλό.

ΚΕΦΑΛΑΙΟ 13

SILO

"Καλώς ήρθατε πίσω!" είπε η φωνή στον τοίχο με μια πληθωρικότητα που έκανε τους ώμους του E-Z να τεντωθούν, σαν κάποιος να στεκόταν πάνω τους. Απρόθυμος να απαντήσει, γύρισε τους ώμους του πρώτα προς τα εμπρός και μετά προς τα πίσω, ελπίζοντας να χαλαρώσει την ένταση.

"DOT. DOT", είπε μια δεύτερη φωνή στον τοίχο, αλλά αυτή τη φορά η φωνή ήταν πιο ήσυχη, σχεδόν ψίθυρος.

Άνοιξε το στόμα του για να απαντήσει, αλλά τίποτα δεν του ήρθε στο μυαλό, οπότε παρέμεινε σιωπηλός, εκτός από το ράγισμα των δαχτύλων του, που ήλπιζε ότι θα ανακούφιζε το σφιγμένο σώμα του.

Η πρώτη φωνή, με έναν πιο καταπραϋντικό τόνο ρώτησε: "Βλέπω ότι αισθάνεσαι σφιγμένος, ανήσυχος. Υπάρχει κάτι που μπορώ να σου φέρω για να περάσει η ώρα κατά τη διάρκεια της αναμονής σου; Ένα ποτό; Ένα βιβλίο; Ένα ταξίδι στο μυαλό σας;"

Ήταν πολύ οξυδερκής για φωνή στον τοίχο, και αυτό τον βοήθησε να χαλαρώσει λίγο, ωστόσο δεν ήθελε να δεχτεί την προσφορά της, αφού δεν είχε ιδέα τι θα περιελάμβανε ένα ταξίδι στο μυαλό.

"Βλέπω ότι είσαι διστακτικός..."

Κάθισε όρθιος και ψηλά στην καρέκλα του και χτύπησε τα δάχτυλά του στα μπράτσα σαν να ροκάρει στο Smoke on the Water των Deep Purple. Αυτός και ο πατέρας του το είχαν μονομαχήσει σε μια παρωχημένη έκδοση του Guitar Hero, και είχαν περάσει τέλεια. Το να θυμάται τώρα εκείνη τη στιγμή, τον έκανε να νιώθει σαν να ήταν ο πατέρας του στο σιλό μαζί του.

"Είσαι σίγουρος ότι δεν θέλεις ένα ταξίδι στο μυαλό σου;" ρώτησε ξανά η γυναίκα στον τοίχο. "Θα περάσεις υπέροχα!"

Μια έκρηξη. Μόλις είχε χρησιμοποιήσει αυτή τη λέξη στο μυαλό του για να περιγράψει το Guitar Hero-ing με τον πατέρα του. Χωρίς αμφιβολία, η γυναίκα στον τοίχο μπορούσε να διαβάσει το μυαλό του.

"Τι ακριβώς είναι;" ρώτησε. "Δεν λέω ότι θέλω να το δοκιμάσω, όχι μέχρι να μάθω περισσότερα για το τι περιλαμβάνει".

"Γιατί, είναι ένα μέρος που μπορώ να σε στείλω. Ένα ιδιαίτερο μέρος όπου μπορείς να ζήσεις ένα όνειρο".

Ακούστηκε απίστευτο... και πριν προλάβει να απαντήσει...

DUH DUH DUH DUH,

DUH DUH DUH DUH DUH DUH

DUH DUH DUH DUH

DUH DUH.

Βρισκόταν στη σκηνή, παίζοντας κιθάρα, με μια μπάντα που αναγνώρισε αμέσως ως τους αυθεντικούς Deep Purple.

Ο τραγουδιστής, ο οποίος είχε φύγει από το συγκρότημα, αλλά έπαιξε την αυθεντική κιθάρα στο Smoke in the Water, δεν έδειχνε να τον πειράζει που ο E-Z έπαιζε τώρα το ρόλο του και δεν έκανε και κακή δουλειά. Ο τραγουδιστής του σήκωσε τους αντίχειρες και στη συνέχεια διέσχισε τη σκηνή μέχρι εκεί που καθόταν ο E-Z στο αναπηρικό του καροτσάκι. Μαζί έπαιξαν μερικά riffs ενώ το κοινό ούρλιαζε, επευφημούσε και χειροκροτούσε. Το επόμενο πράγμα που ήξερε ήταν ότι βρισκόταν ξανά στο σιλό, αλλά το τεταμένο συναίσθημα που είχε βιώσει προηγουμένως είχε πλέον εξαφανιστεί εντελώς.

"Σας ευχαριστώ! Χμ, αυτό ήταν φανταστικό! Δεν μπορώ να σας πω πόσα σήμαινε για μένα. Δεν θα το ξεχάσω ποτέ. Ποτέ!" Δίστασε και σκέφτηκε ότι το μόνο πράγμα που θα το έκανε καλύτερο, θα ήταν να είχε τον πατέρα του εκεί πάνω στη σκηνή μαζί του.

"Λυπάμαι που δεν μπόρεσα να συμπεριλάβω τον πατέρα σου... αλλά αυτό ήταν μόνο μια προεπισκόπηση. Και είσαι πολύ ευπρόσδεκτος. Τώρα, κάτσε καλά. Ο χρόνος αναμονής είναι ένα λεπτό".

"Νομίζω ότι το αληθινό πράγμα θα με ξετρελάνει τότε!" Είπε ο E-Z καθώς έσκυψε το κεφάλι του προς τα πίσω και ξαναζούσε την εμπειρία, νιώθοντας ήδη τόσο απόλυτα χαλαρός, που θα μπορούσε να πάρει έναν υπνάκο.

PFFT.

Η μυρωδιά αυτή τη φορά ήταν διαφορετική, μέντα και κάτι άλλο που δεν μπορούσε να προσδιορίσει.

"Είναι δεντρολίβανο", είπε η φωνή στον τοίχο.

"Αρκετά αναζωογονητικό". Τα μάτια του ήταν κλειστά και παρασύρθηκε στο μυαλό του, όταν η οροφή πάνω από το κεφάλι του χασμουρήθηκε. Κούνησε το κεφάλι του, άνοιξε τα μάτια του, προετοιμάζοντας αυτό που θα ακολουθούσε.

Ακτίνες φωτός έπεσαν μέσα στο μεταλλικό δοχείο, αναπήδησαν και αναπήδησαν από τοίχο σε τοίχο. Κάλυψε τα μάτια του, για να τα προστατέψει από το ενοχλητικό σόου φωτός που περιείχε. Όταν οι αναπηδούντες φωτισμοί τελείωσαν, μια φιγούρα έπεσε μέσα από την ανοιχτή οροφή. Τι είσοδο είχε κάνει. Ήταν ο Ραφαήλ.

"Ε, γεια σας", είπε. "Αυτή ήταν μια φοβερή είσοδος".

"Έχω πάρει προαγωγή", παραδέχτηκε ο αρχάγγελος, "και απαιτείται κάποια δόση φινέτσας. Ίσως, λίγο υπερβολικό στην προκειμένη περίπτωση, αλλά είναι μια σχετικά νέα προαγωγή. Όλες οι προαγωγές έχουν μια καμπύλη εκμάθησης".

"Συγχαρητήρια για την προαγωγή".

"Ευχαριστώ, τώρα ας περάσουμε στο θέμα του γιατί βρίσκεστε εδώ".

"Βεβαίως."

Ο E-Z περίμενε υπομονετικά να μιλήσει ξανά ο Ραφαήλ, αλλά για αρκετή ώρα δεν το έκανε. Αντ' αυτού, πετούσε τριγύρω, σαν πουλί που δοκιμάζει τα φτερά του για πρώτη φορά. Μήπως έκανε επίδειξη; Αν ναι, γιατί; Τότε το είδε, φορούσε ένα ολοκαίνουργιο ζευγάρι γυαλιά. Αυτά ήταν μεγαλύτερα, πιο χαρακτηριστικά με μεγαλύτερο σκελετό και παχύτερους φακούς και την έκαναν να μοιάζει με τη γυναικεία εκδοχή του κ. ΜακΓκου.

"Ε, ωραία γυαλιά", είπε ψέματα.

"Δεν ήταν η πρώτη μου επιλογή", παραδέχτηκε ο Ράφαελ, "αλλά πρέπει να κάνουν". Πλησίασε πιο κοντά στο σημείο όπου καθόταν και αιωρήθηκε. "Έτσι φαίνεται". Σταμάτησε και μετακινήθηκε άβολα.

SKIDOO

Μια καρέκλα έφτασε, στην οποία κάθισε για ένα δευτερόλεπτο.

SKIDOO

Και έφυγε. Αιωρήθηκε ξανά. Τοποθέτησε την ανοιχτή παλάμη της στο πλάι του προσώπου της. "Μερικά πράγματα έχουν υποπέσει στην αντίληψή μας. Δεν το εννοώ με τη βασιλική έννοια, το εννοώ όπως όλοι οι αρχάγγελοι".

"Όπως;"

Και πάλι, εκείνη ανατρίχιασε.

"Να ζητήσω από τον τοίχο να ψεκάσει λίγη λεβάντα για να σε χαλαρώσει; Φαίνεσαι αρκετά σφιγμένη".

Και τότε βρέθηκε στο πρόσωπό του ουρλιάζοντας: "Η ΛΑΒΕΝΝΤΑ ΔΕΝ ΔΟΥΛΕΥΕΙ ΣΤΟΥΣ ΑΡΧΑΓΓΕΛΟΥΣ! Είναι ένα άθλιο, ανθρώπινο..." Πήρε μια βαθιά ανάσα. "Λυπάμαι πολύ".

"Δεν πειράζει. Το καταλαβαίνω, έχεις άσχημα νέα να μου πεις. Είναι καλύτερα να σκίσεις το τσιρότο. Αυτό που εννοώ είναι να μου το πεις ευθέως".

"Πολύ καλά. Ορίστε."

Ο E-Z έσκυψε πιο κοντά: "Εντάξει, ρίξε".

Από τα ηχεία στον τοίχο έπαιζε ένα τραγούδι, κάτι για πυροβολισμό σερίφη.

Εκείνος σιγοτραγουδούσε στην αρχή, "Σταμάτα!" Ο E-Z διέταξε. "Και πες μου γιατί είμαι εδώ".

"Θέλει να μπει κατευθείαν στη δουλειά", είπε η Ραφαέλ στον εαυτό της. "Λοιπόν, λοιπόν, να 'τος. Θα μπω κατευθείαν στο θέμα".

"Εντάξει, να το κάνεις αυτό". Είπε ο E-Z, ευχόμενος να το έκανε.

"Με λίγα λόγια", είπε, "ο Έριελ πιάστηκε στα πράσα - παίζοντας και για τις δύο πλευρές".

"Παίζοντας τι;" Τότε κάτι στο μυαλό του τσίμπησε. "Όχι, δεν μπορεί να εννοείς ότι μας πρόδωσε;"

Χτύπησε το κοκάλινο δάχτυλό της στο πηγούνι της, ενώ ο E-Z άνοιγε και έκλεινε το στόμα του σαν μινιατούρα έξω από το νερό.

"Ναι. Ο Έριελ ήταν προσωπικά υπεύθυνος για τον θάνατο της φίλης σας της Ρόζαλι. Ήταν επίσης υπεύθυνος για την καταστροφή της Λευκής Αίθουσας. Όλος αυτός. Όλος ο Έριελ".

Ο E-Z τα πήρε όλα μέσα του. Καημένη Ρόζαλι. "Περίμενε! Δεν δούλευε για σένα; Θέλω να πω, δεν ήσουν εσύ υπεύθυνη γι' αυτόν; Πώς είναι δυνατόν να συνέβη αυτό στη δική σου βάρδια; Έχω διαβάσει κάποια πράγματα για τους αρχαγγέλους, αλλά το να προδίδεις παιδιά που προσφέρονται εθελοντικά να σε βοηθήσουν είναι το πιο χαμηλό επίπεδο που μπορείς να φτάσεις. Υποθέτω ότι οι λεοπαρδάλεις δεν αλλάζουν κηλίδα".

"Δεν ήμουν υπεύθυνος για την Έριελ. Αυτός και εγώ ήμασταν συνεργάτες, σύντροφοι. Δουλέψαμε μαζί και νομίζω ότι σεβόμασταν ο ένας τον άλλον. Έκανα λάθος".

"Κι όμως, πήρες προαγωγή".

"Προήχθηκα, αλλά τα δύο πράγματα δεν συνδέονταν άμεσα. Το μόνο που μπορώ να σου πω είναι ότι ο Έριελ ήταν κάποτε ένας από εμάς, τώρα δεν είναι. Αφού πρόδωσε εμάς και εσένα. Αφού γύρισε την πλάτη του στις αρχές του - σε ό,τι εκπροσωπούμε - είναι εκτός. Εννοώ μόνιμα εκτός".

Ο E-Z αγκομαχούσε. "Μου λες ότι ο Έριελ μας εξέθεσε; Λέγοντας εμάς, εννοώ εμένα και την ομάδα μου;"

"Ο Μάικλ, ο οποίος είναι ο αρχηγός μας, έχει αμφισβητήσει τον Έριελ. Χρειάστηκε κάποια προσπάθεια για να τον κάνει να μιλήσει. Αλλά ομολόγησε ότι έφερε τους Furies πίσω στη γη. Ότι τις χρησιμοποίησε για να προωθήσει τη θέση του. Δεν υπάρχει λύτρωση. Δεν υπάρχει συγχώρεση για τον Έριελ".

"Είμαι άφωνος. Πώς συνέβη αυτό;"

"Πώς; Λοιπόν, αν ξέραμε πώς, τότε θα ξέραμε και το γιατί - το οποίο δεν ξέρουμε. Αυτό που ξέρουμε είναι ότι είναι ο Έριελ και ο Έριελ κάνει πάντα αυτό που είναι καλύτερο για τον Έριελ. Ξέραμε ότι είχε προβλήματα, κι όμως, συνεχίσαμε να του δίνουμε ευκαιρίες να αποδείξει τον εαυτό του - και όταν μας απογοήτευσε - τον συγχωρήσαμε και του δώσαμε άλλη μια ευκαιρία και άλλη μια ευκαιρία. Συνεχίσαμε να πιστεύουμε σε αυτόν μέχρι τώρα. Είναι τελειωμένος. Τελείωσε".

"Τελείωσε; Εννοείς νεκρός; Οι αρχάγγελοι πεθαίνουν; Και γιατί του έδωσες τόσες πολλές ευκαιρίες; Δεν ξέρεις το ρητό, τρία χτυπήματα και είσαι έξω;"

"Ναι, έχω ακούσει αυτή την ορολογία του μπέιζμπολ, αλλά είμαστε αρχάγγελοι και όλοι μας αναμένεται να αποτύχουμε ή να υποτροπιάσουμε σε κάποιο επίπεδο. Και έχεις δίκιο για το περιστατικό με τον Κήπο της Εδέμ. Η ιστορία μας πάει πολύ πίσω... αλλά νομίζαμε ότι τα πηγαίναμε καλύτερα, ότι βελτιωνόμασταν. Εγώ ο ίδιος είμαι ο προστάτης άγιος των νέων ανθρώπων, όπως εσείς και οι φίλοι σας.

"Γι' αυτό πρότεινα να συνεργαστούμε μαζί σας για να νικήσουμε αυτές τις φρικτές Φούριες. Η Έριελ ήταν αυτή που με ενθάρρυνε να το κάνω. Είναι αυτός που σε ανακάλυψε. Αυτός που έστειλε τον Χαντζ και τον Ρέικι σε σένα. Μέχρι να έρθουν αυτές οι φρικτές αδελφές, προσθέταμε κάτι θετικό στις ζωές όλων σας... Σας δίναμε σκοπό. Θυμάστε τις φορές που θέλατε να τα παρατήσετε; Δεν το κάνατε, γιατί εμείς σας βοηθήσαμε να συνεχίσετε".

"Εντάξει, καταλαβαίνω ότι η Έριελ είναι κακιά. Τι σημαίνει αυτό για μένα και την ομάδα μου; Από τη θέση που βρίσκομαι εγώ, η αποστολή μας έχει τεθεί σε κίνδυνο. Οπότε, είμαστε εκτός και νομίζω ότι πρέπει να προχωρήσετε στο σχέδιο Β".

"Το πρόβλημα είναι", είπε ο Ραφαήλ και μετά σταμάτησε, καθώς το ταβάνι από πάνω άνοιξε ξανά και η Οφανιέλ έφτασε χωρίς καμία απολύτως μεγαλοπρέπεια καθώς αιωρούνταν προς το μέρος τους.

"Χρόνια και ζαμάνια", είπε η Οφανιέλ απευθυνόμενη στον E-Z. Στη συνέχεια, προς τον Ραφαήλ: "Είναι έτοιμος για να επιταχύνει;".

"Ναι, είναι. Και σίγουρα χαίρομαι που είσαι εδώ, γιατί θέλει να μάθει ποιο είναι το Σχέδιο Β μας".

Ο Οφάνιελ έγνεψε. "Πολύ καλά. Για να το θέσω όσο πιο ξεκάθαρα γίνεται, δεν έχουμε Σχέδιο Β ή Γ ή Δ - επειδή εσύ και η ομάδα σου ήσασταν όλα τα Σχέδιά μας μαζί."

Ο E-Z κούνησε το κεφάλι του με δυσπιστία. "Δεν έχετε ακούσει εσείς οι αρχάγγελοι τη φράση, μην βάζεις όλα τα αυγά σου σε ένα καλάθι;"

Ο Οφάνιελ γέλασε. "Ναι, η προέλευσή της είναι από τον χαρακτήρα του Θερβάντες, τον Δον Κιχώτη, αλλά ποτέ δεν έβγαλε νόημα για μένα. Πιθανώς επειδή εμείς οι αρχάγγελοι δεν τρώμε αυγά. Και μόνο η σκέψη της ζελατινώδους ζυμωτότητάς τους -εεε- με κάνει να θέλω να ξεράσω".

"Κι εγώ το ίδιο", είπε η Ραφαέλ, καλύπτοντας το στόμα της με την πίσω πλευρά του χεριού της. "Πέρα από την αηδιαστική τους εμφάνιση, γιατί να βάλει κανείς αυγά σε ένα καλάθι καθόλου; Γιατί όχι σε μπολ; Αν ετοιμάζεις αυγά..."

"Σύμφωνοι", είπε η Οφανιέλ. "Έχω δει τον Τζέιμι Όλιβερ να μαγειρεύει ομελέτα. Χρησιμοποιεί πρώτα ένα μπολ και μετά τα μαγειρεύει".

"Ω, αδερφέ μου και δεν μπορώ να πιστέψω ότι εσείς οι αρχάγγελοι βλέπετε τηλεόραση, πόσο μάλλον τον Τζέιμι Όλιβερ". Κούνησε το κεφάλι του. "Σημαίνει ότι αν βάλεις όλα τα αυγά μαζί, σε ένα μέρος - όπως ένα καλάθι ή ένα μπολ ή ένα τηγάνι ή ό,τι άλλο προτιμάς - αν σου πέσει το καλάθι ή το μπολ ή το τηγάνι - τότε όλα τα αυγά θα σπάσουν και θα χαλάσουν από τα τσόφλια - οπότε δεν θα έχεις αυγά για πρωινό".

"Μα οι κότες δεν γεννούν αυγά κάθε μέρα; Οπότε, αν δεν έχεις αυγά σήμερα, απλά έλα αύριο", είπε ο Οφανιέλ.

"Τι είναι μια μέρα χωρίς αυγό;" ρώτησε ο Ραφαήλ.

Ο E-Z άνοιξε το χέρι του και το χτύπησε στο κεφάλι του. "Argghh!" Οι αρχάγγελοι τον κοίταξαν και περίμεναν ενώ εκείνος εισέπνεε πολύ βαθιά και μετά εξέπνεε πολύ δυνατά. "Τι θα κάνουμε με αυτή την κατάσταση του Έριελ;"

"Πρώτον", είπε ο Οφάνιελ, "εδώ επιστρέφουν σήμερα σε εσάς, κατόπιν ειδικής σας επιθυμίας, οι δύο φίλοι σας, τυμπανοκρουσίες..."

POP

POP

Ο Χαντζ και η Ρέικι, ή ό,τι έμοιαζε με τους δύο επίδοξους αγγέλους, έφτασαν. Ήταν μαυρισμένοι από την αιθάλη, από την κορυφή ως τα νύχια. Τα πέταλά τους ήταν στραβά, σκισμένα, άλλα ήταν ανοιχτά και σηκωμένα, άλλα ήταν νεκρά και μαραμένα. Τα φτερά τους έπεφταν, σαν να είχαν ξεχάσει πώς να πετάξουν ή δεν είχαν πια τη θέληση να πετάξουν, και τα πρόσωπά τους, η έκφραση στα πρόσωπά τους ήταν μια έκφραση ακραίας απελπισίας.

"Τι τους συνέβη;" ρώτησε.

Ο Οφάνιελ πλησίασε πιο κοντά στους δύο εκτοπισμένους επίδοξους αγγέλους και εκείνοι αναδιπλώθηκαν.

"Είστε ασφαλείς τώρα", είπε ο Ραφαήλ με απαλή μητρική φωνή, πράγμα που τους έκανε να ξεσπάσουν σε λυγμούς, οι οποίοι μετατράπηκαν σε θρήνους.

Η Οφανιέλ έκλεισε τα αυτιά της, στη συνέχεια πλησίασε τον E-Z και ψιθύρισε. "Ο Έριελ τους είχε φυλακίσει. Μας πήρε αρκετή ώρα να τους βρούμε αυτή τη φορά. Οι καημένοι δεν μπορούσαν να βοηθήσουν τον εαυτό τους, επειδή τους αφαίρεσε τις δυνάμεις τους".

"Οι καημένοι", είπε ο E-Z.

Ο E-Z, ο Οφανιέλ και ο Ραφαήλ στράφηκαν προς τα πλάσματα. Ο Χατζ και η Ρέικι προσπάθησαν να χαμογελάσουν. Δεν κατάφεραν καν να πλησιάσουν.

Οι δυο τους στριφογύριζαν, σαν να απωθούσαν μια αγέλη όρνεων.

"Μείνετε ακίνητοι", είπε ο Οφανιέλ.

Ο Χαντζ και η Ρέικι σταμάτησαν να κινούνται. Τώρα κάθονταν σαν ένα ζευγάρι βρώμικες κούκλες με τα μάτια τους καρφωμένα στο τίποτα και σε κανέναν. Ήταν μια σκιά του παλιού τους εαυτού.

"Δεν θέλω να φανώ αγενής", ψιθύρισε ο E-Z, "αλλά στην παρούσα κατάστασή τους δεν πρόκειται να μας βοηθήσουν ιδιαίτερα. Κι αυτό αν μπορέσεις να μας πείσεις να προχωρήσουμε σε αυτό το σχέδιο υπό αυτές τις συνθήκες".

Τα λόγια του E-Z χτύπησαν τους δύο επίδοξους αγγέλους σαν χαστούκι στο πρόσωπό τους.

POP

POP

"Πόσο πολύ αγενής και περιττή σκληρότητα!" Η Οφανιέλ μάλωσε πριν εξαφανιστεί.

ZAP

"Μας έδειξες μια πολύ σκληρή πλευρά του χαρακτήρα σου E-Z Ντίκενς και αν η μητέρα σου και ο πατέρας σου ήταν εδώ, θα ντρέπονταν για σένα".

"Συγγνώμη", είπε ο E-Z, "αλλά μη μου ξαναμιλήσεις ποτέ για τους γονείς μου. Για εσάς τους αρχαγγέλους, είναι εκτός ορίων. Το καταλάβατε;"

Ο Ραφαήλ έγνεψε.

"Εξάλλου, δεν ήθελα να πληγώσω τα αισθήματά τους. Φυσικά, μπορούμε να τους χρησιμοποιήσουμε. Αν πρέπει να πολεμήσουμε τις Ερινύες, τότε θα χρειαστούμε όλη τη βοήθεια που μπορούμε να πάρουμε. Γυρίστε πίσω, παρακαλώ, Χατζ και Ρέικι. Δώστε μου άλλη μια ευκαιρία".

Τίποτα.

Ο E-Z προσπάθησε ξανά. "Γυρίστε πίσω και θα είστε ευπρόσδεκτα μέλη της ομάδας μας".

POP

POP

Το ζευγάρι ήταν τώρα καθαρό και τακτοποιημένο όπως ο παλιός του εαυτός.

"Καλώς ήρθατε πίσω", είπε ο E-Z.

Ο Χατζ και η Ρέικι πέταξαν προς το μέρος του. Ο καθένας πήρε θέση σε έναν από τους ώμους του. Έτρεμαν, ακούσια, φοβούμενοι τις ίδιες τους τις σκιές.

"Όλα θα πάνε καλά", είπε. "Θα σας προσέχουμε τώρα που είστε μέλος της ομάδας μας".

Προσπάθησαν να χαμογελάσουν και εκείνος εκτίμησε την προσπάθεια.

"Λοιπόν", είπε ο E-Z, "τι ακριβώς είπε η Έριελ στις Φούριες για εμάς;"

"Τους είπε ότι στέλνουμε παιδιά για να τους νικήσουμε - αυτό είναι όλο".

"Αυτό σου είπε; Πώς ξέρουμε ότι δεν λέει ψέματα; Και πώς θα μάθουμε ποιος είναι ο τελικός σκοπός των Furies;"

"Νομίζουμε ότι ξέρουμε ότι το τελικό παιχνίδι των Furies και της Eriel ήταν να ελέγξουν τη γη. Θα χτυπούσαν το EARTH PAUSE και θα την μετέτρεπαν σε Νέο Άδη, δηλαδή σε επίγεια κόλαση. Όπου θα μπορούσαν να κυβερνήσουν, σχηματίζοντας μια ομάδα από ψυχές που θα ήταν στο έλεός τους. Ναι, θα άφηναν τις ψυχές να περιφέρονται ελεύθερα, αλλά μόλις αποκτούσαν την ελευθερία τους - θα έπρεπε να την εγκαταλείψουν".

"Γιατί θα συμφωνούσαν να την εγκαταλείψουν;" ρώτησε.

"Επειδή οι άνθρωποι, ακόμη και οι ανθρώπινες ψυχές δεν μπορούν να επεξεργαστούν την έννοια της ελευθερίας. Αντίθετα, προτιμούν να περιορίζονται. Η έλλειψη ελευθερίας είναι η ανθρώπινη κουβέρτα ασφαλείας".

"Αυτό είναι ψέμα", είπε ο E-Z. "Με θυμώνει τόσο πολύ! Εμείς οι άνθρωποι μπορούμε να εκτιμήσουμε την ελευθερία μας. Αγαπάμε τη φύση, το να μπορούμε να αναπνέουμε τον αέρα, να μοιραζόμαστε τις σκέψεις και τα συναισθήματά μας με τους άλλους, να εκτιμούμε τον κόσμο και όλα όσα έχουμε σε αυτόν".

"Αρκετά θυμωμένος ώστε να αγωνιστείς για την ελευθερία σου και για την ελευθερία των άλλων;" Είπε ο Οφάνιελ.

Ο E-Z δεν είχε καν προσέξει ότι είχε επιστρέψει.

"Ναι", είπε. "Αλλά πες μου, σε αυτόν τον καινούργιο τους κόσμο, θα επέλεγαν μόνο τις ψυχές που θα μπορούσαν να ελέγξουν. Τι θα συνέβαινε με τις άλλες;"

"Θα αιωρούνταν για πάντα, χωρίς σπίτι", είπε ο Ραφαήλ. "Σε αυτόν τον νέο τους κόσμο, η μετά θάνατον ζωή θα εξαλειφόταν. Η γη θα βρισκόταν για πάντα σε κατάσταση παύσης. Οι ψυχές θα παρέμεναν σε σώματα που δεν θα ήταν πλέον ζωντανά, ούτε θα ήταν νεκρά. Καμία καρδιά δεν θα χτυπούσε πια. Δεν θα υπήρχε πια αγάπη ή παιδιά που θα γεννιόντουσαν. Καμιά ψυχή να αναληφθεί - πια - ποτέ".

Ο E-Z παρέμεινε σιωπηλός, σκεπτόμενος, λαμβάνοντας όλα αυτά υπόψη του.

Η φωνή στον τοίχο ρώτησε: "Θα ήθελε κανείς ένα αναψυκτικό;".

"Όχι, ευχαριστώ", είπε, αλλά χάρηκε για τη διακοπή, καθώς τον επανέφερε στη στιγμή. "Καταλαβαίνω τι χρησιμοποιούσε η βi Έριελ τις Ερινύες για να κάνει. Το γεγονός παραμένει ότι είναι ένας αρχάγγελος όπως εσείς, και γνωρίζατε ότι είχε προβλήματα, παρόλα αυτά του δίνατε τη μία ευκαιρία μετά την άλλη, ακόμη και όταν δεν το άξιζε. Οπότε, τώρα αναρωτιέμαι γιατί εμείς, εγώ και η ομάδα μου, θα πρέπει να διορθώσουμε αυτό που ένας από τους δικούς σας αρχάγγελους τα έκανε θάλασσα;"

"Επειδή..." άρχισε ο Ραφαήλ.

"Δεν είχα τελειώσει ακόμα", είπε ο E-Z. "Πριν, όταν εσύ και ο Έριελ επισκεφτήκατε το σπίτι μου, όταν γνώρισε την οικογένειά μου και τα άλλα μέλη της ομάδας, νομίζαμε ότι ήταν με το μέρος μας. Είδε πού μένουμε. Ξέρει τα πάντα για εμάς. Βρισκόμαστε σε μεγάλο κίνδυνο εξαιτίας του".

"Αυτό είναι αλήθεια", είπε ο Οφάνιελ.

"Αδιαμφισβήτητο και λυπούμαστε πολύ", είπε ο Ραφαήλ.

"Πες στον Έριελ να τους ανακαλέσει. Αυτός δημιούργησε αυτό το χάος και πρέπει να το διορθώσει". Χτύπησε τις κλειστές γροθιές του στα μπράτσα της καρέκλας του κάνοντας τον Χαντζ και τη Ρέικι να αναπηδήσουν και να ανατριχιάσουν. Χτύπησε τους επίδοξους αγγέλους στο κεφάλι. "Δεν πειράζει, συγγνώμη που σας αναστάτωσα".

"Μπράβο!" Ο Χαντζ ζητωκραύγασε.

"Ζήτω!" φώναξε η Ρέικι.

Ο Ραφαήλ και ο Οφάνιελ είπαν ομόφωνα: "Η Έριελ είναι περιορισμένη βαθιά μέσα στα έγκατα της γης. Βρίσκεται σε ένα μέρος όπου κανένας άνθρωπος δεν πρέπει να τολμήσει να πάει. Εν ολίγοις, δεν μπορεί να τον προσεγγίσει κανείς".

"Αλλά εμείς δραπετεύσαμε από τα ορυχεία, κάποτε", είπε η Ρέικι.

"Δύο φορές", είπε ο Hadz.

"Δεν είναι στα ορυχεία, είναι σε ένα άλλο μέρος, πιο κάτω, όχι τόσο βαθιά όσο στις φωτιές, αλλά σε ένα άλλο μέρος όπου κάνει τόσο κρύο που τα πάντα μετατρέπονται σε πάγο, ακόμα και το αίμα που ρέει στις φλέβες. Ένα μέρος όπου κανένας άνθρωπος δεν θα μπορούσε να επιβιώσει!

"Ο Έριελ είναι επίσης ανίσχυρος εκεί, αφού οι δικές του έχουν αφαιρεθεί. Είναι κλειδωμένος και δεν βλέπει κανέναν. Δεν ακούει τίποτα. Δεν θα του επιτραπεί ποτέ να βγει από εκείνο το μέρος - ΠΟΤΕ".

"Θέλω να του μιλήσω", είπε ο E-Z. "Πρέπει να του κάνω ερωτήσεις - ερωτήσεις που μόνο αυτός μπορεί να απαντήσει".

Ο Ραφαήλ και ο Οφάνιελ φώναξαν: "Δεν μπορείς! Δεν πρέπει!"

"Τότε αποσύρω την υποστήριξη της ομάδας μου. Σας παρακαλώ, επιστρέψτε με στο σπίτι μου. Ο Χαρούτο και οι άλλοι μπορούν να επιστρέψουν στις οικογένειές τους". Σταμάτησε να μιλάει καθώς στο μυαλό του πέρασε μια λάμψη του PJ και του Arden. Αν δεν έκανε κάτι, θα έμεναν σε κώμα, ίσως για πάντα.

Θυμήθηκε όλες τις φορές που τον είχαν βοηθήσει. Την πρώτη μέρα που επέστρεψε στο σχολείο σε αναπηρικό καροτσάκι. Τη φορά που τον έβαλαν ξανά να παίξει μπέιζμπολ - είχαν όλα τα παιδιά της ομάδας στο γήπεδο για να τον υποδεχτούν. Όταν τον βοήθησαν να τα ξεπεράσει όλα όταν πέθαναν οι γονείς του. Ένα δάκρυ έπεσε στο μάγουλό του. Το σκούπισε.

"Πάρτε τον!" βροντοφώναξε μια φωνή στον τοίχο.

Τότε ξαφνικά έγινε πολύ, πολύ κρύο. Τόσο κρύο που φανταζόταν ότι μπορούσε πραγματικά να νιώσει το αίμα στις φλέβες του να μετατρέπεται σε πάγο.

ΚΕΦΑΛΑΙΟ 14

ERIEL Επί Πάγος

Ο λομόναχος. Τόσο πολύ μόνος. Και τόσο κρύο, τόσο πολύ πολύ κρύο. Ήταν σαν να βρισκόταν μέσα σε ένα κοίλο παγάκι. Όταν εισέπνεε, ο πάγος γέμιζε τους πνεύμονές του.

Πήγε στην άκρη. Ανέπνευσε μέσα του. Ομίχλησε. Δεν ήταν παγάκι, ήταν γυάλινος κύβος. Και υπήρχε ένα χερούλι. Έμοιαζε σαν να ήταν φτιαγμένο από μετάλλιο. Φοβούμενος ότι το δέρμα του θα κολλούσε πάνω του, χρησιμοποίησε το πουκάμισό του και το άνοιξε.

Αυτό που βρισκόταν μέσα, ήταν μια συλλογή από ζεστές κουβέρτες, παπλώματα, ζακέτες, καπέλα, γάντια - τα πάντα. Έφτασε μέσα και έβαλε τα στρώματα.

Καθώς έβαλε τα χέρια του μέσα στην ζακέτα, το μυαλό του πέταξε πίσω σε μια εποχή που ο πατέρας του φορούσε ένα παρόμοιο πουλόβερ σε ένα ταξίδι για σκι. Ήταν πράσινη, όπως αυτή εδώ, και εξωτερικά την ένιωθε ξυστή στο άγγιγμα, αλλά, εσωτερικά, ήταν ζεστή σαν τοστ. Καθώς το τράβηξε γύρω του και το κούμπωσε μπροστά, η βελανιδένια μυρωδιά της αγαπημένης λοσιόν ξυρίσματος του πατέρα του γέμισε τα ρουθούνια του. μύρισε τη λοσιόν ξυρίσματος του πατέρα του μέσα σε αυτό. Ένα έντονο αίσθημα déjà vu τον κυρίευσε, όταν έβαλε τα δάχτυλά του σε ένα ζευγάρι μαύρα βελούδινα γάντια - γάντια που ορκίστηκε ότι ανήκαν στον πατέρα του. Δεν μπορούσαν όμως να είναι, αφού όλα είχαν καταστραφεί στη φωτιά. Τύλιξε τα χέρια του γύρω από τον εαυτό του, προσπαθώντας να ζεσταθεί. Σκέφτηκε ότι το κρύο είχε κυριεύσει το σώμα και το μυαλό του.

Απομάκρυνε κάποια άλλα αντικείμενα, ανακαλύπτοντας μια κουβέρτα στον πάτο του κουτιού, την οποία αναγνώρισε αμέσως. Πλεκτή στο χέρι, από τη μητέρα του στον καναπέ, νύχτα με τη νύχτα και όταν ολοκληρώθηκε πήρε τη θέση της - στην πλάτη του δερμάτινου καναπέ. Για τις κινηματογραφικές βραδιές και για να καλύπτει τα μάτια του αν συνέβαινε κάτι τρομακτικό.

Έβγαλε τα γάντια και το άγγιξε, για να δει αν ήταν αληθινό και μετά το ακούμπησε στο μάγουλό του. Το λουλουδάτο άρωμα του αρώματος της μητέρας του έφτασε μέχρι εκείνον, τον παρηγόρησε. Ένα δάκρυ έτρεξε στο μάγουλό του, καθώς ξαναφόρεσε τα γάντια και μετά τύλιξε την κουβέρτα της μητέρας του γύρω από την ζακέτα του πατέρα του. Φόρεσε την κουβέρτα σαν κουκούλα και απολάμβανε το περιβάλλον του.

Πάνω από το κεφάλι του, αλλά δείχνοντας προς τα κάτω με τις αιχμηρές αιχμές τους, υπήρχαν σταλακτίτες φτιαγμένοι από πάγο σε όλα τα μεγέθη και τα σχήματα. Αν έπεφτε ένας από αυτούς, θα τρυπούσαν την κορυφή του κρανίου του και θα συνέχιζαν μέσα του μέχρι τα δάχτυλα των ποδιών του. Μακάρι να είχε ένα καπέλο κατασκευαστή...

BINGO

Και ένα κίτρινο κράνος εμφανίστηκε στο κεφάλι του, μετά άλλο ένα και άλλο ένα και άλλο ένα. Ένιωσε σαν τον περίεργο Τζορτζ και χαμογέλασε. Τώρα ήταν έτοιμος για όλα.

Έψαχνε για μια πόρτα, προχωρώντας κατά μήκος των τοίχων του κύβου. Κανένα χερούλι δεν ήταν ορατό. Σε τι είδους φυλακή τον είχαν ρίξει;

Επιτέλους, βρήκε άκρες, στο κέντρο του δεξιού τοίχου. Έβγαλε ένα γάντι και χρησιμοποίησε το νύχι του για να ξύσει την επιφάνεια αυτού που σύντομα ανακάλυψε ότι ήταν ένα παράθυρο. Αυτό που είδε, δεν τον έκανε να νιώσει λιγότερο ανήσυχος. Ο κύβος του ήταν ένας από τους πολλούς που εκτείνονταν κατά μήκος της σήραγγας μέχρι εκεί που έφτανε το μάτι. Κανένας ένοικος δεν ήταν ορατός πίσω από τα γυάλινα παράθυρα των δικών τους θαλάμων.

Ανέπνευσε στο τζάμι και έγραψε τη λέξη "ΒΟΗΘΕΙΑ!" ανάποδα, μήπως και την έβλεπε κανείς.

Στη συνέχεια τη διέγραψε γρήγορα, θυμόμενος ποιον είχε έρθει να δει: Την Έριελ.

Ο Ε-Ζ κινήθηκε κατά μήκος της μπροστινής πλευράς του κύβου, προς την άλλη πλευρά και βρήκε για άλλη μια φορά ένα πλαίσιο που ήταν σίγουρος ότι ήταν παράθυρο. Ξύρισε την επιφάνεια και σύντομα βρήκε αυτόν που έψαχνε: τον προδότη.

Ο άλλοτε πανίσχυρος αρχάγγελος έμοιαζε αξιολύπητος, σαν κάποιος να τον είχε τρυπήσει με μια καρφίτσα και να είχε βγάλει όλο τον αέρα. Το σώμα του ήταν στερεωμένο στον τοίχο. Στην αρχή, ο Ε-Ζ νόμιζε ότι τον κρατούσε στη θέση του η βαρύτητα ή κάποια αόρατη δύναμη, αλλά στη συνέχεια συνειδητοποίησε μετά από μια πιο προσεκτική εξέταση ότι ολόκληρο το σώμα του Έριελ βρισκόταν μέσα σε ένα παχύ μπλοκ πάγου. Ο κύβος του Eriel είχε διαμορφωθεί σύμφωνα με το σώμα του, επομένως το παγωμένο νερό γέμιζε κάθε γωνιά της μορφής του και αυτός, σε αντίθεση με τον Ε-Ζ, δεν είχε πρόσβαση σε κουβέρτες.

ΚΛΑΝΚ. ΚΛΑΝΚ. ΚΛΑΝΚ.

Ο Ε-Ζ έστριψε το λαιμό του προς τα αριστερά όταν άκουσε τον ήχο βημάτων να αντηχεί. Ένιωθε ότι το πράγμα πλησίαζε, αλλά δεν μπορούσε να το δει.

ΚΛΑΝΚ. ΚΛΑΝΚ. ΚΛΑΝΚ.

Ο Ε-Ζ κούνησε το κεφάλι του. Έπρεπε να συγκεντρωθεί, να μείνει στη στιγμή, κι όμως, βίωνε άλλο ένα περίεργο αίσθημα déjà vu.

Το μυαλό του πέταξε πίσω στο όνειρο, που είχε δει πριν από λίγο καιρό σχετικά με ένα πάρτι γενεθλίων με τον Πι Τζέι και τον Άρντεν. Σε εκείνο το όνειρο, μια φιγούρα με κουκούλα είχε φτάσει, κάνοντας έναν παρόμοιο ήχο. Το όνειρο είχε να κάνει με την εύρεση ενός χαμένου καπέλου του μπέιζμπολ.

Καθώς ο ήχος έγινε εκκωφαντικός, έριξε μια ματιά στη φιγούρα, η οποία ήταν ένας πολεμιστής, μεγαλύτερος από τη ζωή, με φτερά στο μέγεθος δύο ενήλικων σφενδάμων. Στο ένα χέρι ο αρχάγγελος κρατούσε μια χρυσή ασπίδα και στο άλλο ένα σπαθί. Ο E-Z προστάτευσε τα μάτια του καθώς το φως χτύπησε το περίβλημα του σπαθιού.

ΚΛΑΝΚ. ΚΛΑΝΚ. ΚΛΑΝΚ.

Ο πολεμιστής αρχάγγελος σταμάτησε μπροστά στον Έριελ, ο οποίος δεν σήκωσε τα μάτια του για να συναντήσει το βλέμμα του νεοφερμένου.

Μέχρι που σταμάτησε, ο E-Z δεν είχε προσέξει τα τεράστια φτερά του αρχάγγελου, τα οποία, ενώ περπατούσε, ήταν σε ηρεμία. Τώρα, ο πολεμιστής ανασηκώθηκε, έτσι ώστε τα πρόσωπά του και του Εριέλ να βρίσκονται στο ίδιο επίπεδο.

"Έχετε έναν επισκέπτη", είπε.

Τα μάτια της Eriel παρέμειναν χαμηλωμένα.

"Τα μάτια σου δεν με ξεγελούν", είπε ο πολεμιστής. "Έχεις ντροπιάσει τον εαυτό σου. Μας ντρόπιασες όλους - κι όμως, δεν λυπάσαι και δεν μετανοείς. Μίλησέ μου. Πες μου γιατί θα έπρεπε να σου επιτρέψω να έχεις έναν επισκέπτη".

Η Έριελ συνέχισε να κοιτάζει το πάτωμα, καθώς μουρμούριζε κάτι ακατάληπτο.

"Μίλα!" απαίτησε ο πολεμιστής.

"Μετανοώ!" ξεστόμισε ο Eriel. "Μετανιώνω που απέτυχα να..."

"Σιωπή!" απαίτησε ο πολεμιστής.

ΚΛΑΝΚ. ΚΛΑΝΚ. ΚΛΑΝΚ.

Τώρα ο πολεμιστής στεκόταν στην άλλη πλευρά του γυαλιού, πρόσωπο με πρόσωπο με τον E-Z.

"Είμαι ο Μάικλ", είπε.

"Γεια σου, είμαι ο E-Z." Ήξερε τη φωνή του άντρα. Ήταν αυτός που διέταξε τον Ραφαήλ και τον Οφάνιελ να τον αφήσουν να μιλήσει με την Έριελ.

"Σηκωθείτε", είπε ο Μάικλ.

"Δεν μπορώ να περπατήσω", είπε.

"Μπορείς, αν το πω εγώ", αποκάλυψε ο Μιχαήλ, "και το λέω εγώ. Σήκω, E-Z Ντίκενς!"

Ο E-Z ένιωσε σαν ένας από εκείνους που ετοιμάζονται να θεραπευτούν σε μια λειτουργία στην τηλεόραση. Με δισταγμό, σηκώθηκε από την καρέκλα του. Τα πόδια του ταλαντεύτηκαν λίγο, κυρίως από φόβο παρά από δυσπιστία. Εξάλλου ο Μιχαήλ ήταν ο πιο ισχυρός αρχάγγελος. Δευτερόλεπτα αργότερα, ο E-Z στεκόταν όρθιος μέσα στο παγωμένο τείχος.

"Ζητήσατε να μιλήσετε με, αυτό το πράγμα, αυτό το πεσμένο πράγμα εκεί στον τοίχο. Δεν θα σε βοηθήσει, καθώς είναι σάπιος μέχρι το κόκαλο. Κι όμως, θα έπρεπε να σας βοηθήσει. ΟΦΕΙΛΕΙ να βοηθήσει όλους μας, προκειμένου να σώσει τον εαυτό του από το να μετατραπεί σε ένα γλυπτό από πάγο - ένα μόνιμο στοιχείο αυτού του τόπου".

Με κάθε λέξη που έλεγε, η φωνή του Μάικλ έκανε τον E-Z να νιώθει πιο δυνατός και πιο σίγουρος.

Ο Έριελ σήκωσε τα μάτια του.

Για ένα δευτερόλεπτο ο E-Z διέκρινε κάτι εκεί. Ήταν ήττα; Ήταν τύψεις;

Ο Eriel έκλεισε τα μάτια του καθώς το σώμα του έπεφτε χαλαρό μέσα στην παγωμένη φυλακή που τον κρατούσε.

"Νομίζω ότι λιποθύμησε", είπε ο E-Z.

ΚΛΑΝΚ. ΚΛΑΝΚ. ΚΛΑΝΚ.

Ο Μιχαήλ επέστρεψε για να ρίξει μια πιο προσεκτική ματιά στην παγωμένη φυλακή του. Ένα φίδι γλίστρησε από το πάνω μέρος της μπότας του και άρχισε να σέρνεται προς το πρόσωπο του Έριελ. Το πράγμα γλιστρούσε προς τα πάνω, προς τα πάνω, με τη διχαλωτή γλώσσα του να κινείται μπρος-πίσω σαν να πεινούσε για αίμα.

Ο Μάικλ είπε: "Το σώμα του φίλου μου λιώνει το δρόμο του προς το πρόσωπό σου Έριελ. Δεν πρόκειται να ανοίξεις τα μάτια σου και να πεις ένα γεια;"

Ο Eriel άνοιξε όντως τα μάτια του και βλέποντας το φίδι να ανεβαίνει στο σώμα του, έβγαλε μια κραυγή.

"ΓΚΑΡΟΎΟΥΟΥΟΥΟΥΟΥΟΥΟΥΟΥΟΥΟΥΟΥΟΥΜΜΜΜΜΜΜΝ

Ο Μιχαήλ χτύπησε τα δάχτυλά του και το φίδι σταμάτησε να κινείται. Χρησιμοποιώντας το νύχι του, ο Μάικλ έξυσε τον πάγο. Μέσα σε αυτόν, το σώμα του Έριελ δονήθηκε. Σαν να τον έπιανε ηλεκτροπληξία.

"ΜΜΜΜΜ,hhhhh,ΜΜΜΜΜΜΜΜΜ!"

"Σταμάτα!" Ο E-Z φώναξε καλύπτοντας τα αυτιά του. "Σε παρακαλώ!"

Ο Μάικλ σταμάτησε να σκαρφαλώνει. Σήκωσε το χέρι του, και το φίδι τυλίχτηκε γύρω του και γλίστρησε πίσω στο εσωτερικό της μπότας του.

"Αυτό το αγόρι σου δείχνει έλεος Έριελ. Είναι περισσότερο απ' ό,τι σου αξίζει".

Η Έριελ συνέχισε να βογκάει απελπισμένη.

Ο Μάικλ συνέχισε, απευθυνόμενος προς τον E-Z: "Θα σας δώσω πέντε λεπτά για να κάνετε στον Eriel όποιες ερωτήσεις έχετε".

Στη συνέχεια, προς τον Eriel: "Μπορούμε να σε αναγκάσουμε να του μιλήσεις, αλλά θα προτιμούσα, αν επέλεγες να τον βοηθήσεις με τη θέλησή σου. Μια φορά κι έναν καιρό επέλεξες να σώσεις τη ζωή αυτού του νεαρού αγοριού. Αυτός με τη σειρά του ξεπλήρωσε το χρέος του. Τώρα, μας πρόδωσες και πρέπει να ξανακερδίσεις την εμπιστοσύνη μας".

Ο Μάικλ σήκωσε το πόδι του και κλώτσησε την παγωμένη δομή στην οποία ήταν εγκλωβισμένη η Έριελ. Αυτή κουνήθηκε, αλλά δεν έσπασε ούτε θρυμματίστηκε.

"Με αηδιάζεις! Περιμένεις από αυτό το ανθρώπινο αγόρι να διορθώσει τα λάθη σου. Να διορθώσει στην πραγματικότητα τα λάθη σας. Παρόλα αυτά, θέλει να σου δώσει την ευκαιρία να απαντήσεις στις ερωτήσεις του. Γι' αυτό, βοήθησέ τον. Αυτή είναι η μόνη σου ευκαιρία, η μόνη σου ευκαιρία να μας αποδείξεις ότι έχεις ακόμα κάτι μέσα σου που αξίζει να σωθεί. Κάποιο κομμάτι του εαυτού σου που δεν έχει ακόμα σαπίσει μέχρι το μεδούλι σου".

Ο Έριελ σήκωσε τα μάτια του: "Μεγαλειότατε". Τα χαμήλωσε ξανά.

"Μπορεί να συγχωρεθείς, αλλά αν επιλέξεις να μην τον βοηθήσεις - η έλλειψη συνεργασίας σου θα σημειωθεί δεόντως".

Τα μάτια του Eriel παρέμειναν εστιασμένα στο πάτωμα.

"Καταλαβαίνεις;" ρώτησε ο Μάικλ. Όταν η Eriel δεν απάντησε, η φωνή του Michael βροντοφώναξε: "ΚΑΤΑΛΑΒΑΙΝΕΙΣ;".

Στον E-Z φάνηκε ότι ο πάγος γύρω του κουνιόταν και έτρεμε στο άκουσμα και μόνο της φωνής του Μιχαήλ και ευγνωμονούσε για άλλη μια φορά όλα τα κράνη που προστάτευαν το κρανίο του. Ήλπιζε ότι θα ήταν αρκετά, αλλιώς θα θάφτηκε για πάντα σε αυτό το μέρος μαζί με την Έριελ και τον Μάικλ και δεν θα έβλεπε ποτέ ξανά τον θείο Σαμ ή τους φίλους του.

Ο Έριελ έγνεψε.

"Πέντε λεπτά", είπε ο Μάικλ.

ΚΛΑΝΚ. ΚΛΑΝΚ. ΚΛΑΝΚ.

Και έφυγε.

Αυτός και η Eriel ήταν μόνοι τους.

Ο E-Z πλησίασε την Eriel και ρώτησε: "Πώς μπορούμε να νικήσουμε τις Furies;"

Ο Eriel άνοιξε το στόμα του για να μιλήσει, αλλά δεν είπε τίποτα. Έκλεισε τα μάτια του.

"Σε παρακαλώ", παρακάλεσε ο E-Z. "Σε παρακαλώ, βοήθησέ μας".

ΚΛΑΝΚ. ΚΛΑΝΚ. ΚΛΑΝΚ.

Ο Μάικλ είχε ήδη επιστρέψει. Δεν θα μπορούσαν να έχουν περάσει πέντε λεπτά - όχι ακόμα. Δεν είχε μάθει τίποτα, τίποτα απολύτως από την Eriel.

Ο Eriel με τα δόντια του σφιγμένα και τρεμάμενα ψιθύρισε τρεις λέξεις: "Χρησιμοποίησε τα γυαλιά του Ραφαήλ".

"Τι;" Ο E-Z φώναξε, χτυπώντας τις γροθιές του στον τοίχο του πάγου. "Πώς;"

Το επόμενο πράγμα που κατάλαβε ήταν ότι βρισκόταν πάλι στην πόρτα της κουζίνας. Δεν φορούσε πια τα ρούχα των γονιών του, αλλά οι συνδυασμένες μυρωδιές του λοσιόν ξυρίσματος του πατέρα του και του αρώματος της μητέρας του παρέμεναν. Αγκαλιάστηκε και άκουσε τον Κάρολο να εξηγεί το ηθικό δίδαγμα της ιστορίας του.

"Το ηθικό δίδαγμα της ιστορίας μου", είπε ο Τσαρλς, "είναι ότι όλα είναι καλύτερα όταν έχεις φίλους για να τα μοιραστείς".

"Ω", είπε ο E-Z, καθώς η Σαμάνθα ανακοίνωσε ότι το πρωινό είχε σερβιριστεί.

"Κάντε ουρά εδώ. Πάρτε ένα πιάτο, μια πετσέτα και μαχαιροπήρουνα. Σερβιριστείτε", είπε. "Είναι ένας μπουφές."

Ο Σόμπο είπε, "Σουμογκασουμπόντο!" στον Χαρούτο, ο οποίος έσκουζε από ευχαρίστηση.

"Έφτιαξα λίγο σούσι", είπε η Σαμάνθα. "Ήταν η πρώτη μου φορά".

Ο Σόμπο έγνεψε: "Ευχαριστώ, αλλά την επόμενη φορά άσε με να σε βοηθήσω".

Η Σαμάνθα έγνεψε: "Αυτό θα ήταν υπέροχο".

Ο E-Z μετακίνησε την καρέκλα του προς τα εμπρός.

Ο θείος Σαμ ψιθύρισε περπατώντας δίπλα του: "Πού πήγες; Εννοώ ότι ήσουν εκεί και η καρέκλα σου ήταν εκεί, αλλά ήσουν και εσύ κάπου αλλού, έτσι δεν είναι;"

"Ε, ναι, θα σου εξηγήσω αργότερα. Χρειάζομαι χρόνο για να επεξεργαστώ όλα όσα συνέβησαν. Δώσε μου μερικά λεπτά. Α, και παρεμπιπτόντως, ευχαριστώ".

"Για ποιο πράγμα;" Ο Σαμ ρώτησε.

"Για το πρωινό, ήταν σαν τον παλιό καλό καιρό. Διασκέδαση".

"Ας φροντίσουμε να το ξανακάνουμε σύντομα".

"Σίγουρα", είπε καθώς πήγαινε προς το δωμάτιό του.

ΚΕΦΑΛΑΙΟ 15

ΣΠ'ΙΤΙ ΜΟΥ ΣΠΙΤΑΚΙ ΜΟΥ

Τώρα, ολομόναχοι, ένιωθαν καλά που ήξεραν ότι η Eriel δεν αποτελούσε πλέον φυσική απειλή γι' αυτούς. Είχε εξουδετερωθεί χάρη στον Μάικλ, αλλά μόνο αφού είχε προδώσει τους πάντες.

Ο Έριελ είχε παρατραβήξει, αλλά γιατί; Γιατί να προδώσει το ίδιο του το είδος; Γνωρίζοντας πολύ καλά ότι ο Μάικλ ήταν πιο ισχυρός από αυτόν. Δεν έβγαζε νόημα.

POP.

POP.

"Καλώς ήρθες σπίτι!" είπε.

Ο Χατζ και η Ρέικι προσγειώθηκαν μπροστά του στο κρεβάτι: "Σ' ευχαριστώ, E-Z. Μας φέρεσαι πάντα ευγενικά".

"Λυπάμαι που ο Έριελ ήταν τόσο απαίσιος μαζί σου. Είναι καλό που είναι κλειδωμένος τώρα. Είναι αυτό που του αξίζει".

"Πώς σου φάνηκαν;" ρώτησε ο Χατζ.

"Δεν είμαι σίγουρος τι εννοείς".

"Εμείς στείλαμε το κιβώτιο".

"Ω, ίσως δεν έπιασε", είπε η Ρέικι.

"Εσείς ήσασταν;" Τα μάτια του E-Z δάκρυσαν.

"Χαίρομαι που έφτασε με ασφάλεια", είπε ο Χαντζ, καθώς το χαμόγελο του ζευγαριού των επίδοξων αγγέλων απλώθηκε στα πρόσωπά τους με τέτοιο τρόπο που φάνηκε ότι τα υπόλοιπα χαρακτηριστικά τους μειώθηκαν.

"Σας ευχαριστώ πολύ. Νόμιζα ότι όλα όσα ανήκαν στους γονείς μου είχαν καταστραφεί στη φωτιά". Πήρε μια βαθιά ανάσα παλεύοντας με τα δάκρυα. "Μακάρι μόνο, να μπορούσα να τα είχα φέρει εδώ μαζί μου. Αν και σήμαινε πολλά, έστω και μόνο για να το έχω για...".

ΖΑΠ.

"Το μόνο που είχες να κάνεις ήταν να πεις τη λέξη. Είναι δικά σου, άλλωστε", είπαν.

Ήταν εκεί, στην άκρη του κρεβατιού του. Το κιβώτιο των γονιών του, ή αυτό που αποκαλούσαν κουβερτόκουτο. Μέσα σε αυτό υπήρχαν θησαυροί που είχε ψάξει ως παιδί. Και τώρα ήταν δικό του. Ένα χειροπιαστό σεντούκι με θησαυρούς γεμάτο με αναμνήσεις από τους γονείς του.

"Μα πώς;" ρώτησε.

"Καταφέραμε να σώσουμε μερικά πράγματα, μπαινοβγαίνοντας όταν το σπίτι καιγόταν", είπε ο Χαντζ.

"Αποφασίσαμε να τα κρατήσουμε ασφαλή για σένα, μέχρι να είσαι έτοιμος να τα πάρεις πίσω. Ελπίζουμε ότι ο συγχρονισμός ήταν σωστός".

Κινήθηκε, σαν σε όνειρο, προς το μπαούλο και άνοιξε το καπάκι. Μια μυρωδιά από το μοσχοβολιστό-ξυλώδες after shave του πατέρα του που αναμειγνύονταν με το γλυκό-κίτρινό άρωμα της μητέρας του τον υποδέχτηκε σαν αγκαλιά. Προσέχοντας να μην το αφήσει να ξεφύγει όλο μαζί, έκλεισε απαλά το καπάκι.

"Δεν μπορώ να σας ευχαριστήσω αρκετά εσάς τους δύο. Ποτέ δεν θα μπορέσω να σας ευχαριστήσω. Θα τα πω όλα, μια άλλη φορά. Και πάλι, σας ευχαριστώ και τους δύο πάρα πολύ". Άπλωσε τα χέρια του και οι δύο επίδοξοι άγγελοι πέταξαν μέσα τους.

"Γίνεται πολύ γλυκανάλατος", είπε ο Χαντζ.

"Σου είπε κανείς- χρειάζεσαι κούρεμα;" ρώτησε η Ρέικι.

Ο E-Z χτένισε με το δάχτυλο τα μαλλιά του και χάιδεψε το κεντρικό μέρος που, λόγω του ότι βρισκόταν στα παγωμένα έγκατα της γης, είχε σηκωθεί σαν τρίχες σε βούρτσα. "Καλύτερα;"

"Λίγο", είπε ο Χαντζ.

"Εντάξει, πρέπει να συγκεντρωθώ. Οι άλλοι θα έρθουν εδώ σύντομα για μια ενημέρωση σχετικά με την κατάσταση της Έριελ. Πρέπει να τους πω για τον Μάικλ. Νομίζεις ότι θα εντυπωσιαστούν που τον γνώρισα;"

"Δεν έχει σημασία αν εντυπωσιάστηκαν", είπε ο Χαντζ. "Αυτό που έχει σημασία είναι, σου είπε ο Έριελ κάτι αξιόλογο;"

"Ναι, αλλά ακόμα προσπαθώ να καταλάβω τι εννοούσε".

"Πες μας, ίσως μπορέσουμε να λύσουμε το μυστήριο!"

"Τι εννοούσε ποιος;" ρώτησε ο Άλφρεντ, καθώς έσπρωχνε το ράμφος του στο δωμάτιο.

"Ελάτε μέσα", είπε ο E-Z.

Ο Άλφρεντ μπήκε μέσα. Ήταν εποχή λίμνασης και μερικά φτερά φτερούγισαν πίσω του. "Γεια σου Χατζ, γεια σου Ρέικι".

"Γεια σας", απάντησαν.

"Μεγάλη ιστορία, αλλά για να μπω κατευθείαν στο θέμα, με κάλεσαν πίσω στο σιλό, όπου ο Ραφαήλ και ο Οφανιέλ με ενημέρωσαν για μια κατάσταση σχετικά με την Έριελ. Έχει εργαστεί από όλες τις πλευρές. Προσποιείται ότι είναι σύμμαχος με εμάς, τους Αρχαγγέλους και τους Furies. Μην ανησυχείτε, η προδοσία του ανακαλύφθηκε και συνελήφθη και φυλακίστηκε. Φυλάσσεται από τον επικεφαλής αρχάγγελο Μιχαήλ, ο οποίος με άφησε να μιλήσω για λίγο με τον Έριελ".

"Και τι είπε ο Έριελ;" ρώτησε ο Άλφρεντ.

"Είχα χρόνο να του κάνω μόνο μια ερώτηση. Έτσι, τον ρώτησα πώς θα μπορούσαμε να νικήσουμε τις Ερινύες. Γι' αυτό ήρθα εδώ, για να σκεφτώ αυτά που είπε".

"Α, ήθελες λοιπόν να μείνεις μόνος σου;" ρώτησε ο Άλφρεντ. "Έλα, Χαντζ και Ρέικι, ας δώσουμε στον Ε λίγη ησυχία και γαλήνη". Κινήθηκε προς την πόρτα, αλλά εκείνοι παρέμειναν εκεί που ήταν.

"'Ένα πρόβλημα που λύνεται είναι ένα πρόβλημα που μοιράζεται", τραγούδησαν.

"Αλήθεια. Και αυτό ήταν το ηθικό δίδαγμα της ιστορίας του Καρόλου".

"Εντάξει, μαζευτείτε." Έκανε μια παύση και μετά είπε: "Ο Έριελ είπε ότι πρέπει να χρησιμοποιήσουμε τα γυαλιά του Ραφαήλ".

"Σωστά, αυτό είναι όλο;" Είπε ο Άλφρεντ. "Καταλαβαίνω γιατί δεν είσαι σίγουρος για το τι εννοούσε. Είναι πολύ ασαφές".

"Το ξέρω. Και δεν είπε πώς να τα χρησιμοποιήσεις".

Ο Χαντζ έσκυψε και ψιθύρισε κάτι στον Ρέικι.

POP.

POP

Και εξαφανίστηκαν.

"'Ίσως, να ξεκινήσουμε από την αρχή. Πες μου ακριβώς τι σου είπε η Έριελ".

"Το έκανα ήδη. Είπε να χρησιμοποιήσεις τα γυαλιά του Ραφαήλ. Αυτό ήταν όλο. Ο Μάικλ μας είχε βάλει σε ένα χρονόμετρο. Στην αρχή νόμιζα ότι ο Έριελ δεν θα έλεγε λέξη. Είπε αυτές τις τρεις λέξεις και ο χρόνος τελείωσε. Το επόμενο πράγμα που ήξερα ήταν ότι ήμουν πάλι εδώ".

Ο Άλφρεντ βημάτιζε και πρόσεξε το κουτί με τις κουβέρτες στην άκρη του κρεβατιού. "Τι είναι αυτό τότε;"

"Ανήκε στους γονείς μου", είπε ο E-Z παλεύοντας να συγκρατήσει τους λυγμούς του. "Ο Χαντζ και η Ρέικι το έσωσαν από τη φωτιά. Απλώς μου είπαν ότι το έσωσαν για μένα - έβαλαν σε κίνδυνο ακόμα και τη ζωή τους".

"Αυτό ήταν τόσο", δάκρυσε, "ευγενικό εκ μέρους τους. Έχεις περάσει από εκεί;"

"Όχι, αλλά θα το κάνω".

"Πώς ήταν ο Μάικλ;"

"Χτυπούσε πολύ όταν περπατούσε. Μου θύμισε το όνειρο που είδα με τον Πι Τζέι, τον Άρντεν και την γκιλοτίνα".

"Ω, θυμάμαι που μας είχες πει για εκείνο το όνειρο. Ήταν τόσο τρομακτικός όσο ο δήμιος;"

"Ο Μάικλ ήταν πολύ θυμωμένος και δικαίως. Ο Έριελ τον πρόδωσε, όλους τους αρχαγγέλους και εμάς. Αυτό που δεν καταλαβαίνω ήταν τι θα μπορούσε να αξίζει ένα τέτοιο ρίσκο;"

"Η εξουσία - κάποιοι άνθρωποι θα έκαναν τα πάντα για να την αποκτήσουν. Αλλά αυτό που πρέπει να βρούμε, είναι πώς μπορούμε να χρησιμοποιήσουμε τα γυαλιά του Ραφαήλ για να σταματήσουμε το σχέδιο που έθεσαν σε εφαρμογή ο Έριελ και οι Ερινύες".

Ο E-Z τα αφαίρεσε από το πρόσωπό του. Όταν τα φορούσε, το αίμα δεν πάλλονταν και δεν κινούνταν στον σκελετό, όπως έκανε όταν τα φορούσε ο Ραφαήλ. Πάνω του, ήταν σαν όλα τα άλλα γυαλιά.

"Δώσε εντολή στα γυαλιά να κάνουν κάτι", πρότεινε ο Άλφρεντ.

"Τα γυαλιά εξαφανίζονται", διέταξε ο E-Z.

Του έπεσαν και προσγειώθηκαν στο πάτωμα.

Ο E-Z αναστέναξε. Τα δύο κεφάλια σίγουρα δεν ήταν καλύτερα από το ένα σε αυτή την περίπτωση. Γέλασε.

"Χάρηκα που είδα τον Χαντζ και τη Ρέικι πίσω. Είναι εδώ για να μείνουν; Εννοώ, για να μας βοηθήσουν;"

"Είναι, αλλά έχουν περάσει πολλά τελευταία και μπορεί να πάσχουν από PTSD - αυτό είναι διαταραχή μετατραυματικού στρες".

"Ναι, το ξέρω. Τι συνέβη;"

"Συνέβη ο Έριελ, αυτό συνέβη. Έχει προκαλέσει χάος και καταστροφή στη Γη και παντού αλλού απ' ό,τι ακούγεται". Ο E-Z έκανε μια παύση. "Κι αν χρησιμοποιούσα τα γυαλιά για να αλλάξω τη μορφή μου;"

"Και να κάνεις τι;"

"Αν μπορούσα να αλλάξω τη μορφή μου, θα μπορούσα να επισκεφτώ τις Ερινύες ως Έριελ".

"Αυτό θα λειτουργούσε μόνο, αν δεν γνώριζαν, ότι είχε πιαστεί", είπε ο Άλφρεντ.

"Ναι, αλλά αν δεν το ήξεραν. Σκέψου τη ζημιά που θα μπορούσα να κάνω. Θα μπορούσα να μπω εκεί μέσα. Θα νόμιζαν ότι ήμουν με το μέρος τους. Και θα μπορούσα να στραφώ εναντίον τους. ΜΠΑΜ, θα μπορούσα να τους ρίξω έξω από το πάρκο!"

POP.

POP.

"Θα ήταν πάρα πολύ επικίνδυνο!" Ο Hadz ούρλιαξε.

"Πολύ επικίνδυνο!" Reiki echoed.

"Εξάλλου, έχουμε μια άλλη ιδέα".

"Πείτε μας", είπε ο E-Z.

"Έχουν αναδημιουργήσει το Λευκό Δωμάτιο, οπότε πήγαμε πίσω εκεί για να δούμε αν υπάρχουν βιβλία για τα γυαλιά του Ραφαήλ".

"Και; Υπήρχε κάποιο βιβλίο;"

"Όχι", είπε ο Χαντζ.

"Αλλά βρήκαμε αυτό", είπε ο Ρέικι.

Ήταν ένα μικροσκοπικό βιβλιαράκι, περίπου στο μέγεθος της άκρης του δείκτη του E-Z. Ο τίτλος στη ράχη του έγραφε: Ραφαήλ: Το πρώτο βιβλίο του Ενώχ.

Ο Χατζ και η Ρέικι ξεφύλλισαν τις σελίδες, αφού το βιβλίο είχε το τέλειο μέγεθος για να το κρατούν οι δυο τους μαζί.

"Εδώ λέει", διάβασε δυνατά ο Χαντζ, "ο σκοπός του Ραφαήλ ήταν να θεραπεύσει τη γη που είχαν μολύνει οι έκπτωτοι άγγελοι".

"Θυμάσαι, είπε ο Ραφαήλ, ότι μπορώ να την καλέσω μόνο όταν πλησιάζει το τέλος; Ίσως, τα γυαλιά θα μου αποκαλύψουν τις δυνάμεις τους μόνο όταν τις χρειαστώ κι εγώ".

"Ακριβώς", συμφώνησαν ο Χαντζ και η Ρέικι.

"Νομίζω ότι χρειαζόμαστε έναν καταιγισμό ιδεών με τους άλλους, αλλά η ιδέα σου να αλλάξεις την εμφάνισή σου με αυτή της Eriel είναι καλή", είπε ο Alfred. "Θα πρέπει απλώς να βρούμε έναν τρόπο να σε υποστηρίζουμε όταν το κάνεις - για να σε κρατάμε ασφαλή".

"Αυτή είναι κακή ιδέα", είπε ο Χαντζ.

"Πολύ κακή ιδέα!" Είπε η Ρέικι.

"Πώς έτσι;" ρώτησε ο Άλφρεντ.

"Πρώτον, δεν ξέρεις τι ξέρουν οι Ερινύες".

"Ή δεν ξέρουν".

"Δεύτερον, θα μπορούσε να είναι παγίδα".

"Μια παγίδα ενορχηστρωμένη από την Eriel και τις Furies."

"Τρίτον, και το πιο σημαντικό από όλα,"

"Η Έριελ φοβάται τον Μάικλ."

Ομόφωνα είπαν: "Τα γυαλιά του Ραφαήλ πρέπει να έχουν το κλειδί για τα πάντα. Η Eriel αναζητά συγχώρεση και λύτρωση από τον Μιχαήλ και τους άλλους αρχαγγέλους. Είναι η μόνη του ελπίδα. Εσύ είσαι η μόνη του ελπίδα. Επομένως, πιστεύουμε ότι σου είπε την αλήθεια".

"Αλλά τι γίνεται αν οι Ερινύες δεν γνωρίζουν για την - κατάσταση του Eriel; Ενώ αυτοί βρίσκονται στο σκοτάδι, εμείς έχουμε ένα πλεονέκτημα εδώ", είπε ο Άλφρεντ.

"Συμφωνώ", είπε ο E-Z.

Η Λία έχωσε το κεφάλι της στο δωμάτιο, ακολουθούμενη από την υπόλοιπη παρέα. "Τι συμβαίνει;" ρώτησε.

"Έλα μέσα και θα σου εξηγήσω. Α, και κλείσε την πόρτα πίσω σου".

"Ακούγεται αμφίβολο", είπε η Λία. Παρατήρησε τον Χαντζ και τη Ρέικι και τους χαιρέτησε. Έπειτα έκλεισε την πόρτα πίσω τους και την κλείδωσε.

ΚΕΦΑΛΑΙΟ 16

ΤΙ ΝΑ ΚΑΝΕΤΕ?

"Καθίστε, καθίστε άνετα", είπε, καθώς όλοι στοιβάζονταν στο κρεβάτι του. "Πρώτον, για όσους δεν τους έχουν γνωρίσει ακόμα - αυτός είναι ο Χαντζ και αυτή είναι η Ρέικι. Είναι φίλοι και επίδοξοι άγγελοι. Έχουν διοριστεί για να μας βοηθήσουν".

Ο Χαρούτο υποκλίθηκε, ο Λάτσι είπε: "Καλημέρα"! Ο Τσαρλς και η Μπράντι τους έδωσαν το χέρι.

Αφού όλοι συστήθηκαν επίσημα, η ομάδα κάθισε κατά μήκος της πλευράς του κρεβατιού. Ο E-Z σκέφτηκε ότι έμοιαζαν με επιβάτες που περίμεναν το λεωφορείο.

"Είμαστε όλοι εδώ, για να νικήσουμε τους Furies. Αλλά υπάρχουν κάποιες τρέχουσες πληροφορίες που πρέπει να λάβουμε υπόψη μας. Πριν προχωρήσουμε μπροστά".

"Τι εννοείτε;" ρώτησε η Λία. "Προτείνεις ότι θα μπορούσαμε να εξαιρεθούμε;"

Ο E-Z καθάρισε το λαιμό του.

"Είναι καλύτερα να με αφήσετε να σας τα πω όλα, και μετά μπορείτε να κάνετε ερωτήσεις. Μάλλον θα έπρεπε να ξεκινήσω με αυτό. Αλλά ακόμα τα επεξεργάζομαι όλα ο ίδιος". Δίστασε. "Αυτό που θέλω να πω είναι ότι δώστε μου λίγη χαλαρότητα εδώ, καθώς είναι μια δύσκολη κατάσταση να και ακόμα πιο δύσκολο να την εξηγήσω".

Όλοι έγνεψαν, οπότε συνέχισε.

"Η Έριελ έχει τεθεί υπό κράτηση από τους Αρχαγγέλους. Τους πρόδωσε και μας πρόδωσε. Δεν αποτελεί πλέον απειλή για εμάς, αλλά έθεσε σε κίνδυνο την αποστολή μας. Το πρόβλημα είναι ότι δεν ξέρουμε πόσο. Ξέρουμε όμως περισσότερα για τις προθέσεις του - να αποκτήσει τον έλεγχο της γης με κάθε μέσο. Το να τα βάλει με τους Αρχαγγέλους για να το πετύχει, αυτό ήταν ένα είδος ρίσκου - ακόμα και όταν είχε τους Furies στο πλευρό του".

Ένα ακουστό λαχάνιασμα από όλους τον έκανε να κάνει μια παύση για μια-δυο στιγμές πριν συνεχίσει.

"Οι Αρχάγγελοι του γύρισαν την πλάτη. Συνάντησα τον Μάικλ, που ηγείται των αρχαγγέλων, και ήταν αηδιασμένος με τον Έριελ. Και ο Έριελ ήταν τρομοκρατημένος μαζί του".

Ακούστηκαν κι άλλα αγκομαχητά.

"Το σχέδιό μας Α ήταν να παγιδεύσουμε τις Ερινύες μέσα στο περιβάλλον του παιχνιδιού. Ο Eriel ήταν ενήμερος για αυτό το σχέδιο. Στην πραγματικότητα, μας ενθάρρυνε να το προχωρήσουμε. Οπότε, πρέπει να προχωρήσουμε στο Σχέδιο Β. Το γεγονός και μόνο ότι γνώριζε για το Σχέδιο Α, είναι αρκετό για να το απορρίψουμε".

Περισσότερα λαχάνιασμα και ένα "Ωχ, όχι!"

"Οπότε, Σχέδιο Β. Ξέρω ότι σκέφτεστε το προφανές: δηλαδή, δεν έχουμε Σχέδιο Β. Λοιπόν, δεν είχαμε. Αλλά τώρα έχουμε. Θα σας σοκάρει να μάθετε, ότι το Σχέδιο Β μας έχει προέλθει από το στόμα του προδότη μας;"

Όλοι έγνεψαν.

"Όπως είπα και προηγουμένως, συναντήθηκα με τον Μάικλ. Ήταν αυτός, που πρότεινε στον Έριελ, ότι μπορεί να του επιβληθεί επιείκεια, αν και μόνο αν μας βοηθήσει.

"Ο Μάικλ μας έδωσε μόνο πέντε λεπτά μαζί. Και για το μεγαλύτερο μέρος αυτού του χρόνου ο Eriel δεν είπε τίποτα. Τότε, ακριβώς όταν επρόκειτο να λήξει, είπε τρεις λέξεις: "Χρησιμοποίησε τα γυαλιά του Ραφαήλ" - αυτό ήταν όλο. Θυμήθηκα κάποια στιγμή αργότερα ότι ο Ραφαήλ είχε πει ότι ο Κάρολος θα μπορούσε να είναι το μυστικό μας όπλο, οπότε με τα γυαλιά θα μπορούσαμε να έχουμε δύο όπλα που δεν γνωρίζουν".

Ο Κάρολος αγκομαχούσε.

Ο E-Z αναγνώρισε τον Charles με ένα νεύμα.

"Αλλά πριν το περιορίσουμε και κάνουμε καταιγισμό ιδεών, πρέπει να δούμε τη μεγάλη εικόνα εδώ και να αποφασίσουμε αν αυτή είναι η μάχη μας. Αν αυτό είναι κάτι στο οποίο θέλουμε ακόμα, ως ομάδα, να εμπλακούμε.

"Εξαιτίας της Έριελ, είμαι ζωντανός σήμερα. Με έσωσε και στη συνέχεια είπε ότι χρωστάω σ' αυτόν και στους άλλους αρχαγγέλους. Για να ξεπληρώσω αυτό το χρέος ολοκλήρωσα αρκετές δοκιμασίες. Ο Άλφρεντ και η Λία ήρθαν μαζί μου και μαζί σχηματίσαμε τους Τρεις. Και μετά χωρίσαμε κατόπιν αιτήματός τους.

"Δημιουργήσαμε τη δική μας ιστοσελίδα για υπερήρωες και βοηθούσαμε τους ανθρώπους. Μέχρι που οι αρχάγγελοι ζήτησαν τη βοήθειά μας για να νικήσουμε τους πειρατές Soul Catcher. Με τον καιρό μάθαμε ποιοι ήταν: Οι Ερινύες, ισχυρές και κακές ελληνικές θεές που είχαν επιστρέψει.

"Ο Χατζ και η Ρέικι με πήγαν για αναγνώριση, για να μου δείξουν το αρχηγείο τους στην Κοιλάδα του Θανάτου. Εκεί είδα ιδίοις όμμασι τη συσσώρευση δοχείων γεμάτων με τις ψυχές των παιδιών. Αργότερα, ο PJ και ο Άρντεν απομακρύνθηκαν από εμάς. Η κατάστασή τους δεν έχει αλλάξει. Και είδαμε από πρώτο χέρι, χάρη στον Ραφαήλ, αυτές τις κακές θεές να δουλεύουν.

"Οι Ερινύες είναι άξιοι αντίπαλοι. Αν τις πολεμήσουμε, μπορεί να πεθάνουμε. Αυτό βέβαια δεν είναι η τελευταία πληροφορία, αλλά αξίζει να ρισκάρουμε τη ζωή μας τώρα που η Έριελ μας πρόδωσε;

"Λαμβάνοντας όλα υπόψη, και κυρίως, ότι έχουμε δύο μυστικά όπλα στο πλευρό μας. Αν και όπλα που δεν ξέρουμε πώς μπορούμε να χρησιμοποιήσουμε.

Ίσως, είμαστε σε καλή κατάσταση για να κερδίσουμε αυτή τη μάχη. Αυτό είναι αν μείνουμε ενωμένοι και αν καλύπτουμε ο ένας τα νώτα του άλλου. Αν είμαστε πρόθυμοι να βάλουμε τις ζωές μας σε κίνδυνο για το γενικότερο καλό. Για το καλό της γης, για τη σωτηρία της γης. Τι λέτε;"

Το επόμενο πράγμα που ήξερε ήταν ότι όλοι - εκτός από τον Άλφρεντ - χοροπηδούσαν στο κρεβάτι λέγοντας: "Ένας για όλους και όλοι για έναν!"

Ο E-Z σήκωσε το χέρι του. "

"Όλοι όσοι είναι υπέρ της καταπολέμησης των Ερινύων, να πουν "Ναι"."

Η απόφαση ήταν ομόφωνη.

Ο Σόμπο χτύπησε την πόρτα ρωτώντας: "Ίσως, μπορώ να βοηθήσω κι εγώ".

ΚΕΦΑΛΑΙΟ 17

ΕΡΩΤΗΜΑ CHARLES DICKENS

Η Μπράντι χλεύασε ακουστά κάνοντας τους πάντες στο δωμάτιο να κοιτάξουν προς το μέρος της. Τώρα που είχε την προσοχή όλων, ρώτησε: "Και πώς εσύ, μια ηλικιωμένη πολίτης, θα βοηθήσεις την ομάδα των υπερηρώων παιδιών μας να νικήσει τις τρεις πανίσχυρες κακές θεές;".

Ένα αναστεναγμός ακούστηκε σε όλη την αίθουσα, κάνοντας τον Χαρούτο να κινηθεί γρήγορα προς την πλευρά του Σόμπο του. Άρπαξε το χέρι της και το κράτησε στην καρδιά του.

Η Σόμπο που δεν πτοήθηκε από την άγνοια της Μπράντι ψιθύρισε καταπραϋντικά λόγια στα ιαπωνικά στον εγγονό της.

"Ζήτα συγγνώμη", απαίτησε ο E-Z.

"Δεν πειράζει", είπε ο Σόμπο. "Έχει δίκιο, μπορεί να μην είμαι σούπερ ήρωας όπως όλοι σας, αλλά όλοι σε αυτή τη ζωή έχουν κάτι να δώσουν".

"Συγγνώμη, Σόμπο", είπε η Μπράντι. Δεν σταμάτησε εκεί. "Αυτό που εννοούσα ήταν..."

"Βούλωσέ το!" Αναφώνησε η Λία. "Έλα μέσα, Σόμπο."

"Μπορούμε να χρησιμοποιήσουμε όλη τη βοήθεια που μπορούμε να πάρουμε", είπε ο E-Z.

Ο Τσαρλς σηκώθηκε, προσφέροντας τη θέση του στον Σόμπο και τον Χαρούτο.

"Ευχαριστώ", είπε η Σόμπο και κάθισε με τον εγγονό της δίπλα-δίπλα χωρίς να μιλήσει για λίγα λεπτά.

"Αισθάνεσαι αρκετά καλά;" ρώτησε ο Χαρούτο.

"Ναι, μικρέ μου", είπε η Σόμπο. "Έχω κι εγώ μια υπερδύναμη. Αυτή η υπερδύναμη ονομάζεται μεταμόρφωση. Έχω ζήσει πολλές ζωές και έχω παίξει πολλούς ρόλους... σε κάθε ζωή μαθαίνω κάτι καινούργιο. Είμαι ανοιχτός στη μάθηση, αυτό είναι το νόημα της ζωής. Προσφέρω τη ζωή μου- θα έκανα τα πάντα για να σας σώσω. Όλους σας".

"Ακόμα και εμένα;" Η Μπράντι ρώτησε.

Ο Σόμπο γέλασε. "Ειδικά εσένα, παιδί μου".

Η Μπράντι διέσχισε το δωμάτιο και έριξε τα χέρια της γύρω από το λαιμό του Σόμπο. "Σ' ευχαριστώ. Αλλά γιατί ειδικά εμένα;"

Ο Χαρούτο σηκώθηκε όρθιος και με τα χέρια στους γοφούς του αναφώνησε: "Επειδή είσαι τρελός!".

Όλοι γέλασαν, συμπεριλαμβανομένης της Μπράντι.

Ο Σόμπο είπε: "Επειδή είσαι ατρόμητος. Ναι, το να είσαι ατρόμητος είναι ένα ισχυρό συναίσθημα, αλλά πρέπει να μάθεις υπομονή. Χρειάζεσαι και τα δύο, για να επιβιώσεις σε αυτόν τον κόσμο. Με τα δύο θα γίνεις ακόμα πιο υπολογίσιμη δύναμη. Η ζωή είναι να αλλάζεις, τον εαυτό σου από μέσα προς τα έξω, από έξω προς τα μέσα. Μάθε. Αναπτύξου. Πρέπει να είμαστε σαν τα δέντρα, να αλλάζουμε με τις εποχές, να λυγίζουμε με τον άνεμο".

"Τόσο όμορφο", είπε ο Charles.

"Αλλά ο κόσμος είναι γεμάτος και με το καλό και με το κακό", είπε η Σόμπο. "Έτσι πρέπει να είναι. Το ένα πρέπει να υπάρχει για να υπάρχει το άλλο. Και εμείς, εσύ και εγώ και όλοι εδώ, πρέπει να πολεμάμε μόνο για την πλευρά του καλού. Σε αυτόν τον κόσμο μπορεί να υπάρξει μόνο ένας νικητής. Αυτός ο νικητής πρέπει να είναι για το καλό όλης της ανθρωπότητας".

Ο Σόμπο σταμάτησε να μιλάει. Ενώ έπαιρνε ανάσα, οι υπόλοιποι παρέμειναν ήσυχοι περιμένοντας να συνεχίσει.

"Ο λόγος που βρίσκομαι εδώ", συνέχισε η Σόμπο, "είναι για να φέρω χαιρετισμούς από τη Ρόζαλι".

"Εσύ και η Ρόζαλι, Σόμπο, αλλά πώς;" ρώτησε η Λία.

"Η Ροζαλί ήρθε σε μένα σε ένα όνειρο. Πώς ήξερα ότι ήταν εκείνη; Επειδή μου το είπε εκείνη. Τα όνειρα είναι ισχυροί ενωτικοί παράγοντες. Τα πνεύματα διασχίζουν κόσμους και αναμειγνύονται μαζί μας για να είναι μαζί μας ή για να μας πουν πράγματα που δεν ξέρουμε, όπως προειδοποιήσεις, προαισθήματα.

Η Ρόζαλι ήθελε να μας βοηθήσει να δώσουμε τη μάχη, να πολεμήσουμε και να νικήσουμε".

"Ναι", είπε ο E-Z. "Ονειρεύομαι συχνά τους γονείς μου. Μερικές φορές μου αποκαλύπτουν πράγματα ή μου λένε πράγματα που δεν μπορούσαν να γνωρίζουν. Εκτός αν μοιράζονταν τη ζωή μου μαζί μου".

"Ναι, η αγάπη είναι ένα ισχυρό συναίσθημα που δεν έχει όρια. Αυτοί που αγαπάς θα σε αναζητήσουν, θα σε βρουν, θα σε βοηθήσουν, ακόμη και στις πιο σκοτεινές στιγμές".

"Είναι", ρώτησε η Λία, "ευτυχισμένη;"

Ο Σόμπο χαμογέλασε. "Η ευτυχία δεν είναι το παν. Επιτρέψτε μου να σας πω ότι είναι ο εαυτός της. Αυτό είναι το μόνο που χρειάζεται πραγματικά να ξέρεις. Και ως ο εαυτός της, ως δοχείο που μάχεται κι αυτό στο πλευρό μόνο του καλού, πιστεύει σε σας, κύριε Τσαρλς Ντίκενς. Είστε η δύναμή μας".

"Εγώ;" Ρώτησε ο Τσαρλς.

"Ναι, Τσαρλς. Πήγαινέ μας στη βιβλιοθήκη. Στη βιβλιοθήκη στα σύννεφα."

"Δεν την έχω ακούσει ποτέ. Δεν μπορώ να σας πάω εκεί. Πρέπει να με μπέρδεψε με κάποιον από τους άλλους".

"Ποια βιβλιοθήκη;" ρώτησε η Μπράντι.

"Και γιατί είναι στα σύννεφα;" ρώτησε η Λία.

"Έχω πάει εκεί", είπε ο Σόμπο. "Είναι πολύ παλιά και προστατεύεται... μόνο όσοι γνωρίζουν το ξέρουν".

"Δεν είμαι ένας από αυτούς", είπε ο Τσαρλς.

"Απλά χρειάζεσαι λίγη βοήθεια", είπε ο Σόμπο. "Δώσε του τα γυαλιά του Ραφαήλ και τότε, θα ξέρει".

"Περίμενε ένα λεπτό", είπε ο E-Z. "Πώς έφτασες εκεί;"

"Δεν με πιστεύεις;" Ο Σόμπο χαμογέλασε. "Η Ρόζαλι με πήγε εκεί σε ένα όνειρο... είναι πνεύμα... και με οδήγησε ως ονειροβάτης".

"Είσαι σίγουρος ότι δεν ήταν μια ανάμνηση που μοιραζόταν για το Λευκό Δωμάτιο;"

"Σίγουρα όχι. Πώς το ξέρω αυτό;" Ο Σόμπο ρώτησε. "Επειδή η Ρόζαλι μου είπε ότι δεν ήθελε ποτέ να επιστρέψει στο μέρος όπου δολοφονήθηκε από εκείνες τις μοχθηρές αδελφές".

"Αυτό βγάζει νόημα, κι όμως, κάτι που είπε ο Ραφαήλ ότι δεν θα παραδώσει ποτέ τα γυαλιά -σε κανέναν- με κάνει να ανησυχώ μήπως πάω ενάντια στην επιθυμία της".

"Κι αν η Ρόζαλι δεν είναι μία από αυτούς που γνωρίζουν;" ρώτησε ο Σόμπο. "Μήπως πρέπει να χάσουμε αυτή την ευκαιρία να αυξήσουμε τις πιθανότητές μας να νικήσουμε τις Ερινύες, απορρίπτοντας τις τελευταίες πληροφορίες της Ρόζαλι μιας έμπιστης φίλης και έμπιστης;"

"Πες μου πρώτα", είπε ο E-Z, "πώς ήταν;"

Η Σόμπο έκλεισε τα μάτια της. "Φανταστείτε μια εποχή που ανοίγατε το ζεστό νερό μόνο στο ντους ή στο μπάνιο, χωρίς ανεμιστήρα και χωρίς ανοιχτό παράθυρο. Έβγαινες από το δωμάτιο για να πάρεις κάτι και έκλεινες την πόρτα. Όταν την άνοιξες αργότερα, το δωμάτιο γέμισε ατμούς και όταν μπήκες μέσα δεν μπορούσες να δεις τίποτα - στην αρχή. Αλλά τα μάτια σας προσαρμόστηκαν και μετά μπορούσατε να δείτε τα πάντα. Το ίδιο συνέβη και σε μένα όταν μπήκα για πρώτη φορά στη Βιβλιοθήκη του Σύννεφου".

Άνοιξε τα μάτια της. "Φανταστείτε το εσωτερικό του σύννεφου όπου υπήρχαν βιβλία. Κάθε βιβλίο που γράφτηκε, που εκδόθηκε, όλα εκεί μπροστά σας. Διαθέσιμο για να το διαβάσεις, να το πάρεις, να το μάθεις. Κάπως έτσι ήταν στη Βιβλιοθήκη του Νέφους. Και είναι γραφτό να πάμε όλοι να το δούμε με τα μάτια μας, τώρα. Σήμερα."

"Ακούγεται μαγικό", είπε ο Τσαρλς. "Θέλω να πάω. Θέλω να σας πάω όλους εκεί".

"Ακούγεται πολύ καλό για να είναι αληθινό", είπε η Μπράντι.

Ο Σόμπο χαμογέλασε.

Ο E-Z δίστασε προτού αφαιρέσει τα γυαλιά και τα δώσει στον Τσαρλς.

"E-Z", είπε ο Σόμπο, "η Ρόζαλι μου είπε ότι η εξαίρεση στον κανόνα του Ραφαήλ ήταν ο Τσαρλς. Θυμάσαι; Και ήταν εκείνη που αποκάλυψε ότι ο Τσαρλς ήταν το μυστικό μας όπλο".

Ο E-Z έγνεψε και έδωσε τα γυαλιά στον Τσαρλς.

Χωρίς δισταγμό, ο Τσαρλς τα φόρεσε. Καθώς τα έβαλε πίσω από τα αυτιά του, τα χρώματα στον σκελετό πάλλονταν σε κάθε γνωστό χρώμα. Όλα τα χρώματα εκτός από το κόκκινο. Όταν τα γυαλιά εγκαταστάθηκαν στην πράσινη απόχρωση του γρασιδιού, ο λαιμός του Τσαρλς στράβωσε αριστερά δεξιά αριστερά δεξιά δεξιά αριστερά. Ίσιωσε το κεφάλι του και κοίταξε μπροστά του.

"Είμαι έτοιμος", είπε. "Κρατηθείτε από τα χέρια, ώστε να είμαστε όλοι συνδεδεμένοι, και θα σας πάω εκεί".

"Περιμένετε μας!" Ο Χαντζ και η Ρέικι φώναξαν, καθώς πήδηξαν στους ώμους του E'Z και κρατήθηκαν για να κρατηθούν. Στιγμές αργότερα και κανείς δεν είχε πάει πουθενά.

ΚΕΦΑΛΑΙΟ 18

ΤΙ ΠΉΓΕ ΣΤΡΑΒΆ;

"Δεν το καταλαβαίνω", είπε ο Charles. "Μπορούσα να το δω στο μυαλό μου. Ίσως χρειάζομαι οδηγίες ή κάποιες μαγικές λέξεις. Σου είπε η Ρόζαλι κάτι ιδιαίτερο που έπρεπε να κάνω εκτός από το να βάλω τα γυαλιά στον Σόμπο;" ρώτησε ο Τσαρλς.

Η Σόμπο κούνησε το κεφάλι της. "Δοκίμασε κάτι διαφορετικό".

"Πήγαινέ μας στο Δωμάτιο του Σύννεφου!" απαίτησε.

Αυτή τη φορά ως ομάδα όλοι λικνίστηκαν, σαν κάποιος να είχε ανοίξει ένα παράθυρο.

"Κλείστε τα μάτια σας", είπε ο Τσαρλς. "Όλοι έτοιμοι;" Όλοι έγνεψαν. Έκλεισε τα μάτια του, καθώς η ομάδα των υπερηρώων συν τον Σόμπο κατακερματίστηκε.

"Κάτι αισθάνομαι, διαφορετικό", είπε ο Λάτσι ανοίγοντας τα μάτια του. "Αισθάνομαι διαφορετικά".

Ο E-Z ένιωσε επίσης παράξενα, καθώς άνοιξε τα μάτια του. Ο Χαντζ και ο Ρέικι ροχάλιζαν τώρα. Τους φάνηκε περίεργη στιγμή για να πάρουν έναν υπνάκο. Και, τι άλλο ήταν διαφορετικό; Τα γυαλιά του Ραφαήλ ήταν άχρωμα. Γιατί; Δεν είχε ξανασυμβεί ποτέ πριν. Και τι άλλο; Ο Άλφρεντ - πού στο καλό ήταν ο Άλφρεντ;

"Alfred; Πού είσαι;"

Η Λία ξέσπασε σε δάκρυα.

"Γιατί κλαις;" ρώτησε ο E-Z.

"Επειδή δεν μπορώ να δω τίποτα, ούτε με τα χέρια μου. Όχι πια".

"Τσαρλς. Τα γυαλιά", είπε η Μπράντι.

"Τι γίνεται με τα;" Τα αφαίρεσε.

Κάλυψαν τα αυτιά τους, καθώς η Σόμπο έριχνε το κεφάλι της πίσω και ούρλιαζε σαν μανιακή, μέχρι που η απαλή ορχηστρική μουσική υπερνίκησε τις κραυγές της και όλοι αποκοιμήθηκαν.

✳✳✳

Τώρα που τα δίδυμα κοιμόντουσαν, η Σαμάνθα και ο Σαμ αναρωτήθηκαν πώς πήγαινε η συνάντηση στο δωμάτιο E-Z. Όταν έφτασαν, η πόρτα ήταν κλειδωμένη και κανείς δεν απάντησε όταν χτύπησαν.

"Αυτό είναι παράξενο", είπε η Σαμ. "Το E-Z δεν κλειδώνει ποτέ την πόρτα.

"Φέρε το κλειδί", είπε η Σαμάνθα.

Ο Σαμ είχε ένα κακό προαίσθημα, καθώς έβαλε το κλειδί στην κλειδαριά.

Ο Σαμ και η Σαμάνθα κοίταζαν, καθώς ο Σόμπο, η Μπράντι, η Λία, ο Λάτσι, ο Χαρούτο, ο Τσαρλς και ο E-Z κοιτούσαν μπροστά τους σαν κούκλες σε βιτρίνα καταστήματος.

"Με το ζόρι αναπνέουν", είπε ο Σαμ.

"Και πού είναι ο Άλφρεντ;"

"Και γιατί ο Τσαρλς φοράει τα γυαλιά του Ραφαήλ;"

"Φοβάμαι", είπε η Σαμάνθα, παίρνοντας το χέρι του συζύγου της στο δικό της.

"Δεν νομίζω ότι πρέπει να ενοχλήσουμε τίποτα εδώ", είπε η Σαμ. "Έχω την αίσθηση ότι κάτι συμβαίνει που δεν γνωρίζουμε".

"Είναι ανατριχιαστικό".

"Τι είναι αυτό;" ρώτησε η Σαμ, παρατηρώντας το κουτί στην άκρη του κρεβατιού του E-Z. "Δεν το πιστεύω! Δεν μπορεί να είναι!" Έσκυψε, σήκωσε το καπάκι του σεντουκιού που είχε δει πολλές φορές στο δωμάτιο του αδερφού του. Ένα σεντούκι που είχε πιστέψει ότι είχε καταστραφεί στη φωτιά. Όπως είχε συμβεί και με τον E-Z, οι αναμνήσεις που δημιουργούνταν από τις μυρωδιές που υπήρχαν στο εσωτερικό του αναδύθηκαν και τον κατέκλυσαν τα συναισθήματα.

"Πάμε να φύγουμε από εδώ", είπε η Σαμάνθα. "Μπορείς να μου πεις περισσότερα για το σεντούκι, έξω".

"Ας του δώσουμε λίγο χρόνο. Θα ξυπνήσουν σύντομα και...".

"Δεν νομίζω ότι έχουμε άλλη επιλογή", είπε η Σαμάνθα, καθώς έκλειναν την πόρτα πίσω τους.

ΚΕΦΑΛΑΙΟ 19

ΔΩΜΑΤΙΟ CLOUD

Ο Κάρολος στάθηκε για μια στιγμή, παρατηρώντας το περιβάλλον του. Τους είχε φέρει σε λάθος μέρος; Αυτός και οι άλλοι (που όλοι κοιμόντουσαν) βρίσκονταν ψηλά στον ουρανό, χωρίς ούτε ένα σύννεφο στον ορίζοντα. Είχαν προσγειωθεί στη μέση μιας πλατφόρμας από γυαλί. Πώς κρατιόταν όρθια, δεν είχε ιδέα. Παρατήρησε ότι η αναπηρική καρέκλα του E-Z κυλούσε προς τα εμπρός, οπότε έσπευσε να τον ξυπνήσει.

"Πού βρισκόμαστε;" ρώτησε, κουνώντας τον Χατζ και τον Ρέικι που ήταν ακόμα στους ώμους του και κοιμόντουσαν βαθιά ξύπνιοι.

"Ξύπνα! Ξύπνα!" διέταξε ο Τσαρλς.

Ο ένας μετά τον άλλον άνοιξαν τα μάτια τους, και στη συνέχεια, συνειδητοποιώντας πόσο ψηλά βρίσκονταν, γαντζώθηκαν ο ένας στον άλλον, προσπαθώντας να μην κουνηθούν. Προσπαθώντας να μην κοιτάξουν κάτω μέσα από το τζάμι που τους εμπόδιζε να πέσουν στο έδαφος.

"Μακάρι αυτό το πράγμα να είχε κιγκλίδωμα!" αναφώνησε η Λία. Μπορούσε να βλέπει τα πάντα τώρα, αλλά ένα μέρος της ευχόταν να μην μπορούσε.

"Τι το κρατάει ψηλά, αυτό είναι που δεν μπορώ να καταλάβω", είπε ο Τσαρλς.

"Ποτέ δεν ήμουν β-μεγάλος οπαδός των υψών", είπε η Μπράντι, καθώς άρπαξε το κοντινότερο διαθέσιμο χέρι από το δικό της που ανήκε στον Κάρολο.

"Ω", είπε, νιώθοντας πόσο κρύο ήταν το χέρι της.

"Πάω να πετάξω εκεί πέρα και να ρίξω μια ματιά", είπε ο E-Z και πέταξε, κινούμενος γύρω από την πλατφόρμα, η οποία έμοιαζε σαν να ξεπήδησε από το πουθενά, χωρίς τίποτα να τη συγκρατεί και καμία άγκυρα να τη συγκρατεί στη θέση της.

Ο Χαρούτο κρατήθηκε από το χέρι της γιαγιάς του. Εκείνη ξυπνούσε πιο αργά από τους άλλους. Όταν φάνηκε να ξυπνάει πλήρως, "Ωχ, όχι", ήταν το μόνο που είπε. Ξανά και ξανά.

"Αυτό δεν είναι το Δωμάτιο Σύννεφο που σε πήγε η Ρόζαλι, έτσι δεν είναι;" ρώτησε ο Τσαρλς.

Η Σόμπο έκανε ένα βήμα, δύο βήματα, ενώ τα παιδιά γαντζώθηκαν πάνω της. Έκλεισε τα μάτια της, τα έσφιξε σφιχτά και μετά τα άνοιξε ξανά.

"Τι κάνεις;" ρώτησε η Μπράντι.

"Ψάχνω για τα βιβλία", είπε η Σόμπο. "Αν αυτό είναι το μέρος, τότε θα έπρεπε να υπάρχουν βιβλία. Πολλά βιβλία. Δεν μπορώ να δω κανένα. Ούτε ένα".

Ο E-Z που εξακολουθούσε να ερευνά τη δομή της πλατφόρμας, ρώτησε: "Νιώθεις ότι είμαστε στο σωστό μέρος; Θα μπορούσαν τα βιβλία να είναι μεταμφιεσμένα; Μπορεί κανείς να τα δει;"

Όλοι κούνησαν το κεφάλι τους με ένα όχι, ακόμα και ο Χαντζ και η Ρέικι που μέχρι τώρα δεν είχαν πει ούτε μια λέξη μεταξύ τους.

"Έχω ένα κακό, κακό προαίσθημα γι' αυτό το μέρος", τραγούδησαν ο Χαντζ και η Ρέικι από κοινού.

Ο Κάρολος δίστασε πριν μιλήσει. "Είδα μια βιβλιοθήκη στο μυαλό μου όταν φόρεσα τα γυαλιά, και ήταν όπως μας την περιέγραψε ο Σόμπο. Δεν υπήρχε γυάλινη πλατφόρμα. Αυτό το μέρος δεν είναι αυτό που οραματίστηκα. Στην αρχή, σκέφτηκα ότι τα γυαλιά είχαν κάνει κάποιο λάθος, αλλά τώρα, αν ο Χαντζ και η Ρέικι έχουν κακό προαίσθημα, όπως και η Σόμπο, σκέφτομαι". Ο Σόμπο έγνεψε και παρατήρησε ότι έτρεμε. "Νομίζω ότι πρέπει να φύγουμε από εδώ - και γρήγορα".

Ο E-Z παρατήρησε ότι ο Άλφρεντ έλειπε. "Ξέρει κανείς τι συνέβη στον Άλφρεντ; Ήμασταν όλοι συνδεδεμένοι με το άγγιγμα όταν ήρθαμε εδώ. Πώς θα μπορούσε να έχει προσκολληθεί;" Τώρα παρατήρησε ότι ο Χαντζ και ο Ρέικι έμοιαζαν να μην είναι σε θέση να το κάνουν. Σχεδόν σαν να τους είχαν ναρκώσει, καθώς τα μάτια τους έπεφταν πίσω στο κεφάλι τους και δυσκολεύονταν να μείνουν ξύπνιοι.

"Οι κύκνοι δεν έχουν δάχτυλα να αγγίξουν", τραγούδησαν οι δύο επίδοξοι άγγελοι με ομοφωνία. Ξέσπασαν σε γέλια και στριφογύρισαν σε κύκλους, μέχρι που ζαλίστηκαν πολύ για να παραμείνουν στην επιφάνεια και έπεσαν στο γυάλινο πάτωμα με ένα ΚΟΝΤΑΓΜΑ.

"Εντάξει, Τσαρλς, αυτά είναι αρκετά στοιχεία για μένα. Πήγαινέ μας πάλι πίσω στο σπίτι - τώρα".

Ο Τσαρλς που είχε αφαιρέσει τα γυαλιά του Ραφαήλ, τώρα τα ξαναφόρεσε με την πρόθεση να ακολουθήσει τις εντολές του E-Z αναφώνησε: "Ω, εκεί είναι!"

"Μπορείς να δεις τα βιβλία τώρα;" ρώτησε ο Σόμπο.

"Δεν μπορούσα όταν πρωτοήρθαμε, αλλά τώρα μπορώ. Τώρα τι πρέπει να κάνω;"

"Δεν βγάζει νόημα", είπε ο Σόμπο, "γιατί να είναι μεταμφιεσμένα σε σένα και μετά να αποκαλύπτονται; Η Ρόζαλι δεν ανέφερε αυτά τα πράγματα".

"Νομίζω ότι ο αέρας εδώ πάνω επηρεάζει τον εγκέφαλό μας", είπε ο E-Z. "Έχω αρχίσει να νιώθω ότι δεν είμαι σε θέση να λειτουργήσω, να ζαλίζομαι. Καλύτερα να φύγουμε από εδώ και μάλιστα αμέσως, αλλιώς θα καταλήξουμε μπρούμυτα στην πλατφόρμα όπως ο Χαντζ και η Ρέικι".

Ο Τσαρλς άπλωσε το χέρι του και ένα βιβλίο πετάχτηκε μέσα του, το οποίο έχωσε μέσα στο πουκάμισό του. "Πήγαινέ μας πίσω!" φώναξε. Όπως και την πρώτη φορά που το δοκίμασαν, δεν συνέβη τίποτα.

"Ίσως πρέπει να κρατηθούμε από το χέρι", είπε ο Σόμπο. "Και να ξανακλείσουμε τα μάτια μας".

Τα έκαναν και τα δύο και αμέσως, τεράστιες ριπές ανέμου άρχισαν να τους ανεμίζουν στην πλατφόρμα. Συγκεντρώθηκαν, όπως μια ομάδα ποδοσφαίρου πριν από ένα μεγάλο παιχνίδι, προσκολλημένοι ο ένας στον άλλον. Σπρώχνοντας τα πόδια τους πάνω στην πλατφόρμα, με την ελπίδα ότι δεν θα πετούσαν μακριά.

Ο E-Z έσπασε το μυαλό του, προσπαθώντας να σκεφτεί μια διέξοδο. Μήπως ο μόνος τρόπος ήταν να χρησιμοποιήσει τη μία και μοναδική ευκαιρία να καλέσει τον Ραφαήλ για να έρθει να τον σώσει; Κοίταξε τον Τσαρλς, ο οποίος φαινόταν να σβήνει. "Κάρολος!" φώναξε, και τότε παρατήρησε, πάνω από τον ώμο του, ότι ερχόταν προς το μέρος τους γρήγορα η Μπέιμπι, η Μικρή Ντόριτ και ο Άλφρεντ.

Ο Άλφρεντ ούρλιαξε: "Πρέπει να σας πάρουμε από εδώ - τώρα. Αυτό το μέρος είναι σαν φάρος, που σε φωτίζει για να σε δει όλος ο κόσμος, συμπεριλαμβανομένων των Furies!"

Η Σόμπο έκλαιγε με λυγμούς: "Δεν ήξερα ότι χρησιμοποιούσαν τη Ρόζαλι ως παγίδα".

"Ο Τσαρλς είδε τα βιβλία και μάλιστα πήρε και ένα. Ας πάμε σε ασφαλές μέρος. Κανείς δεν φταίει. Οι προθέσεις σας ήταν όλες καλές", είπε ο E-Z.

"Σ' ευχαριστώ", είπε η Σόμπο, καθώς άρχισε να σβήνει μέσα και έξω, όπως είχε κάνει και ο Τσαρλς. Η Μπράντι έπιασε το χέρι της και το κράτησε σφιχτά μέχρι που η Σόμπο δεν ξεθώριαζε πια.

Ο Άλφρεντ είπε: "'Έλα!"

Ο Λάτσι πήδηξε στην πλάτη της Μπέιμπι, τράβηξε μαζί του τον τρεμάμενο Τσαρλς και πέταξαν. Μέσα στο πουκάμισό του, το βιβλίο που κρατούσε εκεί διογκώθηκε και δύο από τα κουμπιά του πουκαμίσου του πετάχτηκαν. Κρατούσε το βιβλίο σταθερά με το ένα χέρι και πάνω στον Λάτσι με το άλλο, καθώς ο Μπέιμπι ανέβαζε το ρυθμό.

Η Μικρή Ντόριτ υποκλίθηκε χωρίς να ακουμπήσει την πλατφόρμα, ώστε οι υπόλοιποι να επιβιβαστούν, ενώ ο E-Z άρπαξε τον Χατζ και τον Ρέικι. Απογειώθηκαν, με τον Άλφρεντ και τον E-Z να πετούν δίπλα-δίπλα, καθώς ο ουρανός άλλαξε από μπλε σε μαύρο, μαύρο σε μπλε, σε μαύρο, και τα αστέρια βγήκαν, αλλά δεν ήταν αστέρια. Ήταν μάτια. Μάτια που πυροβολούσαν Μπούγκερ, σαν αυτά που είχε συναντήσει στην Κοιλάδα του Θανάτου, όταν συνάντησε για πρώτη φορά τις Φούριες.

SPLAT. SPLAT. SPLAT.

SPLAT. SPLAT. SPLAT. SPLAT.

SPLAT. SPLAT. SPLAT. SPLAT. SPL-

Ο Κάρολος φώναξε με όλη του τη δύναμη, "ΣΠΙΤΙ!" Και αυτή τη φορά πέτυχε. Ήταν και πάλι στο σπίτι τους. Ασφαλείς.

Ο Χαρούτο αγκάλιασε τη γιαγιά του.

"Χαίρομαι τόσο πολύ που γύρισα σπίτι", είπε ο ένας στον άλλον.

Λίγο αργότερα, έφτασαν ο Σαμ και η Σαμάνθα.

****

"Είδαμε τα σώματά σας να κοιμούνται στο δωμάτιό σας. Δεν ξέραμε τι να κάνουμε", είπε ο Σαμ.

"Είναι μεγάλη ιστορία", είπε ο E-Z.

Ο Σόμπο ρώτησε τον Τσαρλς: "Καταφέρατε να κρατήσετε το βιβλίο;" "Βεβαίως", είπε ο Τσαρλς, κρατώντας το ψηλά. Ήταν ένας μεγάλος τόμος, σκληρόδετος, με χοντρή ράχη που μπορούσαν να το δουν και να το διαβάσουν όλοι -.

Μεγάλες προσδοκίες του Καρόλου Ντίκενς.

"Έφερες πίσω ένα από τα δικά σου βιβλία;" αναφώνησε η Μπράντι.

Ο Λάτσι χλεύασε.

"Ι..." είπε ο Τσαρλς. "Μου είπες να διαλέξω οποιοδήποτε βιβλίο, και αυτό ήταν αυτό που άρπαξα στην τύχη".

"Όλα συμβαίνουν για κάποιο λόγο", είπε η Λία.

"Αλλά αυτό είναι πραγματικά υπερβολικό", αναφώνησε η Μπράντι.

"Ηρεμήστε όλοι", είπε ο E-Z. "Ο Τσαρλς έκανε ό,τι καλύτερο μπορούσε κάτω από αυτές τις συνθήκες - και τουλάχιστον ΑΥΤΟΣ μπορούσε να δει τα βιβλία. Κανείς από εμάς δεν μπορούσε".

"Οι Μεγάλες Προσδοκίες", είπε ο Άλφρεντ, "είναι ένα γκρρρ-φαγωμένο βιβλίο!" Ακουγόταν σαν τη βρετανική εκδοχή του Τόνι του Τίγρη στις διαφημίσεις δημητριακών.

"Έχει δίκιο", συμφώνησαν ο Σαμ και η Σαμάνθα. "Είναι ένα από τα καλύτερα μυθιστορήματα που έχουν γραφτεί ποτέ".

Ο Τσαρλς αφαίρεσε τα γυαλιά του Ραφαήλ και τα έδωσε πίσω στον E-Z, ο οποίος τα φόρεσε αμέσως. Κούνησε το κεφάλι του, αλλά ο τίτλος του βιβλίου που κρατούσε ακόμα ο Κάρολος ήταν διαφορετικός. Διάβασε δυνατά τον νέο τίτλο,

"Το πεδίο των ονείρων του W. P. Kinsella".

"Άσε με να δοκιμάσω εγώ", είπε η Λία, πιάνοντας τα γυαλιά του Ραφαήλ.

"Περίμενε!" Ο E-Z φώναξε, καθώς η Λία τα αφαίρεσε από το πρόσωπό του. "Μην τα φορέσεις. Θυμήσου, ο Ραφαήλ είπε ότι μόνο εγώ πρέπει να τα φοράω, αλλά έκανα μια εξαίρεση για τον Τσαρλς εξαιτίας του ονείρου του Σόμπο, αλλά δεν νομίζω ότι πρέπει να τα μοιράζουμε. Εξάλλου, ξέρουμε ήδη την απάντηση στο ερώτημα που όλοι μας θέτουμε στον εαυτό μας. Είναι ένα βιβλίο που γίνεται όποιος τίτλος θέλει να δει ο αναγνώστης".

"Ή χρειάζεται να δει", είπε ο Σόμπο.

"Αλλά εγώ δεν ήθελα ή δεν χρειαζόμουν να δω τις Μεγάλες Προσδοκίες. Δεν το έχω καν ακούσει ποτέ!"

"Αλλά φανταστείτε", είπε ο Σαμ, "τι είδους βιβλιοθήκη θα μπορούσε να είναι στο μέλλον. Το μόνο που έχουμε να κάνουμε είναι να σκεφτούμε τον τίτλο ενός βιβλίου, και ιδού, το κρατάμε στα χέρια μας".

"Δεν θα ήταν όμως πολύ καλό για τους συγγραφείς, εννοώ πώς θα πληρώνονταν;" ρώτησε η Σαμάνθα.

"Δεν ξέρω πώς θα λειτουργούσαν όλα αυτά, και ίσως να χάνουμε κάτι μεγάλο εδώ", είπε ο Άλφρεντ.

"Μεγάλο, όπως τι;" Ο E-Z ρώτησε.

"Κι αν ήταν το βιβλίο που επέλεγε τον αναγνώστη αντί για το αντίθετο;"

"Ντου-ντου-ντου-ντου", τραγούδησε η Μπράντι, που ήταν η μουσική από τη Ζώνη του Λυκόφωτος.

"Ας ανακεφαλαιώσουμε. Η Σόμπο είδε ένα όνειρο στο οποίο η Ρόζαλι της έδειξε τη Βιβλιοθήκη του Νέφους και με τα γυαλιά του Ραφαήλ ο Κάρολος μπορούσε να μας πάει εκεί. Πράγμα που έκανε, αλλά το μέρος δεν ήταν όπως το περίμενε. Μόνο ο Τσαρλς μπορούσε να δει τα βιβλία, άρπαξε ένα και, στο δρόμο, της επιστροφής δεχτήκαμε επίθεση από μάτια που εκτοξεύουν μύξες, παρόμοια με αυτά που επιτέθηκαν στον Χατζ Ρέικι και σε μένα στην Κοιλάδα του Θανάτου." "Αυτά με λίγα λόγια", είπε η Μπράντι.

"Αυτό που αναρωτιέμαι είναι, είπε η Έριελ στους Furies για το ότι ο Ραφαήλ έδωσε στην E-Z τα γυαλιά της;", ρώτησε ο Λάτσι.

"Αυτό είναι κάτι που μπορεί να μην μάθουμε ποτέ", είπε ο E-Z, "γιατί ο Μάικλ έδωσε στην Έριελ μόνο μια ευκαιρία να μου μιλήσει". Πήγε στο παράθυρο και κοίταξε έξω. "Αναρωτιέμαι", είπε.

"Τι να αναρωτιέμαι;" αναφώνησαν όλοι.

"Αν οι Ερινύες γνωρίζουν για τα γυαλιά και τις δυνάμεις τους. Αν μας ξεγέλασαν μέσω της Ρόζαλι για να επισκεφτούμε τη Βιβλιοθήκη του Νέφους, τότε πρέπει να ξέρουν για τον Κάρολο. Αυτό σημαίνει ότι δεν είναι πλέον μυστικό όπλο. Πώς ήταν δυνατόν να το γνωρίζουν; Και όμως, οι βρογχοκοιλιές στα μάτια - αυτό είναι πάρα πολύ μεγάλη σύμπτωση".

"Η Έριελ σου είπε να χρησιμοποιείς τα γυαλιά", είπε ο Άλφρεντ.

"Τον είδα, πώς τον κρατούσαν και δεν υπήρχε κανένας τρόπος, κανένας δυνατός τρόπος να στείλει μήνυμα στις Ερινύες... όχι με τον Μάικλ να φυλάει κάθε του κίνηση". Ο E-Z κύλησε πίσω εκεί όπου βρίσκονταν οι άλλοι. "Παρεμπιπτόντως, Άλφρεντ, πώς χωρίστηκες από εμάς;"

"Είχα χαθεί μέσα σε ένα μαύρο σύννεφο, μέχρι που φώναξα τη Μικρή Ντόριτ και το Μωρό να με βοηθήσουν και τα υπόλοιπα τα ξέρετε".

"Ήταν τόσο παράξενο", είπε ο Τσαρλς. "Τη μια στιγμή δεν μπορούσα να δω τα βιβλία, έβγαλα τα γυαλιά, τα ξαναέβαλα και ήταν παντού. Κι όμως, ήμουν ο μόνος που μπορούσε να τα δει".

"Εγώ μπορούσα να τα δω" είπε η Μπέιμπι. "Αυτό πέταξε προς το μέρος μου", το πέταξε στον Κάρολο που το έπιασε με τα δύο δάχτυλα.

Ήταν ένα μικροσκοπικό βιβλίο, με έναν μικροσκοπικό τίτλο στη ράχη, τον οποίο όλοι διάβαζαν δυνατά:

"Όλα όσα θέλατε να μάθετε για τις Φούριες αλλά φοβόσασταν να ρωτήσετε" από τον Ανώνυμο.

"Σκορ!" αναφώνησε η Μπράντι.

Μαζεύτηκαν γύρω από το μικροσκοπικό βιβλίο, ενώ ο Κάρολος το άνοιγε κάθε τόσο προσεκτικά. Μέσα το εξώφυλλο ήταν κενό, όπως και η πρώτη σελίδα. Γύρισε στην επόμενη σελίδα, όπου υπήρχαν λέξεις, οι οποίες αμέσως άρχισαν να κινούνται, να ανακατεύονται. Οι λέξεις αιωρούνταν πάνω στη σελίδα, ανακατεύονταν και ανακατεύονταν, σαν να είχαν ξεχάσει ποιες λέξεις και ποια γλώσσα προορίζονταν να αντιπροσωπεύουν.

Ο E-Z που φορούσε ακόμα τα γυαλιά του Ραφαήλ ένιωσε ζαλάδα καθώς οι λέξεις μετακινούνταν, και τα έβγαλε.

"Δοκίμασε εσύ", είπε στον Κάρολο, δίνοντας τα γυαλιά.

Ο Κάρολος τα φόρεσε και γρήγορα τα έβγαλε ξανά, σπεύδοντας στο παράθυρο για λίγο καθαρό αέρα. Τα έδωσε πίσω στον E-Z.

"Τώρα εσύ", είπε στον Σόμπο, ο οποίος αρνήθηκε να δοκιμάσει τα γυαλιά, όπως και ο Χαρούτο".

"Θα προσπαθήσω", είπε η Λία, αλλά σύντομα συνάντησε τον Κάρολο στο παράθυρο.

"Λάτσι;" ρώτησε ο Ε-Ζ.

"Βεβαίως", είπε, βάζοντας τα γυαλιά και αμέσως μετά βγάζοντάς τα ξανά. "Δεν πάει άλλο", είπε, πέφτοντας στο κρεβάτι.

"Άσε με να δοκιμάσω εγώ!" είπε η Μπράντι, καθώς ο Ε-Ζ της έβαλε τα γυαλιά στο χέρι και τα εφάρμοσε στο πρόσωπό της. "Περίμενε ένα λεπτό", είπε, "νομίζω ότι βλέπω κάτι, είναι είναι είναι..." και ξερνούσε μια πράσινη ουσία, η οποία ευτυχώς χτύπησε στον τοίχο αντί για άνθρωπο.

"Έλα μαζί μας", είπαν ο Σαμ και η Σαμάνθα στη Μπράντι, "θα σε βοηθήσουμε να καθαριστείς".

"Ε, ευχαριστώ", είπε ο Ε-Ζ, στρέφοντας την καρέκλα του προς τον Άλφρεντ και τοποθετώντας στη συνέχεια τα γυαλιά στο ράμφος του.

"Ένας κύκνος που φοράει γυαλιά. Γελοίο!" Είπε ο Άλφρεντ.

"Φαίνεσαι πολύ μελετηρός!" Είπε ο Κάρολος.

"Μοιάζεις με τον καθηγητή Λούντβιχ φον Ντρέικ!" αναφώνησε η Brandy.

Ο Σαμ είπε: "Ήταν ο δάσκαλος του Ντόναλντ Ντακ".

"Ω", είπαν όσοι ήταν πολύ νέοι για να έχουν ακούσει για τον Ντόναλντ Ντακ.

"Ωχ", είπε ο Άλφρεντ, καθώς οι λέξεις σταμάτησαν να στροβιλίζονται και επέστρεψαν στον τρόπο με τον οποίο τις είχε γράψει ο συγγραφέας. Διάβασε τις δύο πρώτες σελίδες, μετά την επόμενη, την επόμενη και την επόμενη. Πέταξε όλο το βιβλίο με την ευκολία ενός ταχύτατου αναγνώστη και όταν τελείωσε, το βιβλίο έκλεισε.

POOF

Και είχε εξαφανιστεί.

"Λοιπόν, αυτό ήταν ενδιαφέρον", είπε ο Άλφρεντ, δίνοντας τα γυαλιά πίσω στον Ε-Ζ και σταματώντας τον εαυτό του από το να πέσει κάτω.

"Εννοείς ότι το διάβασες όλο;" Είπε ο Σαμ. "Αυτά τα γυαλιά είναι αξιοσημείωτα".

"Θυμάμαι τα πάντα, αλλά πρέπει να επεξεργαστώ τις πληροφορίες και πρέπει να ξεκουραστώ. Δεν θέλω να κάτσω εδώ και να σου το διαβάσω ολόκληρο. Είναι καλύτερα να ταξινομήσω αυτά που έμαθα και μετά θα τα συζητήσουμε".

"Κι αν", ρώτησε η Μπράντι, "σου ξέφυγε κάτι που δεν θα μπορούσε να ξεφύγει σε κάποιον από εμάς; Τίποτα προσωπικό".

Ο Άλφρεντ γέλασε. "Επειδή έχω τη μορφή κύκνου τώρα, δεν σημαίνει ότι δεν έχω διαβάσει πολλά, πάρα πολλά βιβλία στη διάρκεια της ζωής μου. Στην πραγματικότητα, φοίτησα στο Πανεπιστήμιο της Οξφόρδης όταν ήμουν νέος και αποφοίτησα με άριστα. Έχω σπουδάσει λογοτεχνία και τέχνες".

Ο Ε-Ζ είπε: "Δεν επέλεξες εσύ το βιβλίο - το βιβλίο επέλεξε εσένα. Κανείς από εμάς δεν μπόρεσε να διαβάσει ούτε μια λέξη του".

"Σας ευχαριστώ, που πιστεύετε σε μένα".

Η Λία είπε: "Πόση ώρα θέλεις να συλλογιστείς; Μπορούμε να πάμε να δούμε την ταινία;"

Η Σαμάνθα είπε: "Πρέπει να φτιάξω κι άλλο ποπ κορν. Έχουμε ήδη φάει την άλλη κούπα".

"Αγχωτικό φαγητό", είπε η Σαμ με ένα χαμόγελο.

"Ευχαριστώ", είπε ο Άλφρεντ. "Θα επιστρέψω σε σένα, όσο πιο σύντομα μπορώ".

"Πάρε όσο χρόνο χρειάζεσαι", είπε ο E-Z, "έλα να μας βρεις όταν είσαι έτοιμος".

Η παρέα πήγε στο σαλόνι και ετοίμασε την ταινία. Η Σαμάνθα έφτιαξε κι άλλο ποπ κορν στο φούρνο μικροκυμάτων. Όλοι μαζεύτηκαν για να παρακολουθήσουν την ταινία.

Ο Άλφρεντ κοιμήθηκε για λίγο στο συνηθισμένο του μέρος, αλλά είδε όνειρα, κυρίως εφιάλτες, και τελικά βγήκε στον κήπο για να πάρει λίγο καθαρό αέρα. Όλοι τον εξαρτούσαν και η πίεση τον βάραινε, καθώς τα περιεχόμενα του μικροσκοπικού βιβλίου στριφογύριζαν στο μυαλό του.

ΚΕΦΑΛΑΙΟ 20

Μ'ΗΝΥΜΑ ΑΠΌ ΤΗ ΓΑΛΛΊΑ

Ο Ε-Ζ παρακολούθησε το πρώτο μισό της ταινίας μαζί με τους άλλους, και στη συνέχεια, νιώθοντας ανήσυχος, αποφάσισε να κάνει λίγη δουλειά. Έσπρωξε το κεφάλι του στο δωμάτιό του, περιμένοντας να βρει τον Άλφρεντ να κοιμάται, αλλά δεν τον έβρισκε πουθενά. Ανήσυχος, πήγε στην πίσω πόρτα και κοίταξε έξω για να δει τον κύκνο να κοιμάται απλωμένος σε μια καρέκλα του γκαζόν. Έκλεισε την πόρτα και επέστρεψε στο δωμάτιό του, άνοιξε το φορητό του υπολογιστή και συνδέθηκε.

Πήγαινε μπρος-πίσω στο μυαλό του μερικές φορές, αποφασίζοντας αν θα μπορούσε να επικεντρωθεί στη συγγραφή του μυθιστορήματός του ή αν θα έπρεπε να περάσει αυτό το χρόνο κάνοντας περισσότερη έρευνα για τους εχθρούς τους, τις Φούριες. Ο ήχος ενός μηνύματος που έφτασε στα εισερχόμενά του τον έκανε να αποφασίσει. Είχε ένα κόκκινο τικ, που σήμαινε επείγον και παρόλο που δεν περιείχε συνημμένα αρχεία, δεν το πάτησε. Αντ' αυτού, το διάβασε στην προεπισκόπηση. Ή, προσπάθησε να το διαβάσει. Το μήνυμα ήταν εξ ολοκλήρου σε διαφορετική γλώσσα. Εντόπισε μερικές λέξεις που αναγνώρισε ως γαλλικές, οπότε αντέγραψε το κείμενο, μπήκε σε μια μηχανή αναζήτησης και επικόλλησε το ακόλουθο μήνυμα σε έναν διαδικτυακό μεταφραστή:

Cher E-Z Dickens,

Je m'appelle François Dubois et j'ai sept ans. J'habite à Paris, en France, et j'aimerais faire partie de votre équipe de Superhéros. Vous vous demandez peut-être quelles compétences j'apporterais à l'équipe. C'est une bonne question et je serai heureux d'y répondre. Mais je me demande si ce site est sécurisé.

Éán επιθυμείτε να μου μιλήσετε περισσότερο, μπορείτε να μου στείλετε απευθείας ένα courriel. Mon adresse de courriel est jointe. J'ai hâte d'avoir de vos nouvelles.

Votre ami,

Francois

Πάτησε send και ήρθε η ακόλουθη μετάφραση:

Αγαπητέ E-Z Dickens,

Ονομάζομαι Francois Dubois και είμαι επτά ετών. Μένω στο Παρίσι, Γαλλία, και θα ήθελα να μπω στην ομάδα σας Superhero. Θα μπορούσατε να με ρωτήσετε τι ικανότητες θα έφερνα στην ομάδα. Είναι μια καλή ερώτηση και θα χαρώ να την απαντήσω. Αλλά αναρωτιέμαι, είναι αυτή η ιστοσελίδα ασφαλής;

Αν θέλετε να μιλήσετε μαζί μου περισσότερο, μπορείτε να μου στείλετε απευθείας μήνυμα ηλεκτρονικού ταχυδρομείου. Η διεύθυνση ηλεκτρονικού ταχυδρομείου μου επισυνάπτεται. Ανυπομονώ να σας ακούσω.

Ο φίλος σας,

Francois

Ενδιαφερόμενος, ξαναδιάβασε το μήνυμα αρκετές φορές, σκεπτόμενος τη χρονική στιγμή. Αναρωτήθηκε αν ήταν παρανοϊκός που σκέφτηκε ότι αυτό το παιδί από τη Γαλλία θα μπορούσε να συνωμοτεί με τις Furies. Ακόμα κι αν ήταν υπερβολικά προσεκτικός, είχε το δικαίωμα να είναι και ως αρχηγός της ομάδας του, όφειλε να βεβαιωθεί ότι έρευνες όπως αυτή ήταν νόμιμες. Θα χρειαζόταν τη βοήθεια του θείου Σαμ για να το ελέγξει, αλλά προς το παρόν, θα έστελνε μερικές βολιδοσκοπήσεις και θα έβλεπε τι θα έβγαινε.

Έγραψε ένα γρήγορο μήνυμα χωρίς να το μεταφράσει. Το παιδί θα μπορούσε να χρησιμοποιήσει μια μηχανή αναζήτησης, όπως έκανε κι αυτός, και να βρει έναν μεταφραστή και αφού το διάβασε ξανά αρκετές φορές πάτησε το κουμπί ΑΠΟΣΤΟΛΗ.

Αγαπητέ Φρανσουά,

Σε ευχαριστώ για το μήνυμά σου. Πώς έμαθες για εμάς; Με εκτίμηση,

E-Z.

Η απάντηση του Φρανσουά ήρθε πίσω τόσο γρήγορα που έκανε τον E-Z να νιώσει ακόμα πιο καχύποπτος. Αυτή τη φορά στα αγγλικά έγραφε:

Αγαπητέ E-Z,

Σε ευχαριστώ για τη γρήγορη απάντησή σου.

Η καθηγήτριά μου είδε την ιστοσελίδα σας και μάθαμε για εσάς και την ομάδα σας στο πλαίσιο του μαθήματος της επικαιρότητας.

Ελπίζω να έχουμε νέα σας σύντομα.

Ο φίλος σας,

Francois.

Σίγουρα ακούστηκε νόμιμο. Πληκτρολόγησε άλλο ένα μήνυμα, ρωτώντας τον Φρανσουά τι είδους υπερηρωικές δυνάμεις είχε να προσφέρει στην ομάδα του, ώστε να μπορέσει να το συζητήσει μαζί τους. Λίγα λεπτά αργότερα ο Φρανσουά του έστειλε το ακόλουθο μήνυμα:

Αγαπητέ E-Z,

Σε ευχαριστώ που σου έδωσες την ευκαιρία να σου μιλήσω για τις υπερηρωικές μου ικανότητες.

Κατ' αρχάς, όπως κι εσύ, δεν ήμουν πάντα σούπερ ήρωας. Αυτό είναι κάτι που έχουμε κοινό. Γι' αυτό σκέφτηκα ότι θα ταίριαζα πολύ καλά στην ομάδα σας.

Αντί να σου λέω, θα ήθελα να σου δείξω. Επισυνάπτεται μια ιδιωτική πρόσκληση για να δείτε το κανάλι μας στο YouTube - ο μπαμπάς μου με βοήθησε. Ο σύνδεσμος είναι διαθέσιμος μόνο σε εσάς και η πρόσκληση για προβολή θα λήξει σε είκοσι τέσσερις ώρες.

Ανυπομονώ να λάβω νέα σας αφού το δείτε.

Ο φίλος σας,

Francois.

Από περιέργεια και χωρίς δισταγμό ο E-Z έκανε κλικ στον σύνδεσμο. Εμφανίστηκε ένα μήνυμα που του ζητούσε να απαντήσει σε μια ερώτηση, την οποία δεν είχε κανένα πρόβλημα να απαντήσει αφού αφορούσε το μπέιζμπολ.

Μόλις μπήκε, έκανε κλικ στο κλιπ, ανέβασε την ένταση και αμέσως ξεκίνησε.

Το πρώτο πρόσωπο που είδε, ήταν ένα παιδί που συστήθηκε ως ο επτάχρονος Francois Dubois μέσω του κειμένου που μεταφράστηκε από αυτόν στο κάτω μέρος της οθόνης.

Το παιδί ήταν ψηλό, πολύ ψηλό. Για την ακρίβεια, στεκόταν δίπλα σε διάφορα ραβδιά μέτρησης. Ο πατέρας του έκανε ζουμ για να δείξει ότι ο Φρανσουά, στα επτά του χρόνια είχε ήδη ύψος 163 εκατοστά. Εκτός από το ύψος του, ο Francois έμοιαζε με κάθε άλλο επτάχρονο παιδί, με κοκκινωπά καστανά μαλλιά, ένα χοντρό ζευγάρι γυαλιά με σκούρα πλαίσια στη μύτη του, ένα καρό πουκάμισο, μπλε τζιν και μαύρα παπούτσια.

"Bonjour E-Z!" είπε ο Φρανσουά, χαμογελώντας με ένα χαμόγελο που αποκάλυπτε ότι του έλειπαν τα δύο μπροστινά του δόντια.

Ο E-Z χαμογέλασε κι αυτός, και στη συνέχεια παρακολούθησε τον Φρανσουά και τον πατέρα του να συζητούν ένα θέμα στα γαλλικά, χωρίς να υπάρχει μετάφραση. Η συζήτησή τους φαινόταν έντονη, με βάση τις χειρονομίες και τις εκφράσεις του προσώπου τους. Ήλπιζε ότι ο Φρανσουά δεν επρόκειτο να επιχειρήσει κάτι επικίνδυνο.

Ο E-Z παρακολουθούσε τον Φρανσουά να συνεχίζει να περπατά προς το πιο γνωστό ορόσημο του Παρισιού της Γαλλίας - τον Πύργο του Άιφελ. Μια πινακίδα έξω έδειχνε ότι το κόστος για την είσοδο ήταν για άτομα ηλικίας 12-24 ετών ήταν 5 ευρώ. Ο Φρανσουά έκλεισε τα μάτια του και μετά τα άνοιξε ξανά. Περίμενε ένα λεπτό. Κάτι είχε αλλάξει, ίσως ήταν ο φωτισμός.

Συνέχισε να παρακολουθεί καθώς ο Φρανσουά τοποθετήθηκε δίπλα σε μια διαφορετική πινακίδα που έγραφε:

Παγκόσμια Έκθεση Παρισιού, 15 Μαΐου 1889.

"WHOA!" αναφώνησε ο E-Z, προσπαθώντας να καταλάβει τι είχε μόλις δει. Ταξίδι στο χρόνο;

Ο Φρανσουά έκλεισε τα μάτια του και ξαναβρέθηκε δίπλα στην αρχική πινακίδα 12-24 χρόνια 5 ευρώ.

Η κάμερα έγινε θολή. Κατά μήκος του κάτω μέρους της οθόνης εμφανίστηκαν οι λέξεις: "Μια στιγμή παρακαλώ".

Με ένα κλικ, η κάμερα άρχισε να γυρίζει ξανά, αλλά αυτή τη φορά, ο Φρανσουά στεκόταν δίπλα στον καθεδρικό ναό της Παναγίας των Παρισίων. Μετά τη μεγάλη πυρκαγιά του 2019, ξαναχτιζόταν και οι σκαλωσιές και οι γερανοί δούλευαν πυρετωδώς.

Όπως και πριν, ο Francois έκλεισε τα μάτια του και στη συνέχεια τα άνοιξε ξανά.

"Αποκλείεται!" αναφώνησε ο E-Z.

Ο Φρανσουά βρισκόταν στο 1163, την ίδια μέρα κατά την οποία τοποθετήθηκε ο πρώτος λίθος για τον μεγάλο καθεδρικό ναό της Παναγίας των Παρισίων.

Ο E-Z πάτησε παύση. Θα μπορούσε αυτό να είναι ψεύτικο; Φυσικά, θα μπορούσε. Με τη σημερινή τεχνολογία ο καθένας θα μπορούσε να πλαστογραφήσει τα πάντα. Κι όμως, κάτι στο ένστικτό του του έλεγε ότι ήταν νόμιμο. Χρειαζόταν όμως μια δεύτερη γνώμη. Χρειαζόταν τον θείο Σαμ.

Κοιτάζοντας τον παγωμένο Φρανσουά στην οθόνη, ο E-Z έκανε κλικ στο start. Ο Φρανσουά χαιρέτησε καθώς το κλιπ τελείωνε.

Ο E-Z έκανε κλικ και επέστρεψε στα εισερχόμενά του. Πάτησε reply και έγραψε το ακόλουθο email στον Francois:

Αγαπητέ Φρανσουά,

Ευχαριστώ που με άφησες να δω την υπερδύναμη σου. Πρέπει να μιλήσω με την ομάδα. Αν αποφασίσουμε να σε δεχτούμε, πόσο σύντομα μπορείς να έρθεις μαζί μας;

Ο φίλος σου,

E-Z

Περίμενε για ένα δευτερόλεπτο και διάβασε ξανά το μήνυμά του πριν πατήσει το κουμπί αποστολή. Σκέφτηκε να αλλάξει το ΑΝ σε ΠΟΤΕ. Αναποφάσιστος, σκέφτηκε την υπερδύναμη του Φρανσουά που ταξιδεύει στο χρόνο. Το παιδί θα ήταν μια καταπληκτική προσθήκη στην ομάδα.

Παρόλα αυτά, έπρεπε να πάρει μια δεύτερη γνώμη. Πριν το σκεφτεί περαιτέρω. Έστειλε μήνυμα στον Σαμ: "Έχεις ένα λεπτό;".

Ένα νέο μήνυμα ηλεκτρονικού ταχυδρομείου εμφανίστηκε στο γραμματοκιβώτιό του με τις λέξεις:

ΓΕΙΑ ΣΟΥ Ε-Ζ,

Αν με δεχτείς στην ομάδα, μπορείς να έρθεις να με πάρεις;

Ο φίλος σου,

Francois.

Αυτό έπρεπε να το σκεφτεί λίγο.

Απάντησε:

Θα επικοινωνήσω μαζί σου το συντομότερο δυνατό.

Ο φίλος σας,

Ε-Ζ.

Ο Σαμ μπήκε στην κουζίνα: "Τι γίνεται, μικρέ;"

"Συγγνώμη που σε παίρνω μακριά από την ταινία".

"Έτσι κι αλλιώς είχα αποκοιμηθεί, οπότε χαίρομαι για την απόσπαση της προσοχής."

"Έλαβα ένα email μέσω της ιστοσελίδας μας από ένα παιδί στη Γαλλία που ζήτησε να ενταχθεί στην ομάδα μας. Αυτός και ο μπαμπάς του έφτιαξαν ένα βίντεο κλιπ, το έχω ήδη δει. Έχει εντυπωσιακές ικανότητες. Ρίξτε μια ματιά και πείτε μου τη γνώμη σας".

Ο Σαμ παρέμεινε σιωπηλός καθ' όλη τη διάρκεια. Όταν τελείωσε, ζήτησε να το ξαναδεί.

Όταν τελείωσε για δεύτερη φορά, ο E-Z ρώτησε: "Πώς σου φαίνεται;".

"Νομίζω ότι αυτό που βλέπουμε είναι εντυπωσιακό. Ένα αγόρι που ταξιδεύει στο χρόνο από τη Γαλλία".

"Θα μπορούσαμε πραγματικά να χρησιμοποιήσουμε μια τέτοια υπερδύναμη στην ομάδα μας".

"Ακριβώς", είπε ο Σαμ. "Και γι' αυτό είμαι καχύποπτος γι' αυτό. Έχετε αλληλογραφήσει με το παλικάρι;"

Ο E-Z ξεφύλλισε όσα είχαν ειπωθεί μέχρι στιγμής.

"Πώς ξέρει ότι δεν είχες υπερδυνάμεις σε όλη σου τη ζωή;" ρώτησε.

"Ναι, αυτό σκέφτηκα κι εγώ. Αλλά νομίζω ότι είναι μια λογική υπόθεση. Είναι έξυπνο παιδί".

"Είναι αλήθεια", είπε ο Σαμ. "Σε πειράζει να κάνω ένα κλικ τριγύρω, να δω τι μπορώ να βρω;"

Ο E-Z ένεψε και ο Σαμ πήρε τον έλεγχο του φορητού υπολογιστή του. Έλεγξε τη διεύθυνση IP, η οποία φαινόταν να είναι νόμιμη. Δεν δυσκολεύτηκε να εντοπίσει τη θέση του στο Παρίσι.

Έψαξε το όνομα του Φρανσουά και βρήκε σε ποιο σχολείο φοιτούσε. Ανακάλυψε ότι έπαιζε μπάσκετ.

Ανακάλυψε ότι ήταν έξυπνος στην ορθογραφία. Δεν φαινόταν να μπλέκει σε μπελάδες.

Τότε ο Σαμ βρήκε μια αναγγελία θανάτου της μητέρας του Φρανσουά που είχε πεθάνει όταν ο ίδιος ήταν πέντε ετών. Η αιτία θανάτου δεν διευκρινίστηκε, αλλά ζητήθηκε να γίνουν δωρεές στο Ίδρυμα για τον Καρκίνο του Μαστού στο Παρίσι.

"Όλα φαίνονταν νόμιμα", είπε ο Σαμ.

"Παρόλα αυτά, πώς μπορούμε να είμαστε σίγουροι; Δεν θέλω να πάρω κανένα περιττό ρίσκο".

"Ο μόνος τρόπος για να είμαστε σίγουροι, θα ήταν να πάρουμε συνέντευξη από το παιδί αυτοπροσώπως". Δίστασε: "Χμ, ρώτησε πότε μπορείς να έρθεις να τον πάρεις. Τώρα που το σκέφτομαι, είναι μάλλον περίεργο να το προτείνει ένα παιδί που ταξιδεύει στο χρόνο".

"Ναι, δεν το είχα σκεφτεί έτσι".

"Ένα πράγμα είναι σίγουρο E-Z, αν κάποιος πρόκειται να τον πιάσει, αυτός θα είμαι εγώ. Σε χρειάζονται εδώ."

"Εκτιμώ την προσφορά θείε Σαμ, αλλά η ζωή σου σε κίνδυνο δεν είναι επιλογή".

"Εντάξει", είπε ο Σαμ. "Έχεις ακούσει τίποτα από τον Άλφρεντ;"

Με το σύνθημα ο Άλφρεντ μπήκε στην κουζίνα. "ΤΙ;" ρώτησε.

ΖΑΡ

Ένα μικροσκοπικό λευκό χνουδωτό γατάκι έφτασε.

"Bonjour E-Z, je m'appelle Poppet. Francois m'envoie."

"Ωχ, αγόρι μου", ήταν το μόνο που είπε ο E-Z.

Αμέσως ήρθε ένα email από τον Φρανσουά που έγραφε:

"Έφτασε εκεί με ασφάλεια;"

Ο θείος Σαμ είπε: "Λοιπόν, αυτό απαντά στην ερώτησή μας".

Ο E-Z πληκτρολόγησε: "Ναι, είναι εδώ".

ZAP

Η Poppet εξαφανίστηκε.

"Αυτό είναι τόσο ωραίο", πληκτρολόγησε ο Φρανσουά. "Όταν είστε έτοιμοι, αν με θέλετε στην ομάδα σας, θα το δοκιμάσω κι εγώ".

"Κρατηθείτε για την ώρα", είπε ο E-Z.

"Πώς ήξερε η Πόπετ πού μένουμε;" ρώτησε ο Σαμ.

"Αυτό δεν το ξέρω".

ΚΕΦΑΛΑΙΟ 21
Η ΑΠΌΦΑΣΗ FRANCOIS

Την επόμενη ημέρα, ο E-Z συγκάλεσε έκτακτη συνεδρίαση της ομάδας. Μόλις κάθισαν όλοι, άρχισε να μιλάει.

"Ένα πιθανό νέο μέλος ζήτησε να ενταχθεί στην ομάδα μας. Ο Σαμ και εγώ ερευνήσαμε την αίτησή του και όλα φαίνονται νόμιμα".

"Συμφωνώ με αυτή τη γνώμη", είπε ο Σαμ.

Ο E-Z έγνεψε: "Ο Φρανσουά είναι ένας ταξιδιώτης του χρόνου".

"Ουάου!" Είπε η Λία.

"Φοβερό!" Είπε ο Λάτσι.

Οι υπόλοιποι είχαν παρόμοια σχόλια, με εξαίρεση τον Τσαρλς που ρώτησε: "Τι είναι ο ταξιδιώτης του χρόνου;".

"Εσύ είσαι!" Είπε η Μπράντι.

"Είναι κάποιος που ταξιδεύει από τον ένα χρόνο στον άλλο", είπε η Λία.

"Ίσως αρκεί να ρίξετε μια ματιά σε αυτό το κλιπ και θα καταλάβετε καλύτερα, θα καταλάβουμε όλοι καλύτερα τι μπορεί να κάνει". Έριξε μια ματιά στον Άλφρεντ: "Αλλά, πριν μιλήσουμε για τον Φρανσουά, θα ήθελα να δώσω τον λόγο στον Άλφρεντ, ώστε να μας ενημερώσει για το τι ανακάλυψε στο βιβλίο. Σε σένα, Άλφρεντ".

Ο κύκνος τρομπετίστας καθάρισε το λαιμό του, καθώς όλα τα βλέμματα στράφηκαν προς το μέρος του.

"Έψαξα τα πάντα, μπροστά, πίσω, πλάγια, και φοβάμαι ότι δεν είναι πολύ χρήσιμο. Από τη στιγμή που στις Ερινύες δόθηκε μια συγκεκριμένη εντολή - και την τηρούν (αν και παραμορφώνουν τους κανόνες), δεν νομίζω καν ότι ο Δίας θα μπορούσε να τις τιμωρήσει γι' αυτό που κάνουν".

"Δηλαδή λες ότι είναι μάταιο;" ρώτησε η Μπράντι.

"Όχι, δεν λέω ότι είναι απελπιστικό, αλλά απλά δεν βλέπω διέξοδο. Εκτός κι αν δεν ξέρουν αυτά που ξέρουμε εμείς".

"Δηλαδή;" ρώτησε η Μπράντι.

"Το σχέδιο του Έριελ. Το πώς τους χρησιμοποιούσε. Πού βρίσκεται ο Έριελ. Πώς είναι απομονωμένος".

"Αλήθεια, πρέπει να αναρωτιούνται γιατί δεν επικοινωνεί μαζί τους", είπε ο Λάτσι.

"Και αυτό θα μπορούσε να δημιουργήσει δυσπιστία", πρόσθεσε η Μπράντι.

"Κι αν", είπε η Σαμ, "τους διαρρεύσει αυτή η πληροφορία;" "Το ίδιο σκεφτόμουν κι εγώ", είπε η

Σαμάνθα. "Ίσως χωρίς αυτόν, να γύριζαν την ουρά τους και να το έβαζαν στα πόδια".

"Μπορεί όμως να συμβεί και το αντίθετο. Χωρίς εκείνον να τους κρατάει στο λουρί, μπορεί και να το κάνουν. Λοιπόν, ποιος ξέρει τι θα έκαναν!" είπε ο E-Z.

"Έχουν ήδη μαζέψει πολλές ψυχές", είπε η Λία. "Νομίζω ότι ο E-Z έχει δίκιο. Γνωρίζοντας ότι δεν είναι πια στο προσκήνιο, μπορεί να τους κάνει πιο τολμηρούς".

Ο Άλφρεντ παρατήρησε ότι η συζήτηση είχε προσκρούσει σε τοίχο: "Ας μιλήσουμε λοιπόν για τις ικανότητες του Φρανσουά στην υπερδύναμη. Είναι ταξιδιώτης του χρόνου. Πώς θα μπορούσε να μας βοηθήσει;"

"Και κάτι ακόμα", ξεκίνησε ο E-Z, "και είναι ο θείος Σαμ που το παρατήρησε αυτό, οπότε ίσως θα ήταν ο καλύτερος για να το εξηγήσει".

"Όχι, προχώρα εσύ", είπε ο Σαμ.

"Ο Φρανσουά έστειλε ένα γατάκι εδώ".

"Ένα γατάκι;" ρώτησε ο Σόμπο.

"Ναι. Το όνομά της ήταν Poppet και έφτασε στην κουζίνα. Έλαβα αμέσως ένα μήνυμα από τον Φρανσουά που με ρωτούσε αν έφτασε με ασφάλεια. Είπε ένα γεια - ναι, μπορούσε να μιλήσει. Μετά την επιβεβαίωση ότι έφτασε με ασφάλεια, πετάχτηκε ξανά έξω. Το ερώτημα που έθεσε αργότερα ο Σαμ ήταν, πώς ήξερε πού μέναμε;".

"Περίμενε ένα λεπτό", είπε ο Charles. "Δεν μου είπε κάποιος ότι η διεύθυνσή σας είχε δημοσιευτεί στο διαδίκτυο;"

"Το άκουσα κι εγώ αυτό", είπε η Μπράντι.

Ο Σαμ είπε: "Ουάου, αυτό φαίνεται σαν να έχει περάσει πολύς καιρός, αλλά είναι αλήθεια".

Μαζεύτηκαν γύρω από τον Σαμ και είδαν το σπίτι τους στο διαδίκτυο συνδεδεμένο με την ιστοσελίδα για να το βλέπουν όλοι στον κόσμο.

"Λοιπόν, δεν υπάρχει καμία αμφιβολία γι' αυτό. Αν ξέρουν ποιοι είμαστε, τότε ξέρουν και πού βρισκόμαστε", είπε ο Σαμ. "Εκτός αν..."

"Εκτός αν τι;" ρώτησε ο E-Z.

"Εκτός κι αν δεν είναι τόσο εξοικειωμένοι με την τεχνολογία όσο νομίζουμε".

Ο Sobo είπε: "Ποτέ μην υποτιμάς τον εχθρό. Έτσι οι ανάξιοι κακοποιοί γίνονται ήρωες".

"Εντάξει, πρώτα ας δούμε τον Φρανσουά να ταξιδεύει στο χρόνο και μετά ας κάνουμε ένα brainstorming για το πώς θα μπορούσε να μας βοηθήσει να νικήσουμε τις Furies", είπε ο E-Z.

Παρακολούθησαν το κλιπ σιωπηλά. Όταν τελείωσε, ο E-Z είπε: "Θα πληκτρολογήσω τη λίστα. Ποιος θέλει να ξεκινήσει;"

"Όχι", είπε ο Σαμ. "Νομίζω ότι πρέπει να τη γράψουμε με τον παραδοσιακό τρόπο. Ξέρετε, με στυλό και χαρτί". Έβαλε το χέρι του στο συρτάρι της κουζίνας και έβγαλε ένα μπλοκάκι που χρησιμοποιούσαν για τις λίστες με τα ψώνια και ένα στυλό. "Πήγαινε εσύ να κάνεις τον καταιγισμό ιδεών, εγώ θα είμαι η γραμματέας. Και δεν χρειάζεται καν να μου δώσεις μισθό".

Μερικά γέλια και καγχασμοί και μετά οι ιδέες άρχισαν να ρέουν:

#1. Ο Φρανσουά θα μπορούσε να γυρίσει πίσω στο χρόνο, να μάθει τι συνέβη στην Πι Τζέι και τον Άρντεν και να το σταματήσει.

#2. Ο Φρανσουά θα μπορούσε να γυρίσει πίσω στο χρόνο και να σταματήσει τη δολοφονία όλων των παιδιών.

#3. Ο Φρανσουά θα μπορούσε να γυρίσει πίσω στο χρόνο και να σταματήσει τους γονείς του E-Z από το να σκοτωθούν, να σταματήσει το ατύχημά του από το να συμβεί.

#4. Το ίδιο ισχύει και για το ατύχημα της Λία.

#5. Το ίδιο ισχύει και για το ατύχημα της οικογένειας του Alfred.

#6. Ditto σχετικά με το ότι ο Lachlan είναι κλειδωμένος σε ένα κλουβί.

Διάλειμμα.

Ο Χαρούτο ήταν ευτυχισμένος με τη νέα του οικογένεια. Τέλος της ιστορίας.

Η Μπράντι ήταν μια χαρά με το να μπορεί να πεθάνει και να επιστρέψει ξανά στη ζωή, αν και ρώτησε αν το να επιστρέψει στην ημέρα της οντισιόν ήταν μια βιώσιμη επιλογή. Αυτό το αίτημα απορρίφθηκε ομόφωνα.

Ο Τσαρλς επίσης δεν είχε μετανιώσει.

Η συνεδρίαση Brainstorming συνεχίστηκε:

#7. Ο Φρανσουά θα μπορούσε να επιστρέψει στην εποχή πριν δημιουργηθούν οι Furies για να εξασφαλίσει ότι θα τους δοθεί μια αχίλλειος πτέρνα.

#8. Ο Φρανσουά θα μπορούσε να γυρίσει πίσω στο χρόνο, στην πρώτη μέρα που η Eriel συναντήθηκε με τις Furies. Θα μπορούσε να είναι κατάσκοπος. Ή θα μπορούσε να φροντίσει να μην συναντηθούν ποτέ;

#9. Αν η Πόπετ μπορούσε να μπαινοβγαίνει, θα μπορούσε ο Φρανσουά να κάνει το ίδιο;

Ο Άλφρεντ είπε: "Περίμενε ένα λεπτό. Αυτό είναι τελείως τρελό, αλλά τι θα γινόταν αν ο Φρανσουά πήγαινε πίσω και ακύρωνε τις Ερινύες από την ύπαρξη".

"Ουάου, αυτή είναι μια εξαιρετική ιδέα!" Είπε ο E-Z. "Αλλά σε όλες τις ιστορίες που έχω διαβάσει για ταξίδια στο χρόνο, το να παίζεις με τις ζωές και να αλλάζεις τα γεγονότα είναι πάντα αποδοκιμασμένο".

"Ναι, το θυμάμαι αυτό από το Back to the Future. Αλλά από προσωπική εμπειρία", εξήγησε η Μπράντι, "όταν πεθαίνω και επιστρέφω ξανά, είναι σαν να μην συνέβησαν ποτέ τα γεγονότα που οδήγησαν στον θάνατό μου. Είναι σαν όνειρο, αν καταλαβαίνεις τι εννοώ".

"Ο Σαμ τεντώθηκε και χασμουρήθηκε. "Τα μωρά θα ξυπνήσουν σύντομα. Δεν θέλω να ξεπεράσω τα όρια της ηγεσίας του E-Z, αλλά νομίζω ότι πρέπει να περάσουμε λίγο χρόνο σκεπτόμενοι πριν αναλάβουμε οποιαδήποτε δράση".

"Σύμφωνοι. Σας ευχαριστώ όλους για τον εξαιρετικό καταιγισμό ιδεών", είπε ο E-Z.

Και η συνεδρίαση διακόπηκε.

ΚΕΦΑΛΑΙΟ 22

ΘΕΡΜΟ ΓΑΛΑ

Η Λία και οι άλλοι πέρασαν τη μέρα τους κάνοντας τα δικά τους πράγματα. Το βράδυ, εξαντλημένη, στριφογύριζε, αλλά δεν μπορούσε να κοιμηθεί. Απογοητευμένη μετά από ώρες χωρίς ύπνο και συνεχή ανησυχία, κατέβηκε κάτω για λίγο ζεστό γάλα.

Έβαλε μια κούπα στον φούρνο μικροκυμάτων, πάτησε 40 δευτερόλεπτα και μετά πάτησε το κουμπί της εκκίνησης. Καθώς το ρολόι μετρούσε αντίστροφα, παρακολουθούσε τους αριθμούς 39, 38, 37, 36 κ.λπ. μέχρι που εμφανίστηκε ο αριθμός 33. Ήταν ο τελευταίος αριθμός που είδε.

"Γεια σου, Μικρή Ντόριτ", είπε, ευχόμενη να είχε φορέσει τη ρόμπα της. "Πού πάμε;"

"Είμαστε σε μια αποστολή", είπε ο μονόκερος. "Πού πάμε;"

"Δεν ξέρεις σε ποιον;"

"Όχι. Κοιτούσα τη δουλειά μου όταν με φώναξες Λία, δεν θυμάσαι;"

"Δεν σε κάλεσα εγώ", είπε η Λία. "Δεν έχω κοιμηθεί ακόμα. Αυτό είναι παράξενο".

Ο μονόκερος πάγωσε στη μέση του αέρα.

WHOOSH

Η Μικρή Ντόριτ απογειώθηκε με πλήρη ταχύτητα.

"Argghh!" φώναξε η Λία, κρατώντας τη ζωή της. "Τι συμβαίνει; Γιατί πηγαίνεις τόσο γρήγορα;"

"Δεν ξέρω", είπε ο μονόκερος. "Είναι σαν κάποιος ή κάτι να έχει πάρει τον έλεγχό μου". Προσπάθησε να σταματήσει, όπως είχε κάνει μόλις λίγα λεπτά πριν. Τώρα, ό,τι κι αν έκανε, δεν μπορούσε να σταματήσει. Ούτε μπορούσε να επιβραδύνει.

"Κρατήσου γερά!" φώναξε η Μικρή Ντόριτ, καθώς το σώμα της άρχισε να κυλάει μπροστά με το κεφάλι. "Ωχ, όχι!"

ούρλιαξε η Λία, αλλά κρατήθηκε με νύχια και με δόντια. Τελικά σταμάτησαν να κυλούν, αλλά αντί να επιβραδύνουν, επιτάχυναν ακόμα πιο γρήγορα.

Όλο και πιο γρήγορα πετούσαν, καθώς η νύχτα γινόταν μέρα. Καθώς ο ήλιος ανέβαινε στον ουρανό, η απόσταση μεταξύ αυτού και αυτών μειωνόταν.

"Νιώθω σαν να καίγεται το δέρμα μου!" αναφώνησε η Λία.

"Το ίδιο και η γούνα μου", είπε η Μικρή Ντόριτ. "Άσε με να προσπαθήσω να μας γυρίσω ξανά." Πράγματι προσπάθησε και όπως και πριν, κυλήθηκαν με τα μούτρα, με τα πόδια, κλείνοντας τη διαφορά ανάμεσα σε αυτούς και τον καυτό ήλιο.

"Πρέπει να γυρίσουμε πίσω!" φώναξε η Λία. "Αν δεν το κάνουμε, είμαστε τελειωμένοι".

"Μα δεν μπορώ να σταματήσω. Δεν μπορώ να κάνω τίποτα. Περίμενε, θα ζητήσω τη βοήθεια του Μωρού".

Με φόντο τον φλεγόμενο ήλιο, τρία φτερωτά πλάσματα ήρθαν στο προσκήνιο. Κρατούσαν τα χέρια τους, καθώς οι μαυρισμένες στολές τους στροβιλίζονταν και στριφογύριζαν γύρω από τα σώματά τους.

ΣΝΑΠ!

ΣΝΑΠ!

ΣΝΑΠ!

ήταν ο ήχος που γέμισε τον αέρα, ο ήχος ενός μαστιγίου που έσπασε, καθώς η Λία και η Μικρή Ντόριτ τραβήχτηκαν προς το μέρος του σαν να βρίσκονταν σε ελκτική ακτίνα. Κεραυνοί κύλησαν, αν και δεν ήταν ορατές καταιγίδες, καθώς τα νύχια του ήλιου τεντώνονταν προς το μέρος τους, απειλώντας να διαλύσουν την ίδια τους την ύπαρξη.

"Είμαστε τελειωμένοι!" Είπε η Λία. "Σας ευχαριστούμε που προσπαθήσατε να μας σώσετε". Αγκάλιασε τον μονόκερο. "Μακάρι να είχες χαλινάρια. Τότε ίσως θα μπορούσα να σε γυρίσω πίσω".

ΖΑΠ!

Τα χαλινάρια εμφανίστηκαν.

Η Λία τύλιξε τα χέρια της γύρω τους, αλλά πριν προλάβει να τα ελέγξει, έλιωσαν στο τίποτα.

"Έχεις δίκιο, νομίζω ότι τελειώσαμε", είπε η Μικρή Ντόριτ. Γυάλινες σταγόνες δάκρυα έτρεχαν από τα μάτια της.

BONJOUR

Εμφανίστηκε ο Φρανσουά: "Μπορώ να σας βοηθήσω;"

"Σίγουρα μπορείς", αναφώνησε η Λία. "Πάρτε μας από εδώ!"

"Κλείσε τα μάτια σου και κρατήσου γερά", είπε ο Φρανσουά.

Η Λία και η Μικρή Ντόριτ έτρεμαν από φόβο.

DING. DING. DING.

Ο φούρνος μικροκυμάτων. Η κουζίνα.

Η Λία έπεσε στο πάτωμα.

Η μικρή Ντόριτ προσγειώθηκε με ασφάλεια σε ένα δροσερό ρυάκι, όπου πλατσούρισε και μετά πήρε το δρόμο για το σπίτι.

"Πού ήσουν;" ρώτησε το μωρό.

"Μάλλον δεν πήρες το μήνυμά μου. Δεν πειράζει. Είμαι πολύ κουρασμένη", είπε η Μικρή Ντόριτ. "Θα σου τα πω το πρωί".

ΚΕΦΑΛΑΙΟ 23

ΕΠΟΜΕΝΗ ΗΜΕΡΑ

Ήταν η σειρά της Σόμπο να μαγειρέψει πρωινό, και ήταν αυτή που βρήκε τη Λία στο πάτωμα, τυλιγμένη σαν πεταμένη μπάλα μαλλιού.

Η Sobo έβγαλε μια κραυγή: "Έλα γρήγορα! Η Λία μας χρειάζεται βοήθεια!"

Η Σαμάνθα ήταν η πρώτη που έφτασε. Αμέσως πίεσε τα χείλη της στο μέτωπο της Λία για να ελέγξει τη θερμοκρασία, και μετά φώναξε στον άντρα της να φέρει το θερμόμετρο για να το ελέγξει ξανά.

"Η θερμοκρασία της είναι 107,7", επιβεβαίωσε η Σαμ. "Πρέπει να την πάμε στο νοσοκομείο".

Η Σαμάνθα πάτησε το 100, ενώ ο Σαμ σήκωσε τη Λία, τη μετέφερε και την έβαλε στον καναπέ και περίμεναν το ασθενοφόρο.

"Θα κρατήσω το φρούριο", είπε ο Σαμ, καθώς η γυναίκα του και ο Σόμπο ακολουθούσαν τους τραυματιοφορείς που μετέφεραν την αναίσθητη Λία σε ένα φορείο.

Καθώς το ασθενοφόρο απομακρύνθηκε από το πεζοδρόμιο με τη σειρήνα να λάμπει, η Λία άνοιξε τα μάτια της και προσπάθησε να καθίσει.

"Αισθάνομαι μια χαρά", είπε.

Ο παραϊατρικός έλεγξε ξανά τη θερμοκρασία της και ήταν φυσιολογική. Ανασήκωσε τους ώμους του.

Μέχρι να φτάσουν στο νοσοκομείο, η Λία είχε ξαναγίνει ο παλιός της εαυτός και ήθελε να γυρίσει ξανά στο σπίτι της - τώρα.

"Παρόλο που τα ζωτικά της σημεία είναι καλά τώρα, αφού μας καλέσατε, πρέπει να ακολουθήσουμε. Η Λία θα εισαχθεί και μόλις δώσει το πράσινο φως ο εφημερεύων γιατρός, θα της επιτραπεί να πάει σπίτι της".

"Λοιπόν, τουλάχιστον αφήστε με να μπω μέσα", είπε ο παρευρισκόμενος, καθώς ο οδηγός άνοιξε τις πόρτες.

"Όχι, δεσποινίς, εσύ μείνε εδώ", είπε, καθώς ετοιμάζονταν να φέρουν το φορείο και τον επιβάτη του μέσα, με τη Σαμάνθα και τον Σόμπο να ακολουθούν.

Η Σαμάνθα έστειλε στον Σαμ ένα ενημερωτικό μήνυμα. Εκείνος απάντησε με ένα emoji με τον αντίχειρα προς τα πάνω, ακριβώς τη στιγμή που έπεσε σχεδόν πάνω στους γονείς του PJ και του Arden που έβγαιναν.

"Ξύπνησαν! Τα αγόρια μας ξύπνησαν!"

"Και τα δύο;" Αναφώνησε η Σαμάνθα, καθώς μετέφερε αυτή την τελευταία πληροφορία στον Σαμ, ο οποίος, ξύπνησε τον ανιψιό του για να του πει τα καλά νέα.

"Έρχομαι αμέσως!" Είπε ο E-Z αφού κάλεσε ένα ταξί.

ΚΕΦΑΛΑΙΟ 24

ΝΟΣΟΚΟΜΕΙΟ

Ο E-Z πήγαινε να δει τους δύο καλύτερους φίλους του. Στο ταξί, το μυαλό του επαναλάμβανε τα καλά νέα ξανά και ξανά. Τόσα πολλά είχαν συμβεί. Τόσα πολλά που είχαν χάσει. Τόσα πολλά πράγματα που έπρεπε να τους πει. Ήθελε να τους τα πει.

"Ξέρετε ποιο δωμάτιο;" ρώτησε η νοσοκόμα.

Της είπε όχι, και εκείνη του το βρήκε γρήγορα. Αφού την ευχαρίστησε, πήρε το ασανσέρ και κατευθύνθηκε προς το δωμάτιό τους αναρωτώμενος αν έπρεπε να τους αγοράσει κάτι. Λουλούδια; Καραμέλες. Αποφάσισε να τους ρωτήσει αν χρειάζονταν κάτι.

Φτάνοντας ακριβώς έξω από την πόρτα τους, μέσα άκουσε τις φωνές τους και κρυφοκοίταξε για λίγες στιγμές, πριν κάνει γνωστή την παρουσία του. Στη συνέχεια πήρε μια βαθιά ανάσα, προσπαθώντας να συγκρατήσει τα συναισθήματά του από το να τον κυριεύσουν - δεν ήθελε να γίνει μούσκεμα και να έρθει σε δύσκολη θέση...

"Έλα μέσα, μεγάλε μαλθακέ!" είπε ο Πι Τζέι.

"Αααα, του λείψαμε!" Είπε ο Άρντεν.

"Δεν θα έπρεπε να είστε πιο εμφανίσιμοι μετά από τόσο ύπνο ομορφιάς; Παρεμπιπτόντως, χρειάζεστε και οι δύο ένα ξύρισμα!"

"Δεν θέλουμε να σας επισκιάσουμε και μου αρέσει κάπως η αίσθηση του μουστάκι μου", είπε ο Άρντεν.

"Ξέρουμε ότι σας αρέσει η προσοχή! Βλέπω ότι και το βουρτσάκι του μπουκαλιού σου χρειάζεται μια περιποίηση!"

Η μητέρα του PJ που μόλις είχε επιστρέψει στο δωμάτιο ψιθύρισε στον E-Z ότι δεν ήθελαν τα αγόρια να το παρακάνουν, αφού ήταν ξύπνια μόνο λίγες ώρες.

Αφού συνομίλησαν για λίγο, ο E-Z αγκάλιασε και τους δύο φίλους του και είπε ότι έπρεπε να φύγει. "Θα επιστρέψω", υποσχέθηκε, "και θα φάω κρυφά ένα ή δύο χάμπουργκερ - έχω ακούσει ότι το φαγητό του νοσοκομείου είναι πραγματικά πολύ κακό".

"Δεν θα το κάνεις!" είπε η μητέρα του Άρντεν καθώς επέστρεφε κι αυτή στο δωμάτιο.

Έκανε πίσω την καρέκλα του, με τη μητέρα του Άρντεν απέναντί του, οι δύο φίλοι του έβαλαν τα χέρια τους ενωμένα, παρακαλώντας τον να τους φέρει φαγητό.

Καθώς προχωρούσε κατά μήκος του διαδρόμου, δεν μπορούσε να πιστέψει πόσο του είχαν λείψει - και πόσο καλά έδειχναν. Πήρε το ασανσέρ και κατέβηκε στα Επείγοντα, όπου βρήκε τη Σαμάνθα και τον Σόμπο.

"Κανένα νέο;" ρώτησε ο E-Z.

"Ήταν μια χαρά έξαλλη που την έκαναν να μείνει για να την ελέγξουν", είπε η Σαμάνθα. "Αλλά θα νιώσω καλύτερα μόλις πάρει το OK και μπορέσουμε να φύγουμε από εδώ".

"Κι εγώ το ίδιο", είπε ο E-Z. "Αφήστε με να πάω να ρίξω μια ματιά". Έσπρωξε κατά μήκος του διαδρόμου. Άκουγε καθώς πήγαινε τις φωνές μέσα σε έναν χώρο με κουρτίνα, τον οποίο θεώρησε ότι ήταν οι σταθμοί προ-εισόδου. Τελικά, άκουσε τη φωνή της Λίας μέσα και μπήκε μέσα.

"Παρακαλώ περιμένετε έξω", είπε η νοσοκόμα.

"Μα είναι η αδελφή μου".

"Θέλω να πάω σπίτι μου - τώρα!" απαίτησε και μετά σταύρωσε τα χέρια της στο στήθος της.

"Θα πάρετε εξιτήριο μόλις ο γιατρός πει ότι μπορείτε να πάρετε εξιτήριο. Και ούτε λεπτό νωρίτερα".

"Πώς τα πας; Η μαμά ανησυχεί για σένα".

"Θα σας αφήσω τους δυο σας μόνους να κουβεντιάσετε", είπε η νοσοκόμα. "Ο γιατρός θα έρθει πολύ σύντομα. Α, και βεβαιωθείτε ότι θα παραμείνει ήρεμη".

"Ε, ευχαριστώ", είπε ο E-Z.

Μόλις έφυγε, αγκαλιάστηκαν.

"Η μικρή Ντόριτ κι εγώ παραλίγο να καούμε από τον ήλιο!" είπε. Είπε στον E-Z τα πάντα, όπως συνέβησαν από την αρχή μέχρι το τέλος.

"Ενδιαφέρον είναι ότι ο Φρανσουά ήταν αυτός που σε έσωσε".

"Δεν ξέρω πώς το ήξερε. Η μικρή Ντόριτ κι εγώ νομίζαμε ότι ήμασταν χαμένοι. Ήταν σίγουρα οι Ερινύες. Ήθελαν να μας κάψουν! Μας έκαναν να καούμε. Είναι φρικτές, κακές μάγισσες!"

"Υπήρχαν φίδια;" Ο E-Z ρώτησε

"Φίδια και μαστίγια."

"Ακούγεται σαν τις Ερινύες." Ο E-Z δίστασε. Άλλαξε θέμα. "Έχεις ακούσει για τον Πι Τζέι και τον Άρντεν;"

Κούνησε το κεφάλι της.

"Ξύπνησαν!"

"Αποκλείεται! Αυτή είναι μια περίεργη σύμπτωση, δεν νομίζεις; Προσπαθούν να εξουδετερώσουν τη Μικρή Ντόριτ κι εμένα, ενώ στο μεταξύ ξυπνούν οι δύο φίλοι μας που βρίσκονται σε κώμα".

"Έχεις δίκιο, νομίζω ότι όλα συνδέονται".

Η Σαμάνθα έσπρωξε πίσω την κουρτίνα: "Τι συνδέονται όλα;" Αγκάλιασε την κόρη της. "Πώς αισθάνεσαι τώρα μωρό μου;"

"Δεν είμαι μωρό", είπε η Λία. "Αλλά αισθάνομαι καλύτερα και θέλω να πάω σπίτι. Αφού επισκεφτώ τον Πι Τζέι και τον Άρντεν".

Η Σόμπο μπήκε μέσα. Αγκάλιασε τη Λία.

"Τι σου συνέβη;" ρώτησε.

Και πάλι, η Λία εξήγησε τα πάντα. Η μητέρα της δεν το πήρε τόσο καλά όσο η Σόμπο. Η Ε-Ζ έσπευσε και έβαλε στη Σαμ ένα ποτήρι νερό. Ενώ η Σόμπο είχε πολλές ερωτήσεις. "Ζέστανες γάλα, στον φούρνο μικροκυμάτων;"

Η Λία έγνεψε.

"Και τότε ήταν που σε έβγαλαν από την κουζίνα;"

"Ναι, και κατευθείαν στην πλάτη της Μικρής Ντόριτ. Η Μικρή Ντόριτ είπε ότι την είχα καλέσει, αλλά δεν την είχα καλέσει".

"Και μετά τι συνέβη;" ρώτησε ο Σόμπο.

"Λοιπόν, η Μικρή Ντόριτ πετούσε και κουβεντιάζαμε και όταν κανείς μας δεν ήξερε πού πηγαίναμε και γιατί, σκεφτόμασταν να γυρίσουμε πίσω. Το επόμενο πράγμα που καταλάβαμε ήταν ότι η Μικρή Ντόριτ κι εγώ αναγκαστήκαμε να πλησιάζουμε όλο και πιο κοντά στον ήλιο χωρίς καμία δύναμη να γυρίσουμε πίσω".

"Αλλά εσύ και η Μικρή Ντόριτ δεν πληροίτε τα κριτήρια των Ερινύων. Δεν θα έπρεπε να μπορούν να αγγίξουν κανέναν από τους δυο σας!" αναφώνησε ο Ε-Ζ.

Η Σαμάνθα είπε: "Ίσως είναι απλώς μια σύμπτωση.

Η Σόμπο επανέλαβε τη συμβουλή της από πριν: "Ποτέ μην υποτιμάς έναν εχθρό".

Μόλις η Λία πήρε την άδεια να πάει σπίτι της, αυτή και ο Ε-Ζ εξέπληξαν τον PJ και τον Arden με τσίζμπεργκερ και πατάτες τηγανιτές που έφεραν λαθραία.

Στο δρόμο για το σπίτι στο ταξί, με τη Σαμάνθα, τη Σόμπο και τη Λία, ο E-Z σκεφτόταν ένα και μόνο πράγμα. Οι Φούριες είχαν επιτεθεί στη Λία και τη Μικρή Ντόριτ και είχαν αποτύχει. Όχι μόνο είχαν αποτύχει - χάρη στον Φρανσουά - αλλά με κάποιον τρόπο, με κάποιο τρόπο, το σύμπαν είχε στείλει πίσω τον Πι Τζέι και τον Άρντεν.

Σύμπτωση; Δεν το πίστευε. Αντίθετα, αυτό που ήθελε να πιστέψει ήταν ότι οι δυνάμεις των Furies μειώνονταν αν επιχειρούσαν να βγουν έξω από την εντολή τους.

Όπως και να 'χει, αυτός και η ομάδα του έπρεπε να είναι έτοιμοι ανά πάσα στιγμή να εκμεταλλευτούν την κατάσταση.

Αυτή μπορεί να ήταν η μόνη τους ευκαιρία.

Το μόνο πλεονέκτημα υπέρ τους.

ΚΕΦΑΛΑΙΟ 25
SOBO (ΓΙΑΓΙΆ)

"Έχω να κάνω μια ακόμη ερώτηση", ρώτησε ο Σαμ τον E-Z πριν μπουν όλοι για τη συνάντηση.

"Εντάξει, ρώτα", είπε ο E-Z.

"Λοιπόν, αναρωτιόμουν γιατί η Ροζαλί δεν ήξερε για τον Φρανσουά".

"Εγώ", δεν πρόλαβε να απαντήσει ο E-Z πριν μπουν στην κουζίνα η Μπράντι και η Λία.

"Μη μας δίνεις σημασία", είπε η Μπράντι, καθώς προχώρησε στο άνοιγμα του ψυγείου, έβγαλε τον χυμό πορτοκάλι και τον τελείωσε πριν πετάξει το δοχείο στον κάδο ανακύκλωσης.

"Ε, πρέπει να το ξεπλύνεις πρώτα", είπε ο E-Z, πράγμα που έκανε η Μπράντι. Μετά έπεσε σε μια καρέκλα και σκούπισε το στόμα της με το πίσω μέρος του χεριού της.

"Συγγνώμη, δεν ήθελα να γίνω αγενής, ξέρεις, να σταματήσω απότομα όπως το έκανα. Ήθελα να είμαστε όλοι εδώ για να συζητήσουμε τις ανησυχίες του θείου Σαμ".

"Δίκαιο", είπε η Λία, παίρνοντας θέση δίπλα στη Μπράντι.

Ένας-ένας έφτασαν και οι υπόλοιποι και πήραν τις θέσεις τους γύρω από το τραπέζι.

Ο E-Z ξεκίνησε ενημερώνοντας τους πάντες για τη θαυματουργή ανάρρωση του Πι-Τζέι και του Άρντεν, την οποία ακολούθησε ένα θερμό χειροκρότημα από όλους, ακόμα και από εκείνους που δεν τους είχαν καν γνωρίσει ακόμα.

"Στη συνέχεια, στην ημερήσια διάταξη και νομίζω ότι αυτά τα δύο θέματα μπορεί να συνδέονται, η Λία και η Μικρή Ντόριτ εξαπατήθηκαν για να φύγουν από το σπίτι και η ζωή τους τέθηκε σε κίνδυνο. Αν δεν ήταν ο Φρανσουά, οι Φούριες που θεωρούμε ότι ήταν υπεύθυνες μπορεί να είχαν πετύχει".

"Μπράβο Φρανσουά!" Είπε ο Charles.

"Πώς σε ξεγέλασαν;" ρώτησε η Μπράντι.

"Πού συνέβη αυτό;" ρώτησε ο Λάτσι.

"Λία, θέλεις να το πεις;" ρώτησε ο E-Z. Εκείνη κούνησε το κεφάλι της, όχι. "Πήδα μέσα αν μου διαφεύγει κάτι", είπε. Προχώρησε και εξήγησε τι συνέβη και γιατί πίστευαν ότι οι Furies ήταν υπεύθυνοι.

"Από τότε, σκέφτομαι τις Furies και την εντολή τους. Όπως ξέρουμε, πρέπει να την ακολουθούν. Όταν προσπάθησαν να σκοτώσουν τη Λία και τη Μικρή Ντόριτ, παραβίασαν τους κανόνες. Ποιον λόγο θα μπορούσαν να δώσουν, για να προσπαθήσουν να σκοτώσουν τη Λία ή τη Μικρή Ντόριτ; Όχι μόνο παραβίασαν την εντολή τους, αλλά και απέτυχαν. Τώρα σκεφτείτε τι συνέβη ακριβώς την ίδια στιγμή - εννοώ φυσικά τον PJ και τον Arden - που συνήλθαν από το κώμα τους. Σύμπτωση; Δεν νομίζω.

"Και όσο περισσότερο τους συνδέω στο μυαλό μου, τόσο περισσότερο αναρωτιέμαι αν οι Ερινύες μπορεί να αποδυναμώνονται. Αν έχω δίκιο, τότε τώρα ίσως είναι η κατάλληλη στιγμή για να τους εξουδετερώσουμε".

"Είναι πιθανό", είπε ο Άλφρεντ, "αλλά θυμάμαι να διαβάζω για τον Αϊνστάιν στα σχολικά μου χρόνια - κάτι που θα μπορούσε να αποδείξει το αντίθετο. Θέλω να πω, μπορεί να μην ήταν καθόλου οι Furies. Μπορεί να ήταν μια διαταραχή στο χωροχρονικό συνεχές. Αφού ο Φρανσουά μπόρεσε να τους σώσει και κανείς μας δεν ήξερε ότι συνέβαινε, φαίνεται μια πιθανότητα που αξίζει να διερευνηθεί, δεν νομίζεις;"

Ο Σαμ βημάτιζε. "Λαμβάνοντας υπόψη όλα όσα γνωρίζουμε για τις Ερινύες και όσα θυμάμαι από τις μελέτες μου για τον Αϊνστάιν - για να είχαν έστω και μια πιθανότητα να κάμψουν το χωροχρονικό συνεχές, η Λία και η Μικρή Ντόριτ θα έπρεπε να ταξιδεύουν ταχύτερα από το φως - 186.282 μίλια ανά δευτερόλεπτο. Αν πήγαιναν τόσο γρήγορα, θα κινούνταν προς τα πίσω στο χρόνο και όχι προς τα εμπρός".

"Ταξιδεύαμε γρήγορα, αλλά όχι τόσο γρήγορα", είπε η Λία.

"Πες μας πάλι τι συνέβη πάλι Λία. Καρέ-καρέ. Μέχρι τη στιγμή που εμφανίστηκε ο Φρανσουά", είπε ο Άλφρεντ.

Η ιστορία της Λίας ξεκίνησε στην κουζίνα και τελείωσε με την ίδια στο νοσοκομείο.

Με μια ανάταση του χεριού όλοι ψήφισαν ότι πίστευαν ότι οι Ερινύες ήταν υπεύθυνες, ακόμα κανείς δεν μπορούσε να εξηγήσει γιατί ο Φρανσουά ήξερε ή πώς τον κάλεσαν.

"Τον φώναξες;" ρώτησε ο E-Z. "Θέλω να πω, πώς το ήξερε; Αυτό είναι κάτι που σκοπεύω να τον ρωτήσω".

"Πράγμα που με φέρνει πίσω στο σημείο απ' όπου ξεκινήσαμε σήμερα", είπε ο Σαμ. "Και η ερώτησή μου είναι, γιατί η Ροζαλί δεν ήξερε για τον Φρανσουά".

"Και πώς είναι η Μικρή Ντόριτ;" ρώτησε η Σόμπο.

"Δεν ξέρω για τον Φρανσουά, αλλά ο μονόκερος κοιμόταν όταν βγήκα για λίγο γρασίδι σήμερα το πρωί".

"Α, αυτό είναι καλό", είπε η Λία.

"Ίσως οι γιατροί έχουν μια εξήγηση για το γιατί ο Πι Τζέι και ο Άρντεν ξύπνησαν όταν ξύπνησαν;" ρώτησε ο Σαμ.

"Αυτό είναι αλήθεια, μπορεί, αλλά δεν βλέπω τι σημασία έχει για εμάς. Όχι ακριβώς. Το κυριότερο είναι ότι ξύπνησαν και ακόμα δεν ξέρουμε αν οι Ερινύες ήταν υπεύθυνες γι' αυτούς. Ωστόσο, έχουμε αποδείξεις για το τι έκαναν σε άλλα παιδιά και με τον έναν ή τον άλλο τρόπο πρέπει να τους κάνουμε να πληρώσουν. Και πρέπει να τους κάνουμε να σταματήσουν".

"Ίσως οι γιατροί έχουν μια εξήγηση για το γιατί ο Πι Τζέι και ο Άρντεν ξύπνησαν όταν ξύπνησαν"; Ο Σαμ ρώτησε.

"Αυτό είναι αλήθεια, μπορεί, αλλά δεν βλέπω τι σημασία έχει για εμάς. Όχι ακριβώς. Το κυριότερο είναι ότι ξύπνησαν και ακόμα δεν ξέρουμε αν οι Furies ήταν υπεύθυνοι γι' αυτούς. Ωστόσο, έχουμε αποδείξεις για το τι έκαναν σε άλλα παιδιά και με τον έναν ή τον άλλο τρόπο πρέπει να τους κάνουμε να πληρώσουν. Και πρέπει να τους κάνουμε να σταματήσουν".

"Εδώ! Εδώ!" Είπε ο Τσαρλς, χτυπώντας το χέρι του στο τραπέζι.

"Μπορούμε να μιλήσουμε λίγο περισσότερο για τον Φρανσουά", ρώτησε η Μπράντι.

"Κι αν δεν θέλει να μας πει τίποτα", ρώτησε ο Τσαρλς, "αν δεν τον δεχτούμε ως μέλος της ομάδας;"

"Ο Τσαρλς έχει δίκιο", είπε ο E-Z. "Είμαι προετοιμασμένος να το χρησιμοποιήσω αυτό ως δοκιμασία με τον Φρανσουά. Αν δεν μας πει αυτά που ξέρει, τότε ίσως δεν είναι γραφτό να γίνει ένας από εμάς".

"Κι αν είναι πολύ καλός ψεύτης;" ρώτησε η Μπράντι. "Και μερικοί άνθρωποι είναι εξαιρετικοί ψεύτες".

Η Λία είπε: "Γιατί δεν κάνουμε μια κλήση Ζουμ; Να συνομιλήσουμε όλοι μαζί του, να δούμε τι είναι και μετά να ψηφίσουμε; Εγώ είμαι ήδη προετοιμασμένη να ψηφίσω ναι".

"Όχι", είπε ο E-Z. "Δεν θέλω να μάθει για τον Τσαρλς, τον Χαρούτο, τον Λάτσι ή τον Μπράντι. Το μόνο που ξέρει αυτή τη στιγμή είναι ό,τι μπορεί να βρει στο διαδίκτυο".

"Κι όμως", παρενέβη η Σαμ, "η Πόπετ μπόρεσε να πεταχτεί στο σπίτι μας".

"Ναι, υπάρχει και αυτό", είπε ο E-Z.

"Επιπλέον, έσωσε τη Μικρή Ντόριτ κι εμένα - άρα ξέρει γι' αυτήν".

"Αισθάνομαι σαν να κάνουμε κύκλους και κύκλους", είπε ο Άλφρεντ. "Εν τω μεταξύ, πεθαίνουν κι άλλα παιδιά και μπαίνουν σε Ψυχοπαγίδες που ανήκουν σε άλλους που έχουν πεθάνει", είπε ο Άλφρεντ. "Ήλπιζα τόσο πολύ ότι θα είχαμε προχωρήσει περισσότερο, αφού αποκρυπτογράφησα τις πληροφορίες του βιβλίου".

"Περιμένετε ένα λεπτό", είπε ο E-Z. "Είδε κανείς τον Χαντζ και τον Ρέικι σήμερα;"

Κανείς δεν είχε δει.

Το τηλέφωνο του E-Z χτύπησε. Ήρθε ένα μακροσκελές μήνυμα από τον Πι Τζέι και τον Άρντεν:

"Μη μας ρωτήσετε πώς, αλλά ξέρουμε ότι οι Furies έρχονται προς το μέρος σας. Και ναι, έχουμε σχέδιο. Πρέπει να ξέρουμε αμέσως μόλις τους δείτε. Στείλτε μας ένα μήνυμα - και στον Χαρούτο".

Ο E-Z απάντησε. "Τι????"

"Εμπιστευτείτε μας", έστειλε μήνυμα ο Πι Τζέι.

Και οι δύο αντάλλαξαν emojis με αντίχειρες προς τα πάνω, και μετά εξήγησε την κατάσταση στον Χαρούτο και τους άλλους.

Γνωρίζοντας ότι οι Furies ήταν έτοιμοι να ξεκινήσουν τη μάχη τώρα, στην περιοχή του εχθρού τους και χωρίς τον αρχηγό τους Eriel, ο E-Z ένιωθε άγχος. Είχαν χάσει όμως το στοιχείο του αιφνιδιασμού, χάρη στον Πι Τζέι και τον Άρντεν.

Το να κάθονται και να περιμένουν να φτάσουν δεν ήταν και η καλύτερη στρατηγική.

Αλλά τώρα είχαν το πλεονέκτημα. Το μόνο που είχαν να κάνουν ήταν να κάθονται και να περιμένουν - και να ελπίζουν.

ΚΕΦΑΛΑΙΟ 26

ΑΠΡΌΣΜΕΝΟΙ ΕΠΙΣΚΈΠΤΕΣ

Όλοι έκαναν τις δουλειές τους, προσπαθώντας να απασχοληθούν όσο περίμεναν. Τότε, ακόμα και μέσα από τους τοίχους από τούβλα, μια αναπόφευκτη δυσοσμία ξεχύθηκε.

"Τι είναι αυτό;" φώναξε η Λία, κρατώντας τη μύτη της κλειστή με τα δάχτυλά της. "Το μυρίζω ακόμα!"

Η Μπράντι έκανε το ίδιο με το δεξί και με το αριστερό της, ψέκασε αποσμητικό χώρου στο δωμάτιο, το οποίο αντί να μειώνει τη δύναμη της δυσοσμίας φαινόταν να κάνει τον αέρα πιο πυκνό και να την ενισχύει.

"Πάμε έξω!" Είπε ο Λάτσι. "Ίσως είναι καλύτερα εκεί έξω;" Άνοιξε την πόρτα, παρόλο που η λογική του έλεγε ότι αν η μυρωδιά ήταν άσχημη μέσα έπρεπε να είναι χειρότερη έξω. Στην αρχή, οι αισθήσεις του ξεγελάστηκαν και δεν μύρισε τίποτα.

Μήπως το είχε συνηθίσει; Μήπως οι Ερινύες είχαν βρωμοβομβαρδίσει το εσωτερικό του σπιτιού;

Τότε εντόπισε τη Μικρή Ντόριτ και το Μωρό, που έκαναν κύκλους από πάνω. "Δεν είναι καλύτερα εδώ πάνω!" Είπε η Μπέιμπι.

"Δεν έχει σημασία πώς θα πάμε!" πρόσθεσε η Μικρή Ντόριτ.

Τότε τον χτύπησε ξανά, η βρώμα σαν χαστούκι στο πρόσωπο και για μια στιγμή έχασε την ισορροπία του. Εντόπισε το σκοινί για τα ρούχα και τα μανταλάκια και έτρεξε προς το μέρος τους. Έσφιξε το ένα στη μύτη του και ιδού, δεν μπορούσε να μυρίσει τίποτα. Χαιρέτησε τη Μικρή Ντόριτ και το Μωρό να κατέβουν και όταν το έκαναν, έβαλε τα απαραίτητα μανταλάκια (οι μύτες τους χρειάζονταν αρκετά) μέχρι που και εκείνοι δεν μπορούσαν πια να μυρίσουν την άσχημη μυρωδιά.

"Ευχαριστώ", είπαν η Μικρή Ντόριτ και η Μπέιμπι, καθώς σηκώθηκαν από το έδαφος. "Θα έχουμε το νου μας".

Ο Λάτσι τους έδωσε ένα μπράβο, και μετά παρατήρησε ότι μια μικρή φασαρία που γινόταν στο μονοπάτι προς το φράχτη ήταν πίσω στον κήπο. Μια ομάδα πλασμάτων σχημάτισε έναν κύκλο, σαν να είχαν συνάντηση. Πήρε τον δρόμο προς το μέρος του, καθώς μια κουκουβάγια σηκώθηκε από ένα κλαδί και προσγειώθηκε στον ώμο του.

"Ε, γεια σας", είπε, κοιτάζοντας στα μάτια την κουκουβάγια. "Έχουμε ξανασυναντηθεί;" Η κουκουβάγια έγνεψε και τότε αναγνώρισε ποια ήταν. Ήταν η Σόμπο. "Όταν είπες ότι η υπερδύναμη σου είναι η μεταμόρφωση, δεν σε είχα σκεφτεί έτσι!"

"Ο Χαρούτο δεν το ξέρει", είπε. "Τουλάχιστον δεν νομίζω ότι με θυμάται - ακόμα". Πέταξε πίσω στην ομάδα των πλασμάτων: "Ελάτε μαζί μας", είπε.

Ο Λάτσι περπάτησε ανάμεσά τους και συστήθηκε ένα προς ένα σε ένα ελάφι που το έλεγαν Όμποε, σε ένα ρακούν που το έλεγαν Τσάρλι, σε μια αλεπού που το έλεγαν Λουίζ, σε ένα πουλί (Blue Jay) που το έλεγαν Λένι και σε ένα δεύτερο πουλί (Cardinal) που το έλεγαν Πέρσι.

"Ήρθαμε, για να βοηθήσουμε", είπε ο Όμποε, το ελάφι, "αλλά φοβόμαστε πολύ τις Ερινύες".

"Αφήστε με να τους επιτεθώ!" αναφώνησε ο Τσάρλι το ρακούν. "Θα τους βγάλω τα μάτια."

"Κι εγώ θα τους ξεριζώσω το λαιμό!" φώναξε η αλεπού.

"Ουάου! Περιμένετε ένα λεπτό!" Είπε ο Λάτσι. "Δεν είναι δική σου μάχη. Αν και εκτιμώ το γραφείο σου για να βοηθήσεις, γιατί δεν μας δίνεις μια ευκαιρία πρώτα; Αν χρειαστούμε τη βοήθειά σου, θα σφυρίξω και θα μπορέσεις να μπεις μέσα τότε;"

"Έχει δίκιο", είπε ο Σόμπο. "Αν και δεν εννοεί εμένα". Κοίταξε τον Λάτσι, για να βεβαιωθεί ότι οι υποθέσεις της είχαν διορθωθεί, και απάντησε με ένα νεύμα. "Πρέπει να προστατεύσω τον εγγονό μου και τους άλλους".

Ο Λένι και ο Πέρσι, τα άλλα δύο πουλιά, τιτίβισαν μεταξύ τους.

Ο Σόμπο που ήταν ήρεμος, τώρα άρχισε να φτερουγίζει με τον πιο ακανόνιστο τρόπο επαναλαμβάνοντας: "Έρχονται άσχημα πράγματα! Έρχονται τρομερά πράγματα! Έρχονται τρομερά πράγματα!"

"Σσσ, Σόμπο", είπε ο Λάτσι, προσπαθώντας να την ηρεμήσει. "Είμαστε έτοιμοι και δεν ξέρουν ότι ξέρουμε ότι έρχονται".

...ΧΤΎΠΗΜΑ ΧΤΎΠΗΜΑ ΧΤΎΠΗΜΑ ΧΤΎΠΗΜΑ ΧΤΎΠΗΜΑ ΧΤΎΠΗΜΑ

THUMP THUMP THUMP THUMP THUMPING

THUMP THUMP THUMP THUMP THUMPING

Ήταν ο ήχος που έκανε το έδαφος κάτω από τα πόδια τους, παλλόμενος σαν καρδιά που προσπαθεί να ξεσπάσει από το στήθος.

Το χτύπημα ακολουθήθηκε από τυμπανοκρουσίες.

Στη συνέχεια χτύπημα.

"Οι Ερινύες έρχονται!

Οι Ερινύες έρχονται!

Οι Ερινύες έρχονται!"

Ενώ ο ουρανός από πάνω τους αναδευόταν

και γύριζαν.

Και καίγονταν.

Από ένα λαμπερό μπλε σε ένα αιματηρό πορτοκαλί κόκκινο.

Οι γείτονες σκαρφάλωσαν έξω, όπως κάνουν οι γείτονες - για να δουν τι ήταν αυτή η δύσοσμη μυρωδιά. Κάποιοι θορυβώδεις παρκαδόροι λιποθύμησαν όταν οι αισθήσεις τους κατακλύστηκαν και κάποιοι έφεραν ποπ κορν στη βεράντα για να φάνε και να παρακολουθήσουν.

Δεν είχαν ιδέα τι είδους κίνδυνος ερχόταν προς το μέρος τους.

Και όμως υπήρχαν ενδείξεις.

Οι θορυβώδεις ψίθυροι.

Το χτύπημα χτύπημα χτύπημα χτύπημα χτύπημα χτύπημα.

Παρόλα αυτά, πολλοί δεν αποσύρθηκαν μέσα στα σπίτια τους.

Αντιθέτως, έτρωγαν τα ποπ κορν τους και έπιναν τα αναψυκτικά τους, περιμένοντας.

GAPING

Χωρίς ESCAPING.

Ενώ το ίδιο το έδαφος κάτω από τα πόδια τους

ΧΤΎΠΗΜΑ   ΧΤΎΠΗΜΑ   ΧΤΎΠΗΜΑ   ΧΤΎΠΗΜΑ ΧΤΎΠΗΜΑ

THUMP THUMP THUMP THUMP THUMPING

THUMP THUMP THUMP THUMP THUMPING

Τότε   το   χτύπημα   ακολουθήθηκε   από τυμπανοκρουσίες.

Στη συνέχεια χτύπημα.

"Οι Ερινύες έρχονται! Οι Ερινύες έρχονται! Οι Ερινύες έρχονται!"

****

"Πάμε έξω!" αναφώνησε ο E-Z. "Και να τους αντιμετωπίσουμε κατά μέτωπο!" Άνοιξε διάπλατα την μπροστινή πόρτα, ώστε να χτυπήσει στον τοίχο.

Η Μπράντι, η Λία, ο Χαρούτο, ο Τσαρλς και ο Άλφρεντ ήταν πίσω του, έτοιμοι να αναλάβουν δράση τη στιγμή που θα έπαιρναν εντολή.

Έριξε μια ματιά πάνω από τον ώμο του, για να δει τον Σαμ και τη Σαμάνθα να βγαίνουν έξω: "Όχι εσύ", είπε. "Τα μωρά σας χρειάζονται μέσα. Αφήστε το σε εμάς".

Ο Σαμ και η Σαμάνθα υποχώρησαν.

Τώρα οι τέσσερις στρατιώτες βρίσκονταν δίπλα-δίπλα στο μπροστινό γκαζόν και περίμεναν. Σε έναν ξένο μπορεί να έμοιαζαν με μια ομάδα παιδιών που περίμεναν το σχολικό λεωφορείο να φτάσει μια κανονική σχολική μέρα. Αλλά αυτή δεν ήταν μια κανονική μέρα. Ήταν ο Αρμαγεδδών.

Τα χέρια της Λία έτρεμαν και έτρεμαν καθώς έψαχνε το μυαλό της, άνοιγε στο μυαλό της, ελπίζοντας να αποκρυπτογραφήσει ότι οι υπερδυνάμεις της θα της επέτρεπαν να έχει πρόσβαση στο μυαλό των Φουριών. Ότι θα μπορούσε να βάλει τον εαυτό της εκεί έξω και να βρει τυχόν στοιχεία, τυχόν πληροφορίες για να βοηθήσει την ομάδα της - αλλά το μυαλό της παρέμενε κενό.

Ο Άλφρεντ είπε: "Θα πετάξω στην οροφή. Να δω τι μπορώ να δω".

Ο E-Z έγνεψε. "Να προσέχεις. Α, και δες αν μπορείς να βρεις τον Λάτσι και τον Σόμπο". Είχε ήδη εντοπίσει τον μονόκερο και τον δράκο να πετούν ψηλά από πάνω τους. Τους έδειξε τους αντίχειρες προς τα πάνω.

Ένα δυνατό σφύριγμα, και ο Μπέιμπι βούτηξε κάτω, ο Λάτσι πήδηξε στην πλάτη του και μαζί συνάντησαν τον Άλφρεντ στην οροφή. Μια κουκουβάγια προσγειώθηκε δίπλα τους.

"Αυτός είναι ο Σόμπο", είπε ο Λάτσι.

"Βλέπεις τίποτα;" Ο E-Z ρώτησε.

Ο Άλφρεντ χτύπησε τα φτερά του: "Έρχεται προς το μέρος μας ένα γιγάντιο ράφι στο μέγεθος παγόβουνου, αλλά κινείται γρήγορα".

Ο E-Z προσπάθησε να το φανταστεί στο μυαλό του, αλλά δεν μπορούσε, γιατί πώς στο διάολο θα μπορούσε αυτός και η ομάδα του να σταματήσουν ένα τέτοιο πράγμα; Πώς;

"Κινείται προς το μέρος μας σαν τσουνάμι", είπε ο Άλφρεντ.

"Αλλά δεν είναι φτιαγμένο από νερό", είπε ο Λάτσι. "Μοιάζει σαν να είναι φτιαγμένο από άμμο. Ένα κύμα άμμου. Μεταφέροντας τρεις γυναίκες ντυμένες στα μαύρα".

Ένα κύμα άμμου, ναι, τώρα μπορούσε να το φανταστεί. "ETA; Εννοώ εκτιμώμενη ώρα άφιξης;" ρώτησε ο E-Z.

"Δύσκολο να πω", είπε ο Άλφρεντ. "Λεπτά..."

Όλη την ώρα κάτω από τα πόδια τους το έδαφος συνέχιζε να τυμπανίζει.

Και να χτυπάει.

"Οι Ερινύες έρχονται! Οι Ερινύες έρχονται! Οι Ερινύες έρχονται!"

$$***$$

"**M**πες μέσα!" φώναξε ο E-Z στους περίεργους γείτονες. "Κλείστε τις πόρτες, κλειδώστε τις. Και κάποιος να βάλει μια ανακοίνωση στα μέσα κοινωνικής δικτύωσης. Πείτε σε όλους να παραμείνουν στα σπίτια τους. Πείτε τους να μην ξαναβγούν έξω μέχρι να πάρουν το πράσινο φως από εμένα! Τώρα φύγετε!"

SLAM.

SLAM.

Πάνω από τον ώμο του, ο Άλφρεντ, μια κουκουβάγια, ο Λάτσι και ο Μπέιμπι κοιτούσαν έξω, παρακολουθώντας καθώς το κύμα έκλεινε την απόσταση ανάμεσα στις Φούριες και την ομάδα του, ενώ η Μικρή Ντόριτ παρακολουθούσε από ψηλά.

Ήταν πολύ αργά για να καταστρώσει κάποιο σχέδιο. Πολύ αργά για να κάνουν οτιδήποτε άλλο εκτός από το να ελπίζουν ότι ήταν έτοιμοι, καθώς ο άνεμος τους μαστίγωνε και τους έσπρωχνε και η γη χτυπούσε συγχρονισμένα με τους χτύπους της καρδιάς τους.

ΚΡΑΧ.

Πίσω του, η μπροστινή πόρτα έσπασε και πετάχτηκε από τους μεντεσέδες της. Αναπήδησε και κροτάλισε κατά μήκος του δρόμου, πριν τελικά μείνει ακίνητη.

Ο Σαμ βγήκε έξω. Ο E-Z γύρισε την καρέκλα του προς το μέρος του, χωρίς να πιστεύει στα μάτια του.

Ο Σαμ είχε συναρμολογήσει μια στολή ή μια ποικιλία στολών, δημιουργώντας έναν δικό του χαρακτήρα υπερήρωα. Στο κεφάλι του, υπήρχε ένα ιπποτικό κράνος με τη μάσκα αναποδογυρισμένη. Καθώς κινούνταν προς τα εμπρός, κατέβαινε και έπρεπε να το ξανακλικάρει στη θέση του. Είχε βάλει μαύρα μάτια - όπως φοράνε οι παίκτες του μπέιζμπολ για να εξαλείψουν την αντανάκλαση κάτω από τα μάτια του. Το στήθος του ήταν φουσκωμένο, σαν να φορούσε αλεξίσφαιρο γιλέκο κάτω από το πουκάμισό του, και πίσω του ακολουθούσε μια μακριά μαύρη κάπα. Στο κάτω μέρος του φορούσε μαύρο τζιν και το αγαπημένο του ζευγάρι αθλητικά παπούτσια για τρέξιμο.

Η ομάδα των υπερηρώων προσπάθησε να μην γελάσει καθώς περνούσε δίπλα τους και παρατήρησαν ότι το όνομα του υπερήρωα - SAM THE MAN - ήταν ραμμένο στο ύφασμα στους ώμους του.

Η Μικρή Ντόριτ βούτηξε κάτω και πέταξε την Μπράντι στην πλάτη της. Στη συνέχεια, ο Λάτσι πήδηξε στην πλάτη της Μπέιμπι και απογειώθηκε. Έριξε μια ματιά στην οροφή. Η Μικρή Ντόριτ δεν ήταν πια εκεί. Ο Άλφρεντ και η κουκουβάγια σηκώθηκαν από την οροφή. Όλοι προσγειώθηκαν δίπλα στον E-Z και τους άλλους.

"Όλοι για έναν!" είπαν. "Και ένας για όλους!"

"Μα πού είναι ο Σόμπο μου;" ρώτησε ο Χαρούτο.

Η Σόμπο πέταξε στον ώμο του και αμέσως κατάλαβε ότι ήταν αυτή. Τότε μεταμορφώθηκε στην ανθρώπινη μορφή της.

Η ομάδα των παιδιών είχε δει τον Σαμ τον θείο να μεταμορφώνεται σε Σαμ τον άνθρωπο και τη Σόμπο να μεταμορφώνεται από κουκουβάγια σε γιαγιά, αλλά κανένας τους δεν ενοχλήθηκε από αυτό.

Γιατί κάτω από τα πόδια τους το έδαφος συνέχισε να ΔΡΟΜΙΖΕΙ.

Και ΘΡΥΜΟΥΝ.

Αλλά οι λέξεις είχαν αλλάξει.

"Οι Ερινύες είναι σχεδόν εδώ.

Οι Ερινύες είναι σχεδόν εδώ.

Οι Ερινύες είναι σχεδόν εδώ."

‹***›

Ο E-Z και η ομάδα του παρακολουθούσαν, καθώς το γιγάντιο κύμα άμμου, που έμοιαζε με υπερωκεάνιο που έμπαινε σε λιμάνι, παρασύρθηκε. Όμως αυτό το πράγμα διέσχισε τους δρόμους, ισοπεδώνοντας σπίτια, δέντρα και κάθε ζωντανό πλάσμα στο πέρασμά του. Και δεν έκοβε ταχύτητα.

Δεν υπήρχε αρκετός χρόνος για να απογειωθούν, εξάλλου, είχαν ζαλιστεί από το τεράστιο μέγεθος του πράγματος. Όντως σταμάτησε, και οι Ερινύες βασίλεψαν πάνω τους, με τις φωνές τους να ουρλιάζουν από γέλιο καθώς έριχναν τα μάτια τους στους εχθρούς τους για πρώτη φορά.

"Είναι καν αληθινοί;" ρώτησε ο Tisi. "Μοιάζουν με μικροσκοπικές κούκλες που περιμένουν να τις πατήσουν".

"Βλέπω ότι έχουν έναν δράκο και έναν μονόκερο. Και έναν κύκνο. Ω, Θεέ μου!" Ο Αλί ούρλιαξε.

"Θυμήσου γιατί είμαστε εδώ", είπε η Μεγκ. "Τώρα εσείς οι δύο να είστε φρόνιμες, ενώ εγώ θα πάω κάτω και θα κάνω μια συζήτηση με τον αρχηγό. Πώς είπαμε ότι τον έλεγαν;"

"Ε-Ζεντ", φώναξε ο Τίσι.

"Ε-Ζεντ", φώναξε ο Αλί.

Μαζί είπαν το όνομα E-ZED, E-ZED, E-ZED, E-ZED".

"Σε φωνάζουν Ε-Ζ", είπε η Μπράντι, καθώς έδινε κλωτσιές.

"Όχι!" Ο E-Z φώναξε. "Περιμένετε την εντολή μου!" Αλλά ήταν πολύ αργά, η Μικρή Ντόριτ και η Μπράντι είχαν ήδη πετάξει, αλλά δεν πήγαν μακριά, βρίσκοντας ένα σημείο στην ταράτσα.

Ο E-Z και η υπόλοιπη ομάδα κράτησαν τη θέση τους.

"Τι περιμένουν;" ρώτησε ο Σαμ.

Ο Τσαρλς είπε: "Ελπίζουν ότι η δυσωδία τους θα κάνει τη δουλειά γι' αυτούς. Χαμογέλασε και όλοι γέλασαν. Όλοι εκτός από τη Σόμπο, η οποία μεταμορφώθηκε ξανά στην κατάσταση της κουκουβάγιας και πέταξε στην οροφή μαζί με τη Μπράντι και τη Μικρή Ντόριτ.

Οι Furies, που είχαν εξαιρετική ακοή και που είχαν ένα σχέδιο και σκόπευαν να το ακολουθήσουν, δεν χάρηκαν που έγιναν στόχος των αστείων των παιδιών των υπερηρώων και ένας ένας πήραν αέρα. Καθώς πλησίαζαν, η δυσοσμία αυξανόταν καθώς οι μαύρες ρόμπες τους φτερούγιζαν στο αεράκι.

"Πιάσε!" φώναξε ο Λάτσι, πετώντας μανταλάκια με ρούχα σε κάθε μέλος της ομάδας.

Οι όχι πια και τόσο βρωμερές μάγισσες πέταξαν πιο κοντά, ώστε τα παιδιά από κάτω να τις δουν με μεγαλύτερη λεπτομέρεια. Από κοντά ήταν μεγαλύτερες από τη ζωή, κυριολεκτικά, λόγω των φιδιών που γλιστρούσαν και γλίστραγαν σε όλα αυτά τα σώματα. Τα φίδια που έφτυναν με διχαλωτή γλώσσα συνοδεύονταν από τον ήχο των μαστιγίων που έσκαγαν σε μια εξαιρετική επίδειξη ψυχολογικού πολέμου.

Ήταν η Μεγκ, σύμφωνα με το αρχικό σχέδιο που έσπασε τον πάγο, φωνάζοντας: "Πού είναι η Έριελ; Ξέρουμε ότι τον έχετε! Δώστε τον σε μας, ΤΩΡΑ".

Ο υψηλός ήχος της φωνής της που ούρλιαζε έκανε τα παιδιά να καλύψουν τα αυτιά τους, καθώς αντικείμενα από γυαλί, όπως φανάρια του δρόμου, φώτα βεράντας, παράθυρα, ακόμα και γυαλιά σε ντουλάπια, έσπασαν για χιλιόμετρα και χιλιόμετρα.

Όταν βεβαιώθηκε ότι η Μεγκ δεν μιλούσε πια (αφού το στόμα της ήταν κλειστό), ο E-Z απάντησε: "Εκεί φυλάσσονται οι προδότες. Οπότε τώρα μπορείτε να συρθείτε πίσω σε όποια τρύπα κι αν συρθήκατε οι τρεις σας!". Και όταν τελείωσε την ομιλία του, το δικό του σηκώθηκε από το έδαφος, ακολουθούμενο από τον Άλφρεντ, τον Σόμπο, τη Μικρή Ντόριτ με το Μπράντι Μπέιμπι με τον Λάτσι στο αεροπλάνο.

"Αυτή είναι η περιοχή μας. Αυτοί είναι οι άνθρωποί μας - και δεν έχετε καμία δουλειά εδώ. Στην πραγματικότητα, δεν έχετε καμία δουλειά εδώ στη γη. Ποτέ δεν είχατε. Δεν ανήκετε εδώ", είπε ο E-Z. "

Και έχουμε κουραστεί από τη χειραγώγησή σας. Έχετε παίξει πολύ καλά τα χαρτιά σας. Έχετε κάνει κατάχρηση των δυνάμεών σας. Είσαι κατάπτυστος. Και θα σε κάνουμε να λογοδοτήσεις γι' αυτό".

"Τι θα μας κάνει ένα μικρό αγόρι σαν εσένα;" Ο Τίσι που είχε μετακομίσει δίπλα στη Μεγκ φώναξε: "Να μας πατήσει;"

Το τσιριχτό γέλιο της γέμισε τον αέρα, κάνοντας το έδαφος κάτω από τα πόδια της υπόλοιπης ομάδας να ανοίξει σε κενά. Η Λία, ο Χαρούτο, ο Τσαρλς και ο Σαμ στριμώχτηκαν ανάμεσα στα κενά για ασφάλεια.

Η Μεγκ συμμετείχε στη διασκέδαση με τα ονόματα: "Μήπως ο κύκνος θα μας γαργαλίσει μέχρι θανάτου; Φυσικά, μπορούμε να τον μαδήσουμε - και να τον φάμε για μεσημεριανό!"

Τα μη ιπτάμενα μέλη της ομάδας αγκαλιάστηκαν ακόμη πιο σφιχτά. Ο Χαρούτο, ο οποίος θα μπορούσε να είχε περιστραφεί, ήταν πολύ φοβισμένος για να κουνηθεί. Κρατήθηκε μακριά από τα ανοιχτά κενά στη γη που απειλούσαν να τους καταπιούν.

"Κι εσύ κοριτσάκι", είπε η Άλι στη Λία. "Προσπαθήσαμε να σε λιώσουμε στον ήλιο. Εκείνη τη φορά ξέφυγες. Αλλά τι θα μας κάνεις τώρα; Θα μας κοιτάζεις με τα χέρια σου και θα μας μεταμορφώσεις σε αγάλματα;"

Οι Ερινύες' ούρλιαξαν πάλι από τα γέλια, ενώ η γη από κάτω τους συρρικνώθηκε, σαν να προσπαθούσε να γεννήσει κάτι.

"Βαρέθηκα τώρα", είπε η Μεγκ.

Οι άλλες δύο αδελφές ήταν ασυνήθιστα ήσυχες, σαν να μην ήξεραν ποια θα έπρεπε να είναι η επόμενη κίνησή τους.

"Η Μεγκ πέταξε λίγο πιο κοντά στην E-Z, με τα χέρια στους γοφούς της: "Χάνουμε τον χρόνο μας εδώ! Δεν ήρθαμε να σας πολεμήσουμε σήμερα. Όχι χωρίς τον αρχηγό μας. Το μόνο που θέλουμε να μάθουμε είναι, πού βρίσκεται; Αφήστε τον να φύγει. Αφήστε τον να φύγει - τώρα. Και θα κρατήσουμε τη μάχη για μια άλλη μέρα".

"Θα σου άρεσε αυτό, έτσι δεν είναι;" φώναξε ο Άλφρεντ.

Κάτι που έστειλε την Άλι σε αναστάτωση.

"Έλα σε μένα, μικρέ μου swanny swanny. Το καζάνι σε περιμένει - φτερωτό φρικιό!"

"Είναι κύκνος, όχι χήνα, ηλίθιε!" είπε η Μπράντι, καθώς κατεύθυνε τη Μικρή Ντόριτ προς το μέρος της.

Ο E-Z χαρούμενος για την απόσπαση της προσοχής έλαβε ένα μήνυμα από τον PJ και τον Άρντεν, και έδωσε στον Χαρούτο το σήμα με τους αντίχειρες προς τα πάνω.

Ο Χαρούτο έγινε αόρατος και έτρεξε πιο γρήγορα από γρήγορα προς το νοσοκομείο όπου συναντήθηκε με τον PJ και τον Arden που ήταν ήδη μέσα στο παιχνίδι και περίμεναν. Τώρα ο καθένας τους έκανε από έναν φόνο. Όταν έφτασε ο Χαρούτο, έκαναν άλλους δύο σκοτωμούς.

Η απληστία των Furies για περισσότερες παιδικές ψυχές, έστειλε την ουσία τους μέσα στο παιχνίδι.

"Σας πιάσαμε!" φώναξαν οι τρεις θεές.

"Τώρα!" φώναξε ο PJ, καθώς ο Arden πάτησε SAVE στο USB, και όταν αποθηκεύτηκε, πάτησε EJECT. Έκλεισε το USB με κολλητική ταινία και μετά το έβαλε σε μια αεροστεγή σακούλα.

"Πήγαινε αυτό στο E-Z!" είπε ο Άρντεν.

Ο Χαρούτο έφτασε στο έδαφος, έκανε σήμα στη γιαγιά του, η οποία άρπαξε το USB στο ράμφος της και το πήγε στον E-Z.

Ο PJ έστειλε μήνυμα. "Οι εσάνς των Furies είναι στο USB".

Ο E-Z τοποθέτησε το USB με ασφάλεια στην τσέπη του τζιν του, και την επόμενη φορά που κοίταξε τις Φούριες, η εικόνα στα γυαλιά του Ραφαήλ είχε αλλάξει. Τα σώματα των τριών αδελφών ξεθώριαζαν, αλλά τα φίδια δεν ξεθώριαζαν. Τότε ήταν που συνειδητοποίησε ποια ήταν η αχίλλειος πτέρνα τους. "Τα φίδια τις κρατούν ζωντανές!" φώναξε. "Πρέπει να εξουδετερώσουμε τα φίδια".

Η Μπράντι ήταν ήδη αρκετά κοντά για να χτυπήσει την Άλι. Δυστυχώς, ήταν επίσης αρκετά κοντά ώστε το φίδι της Άλι να τη δαγκώσει - όπως και έγινε. Έπεσε κάτω, και η Μικρή Ντόριτ έφυγε, αλλά ήταν πολύ αργά, η Μπράντι ήταν ήδη νεκρή.

"Πάρτε την από εδώ!" φώναξε ο E-Z και η Μικρή Ντόριτ έφυγε στον ουρανό κλαίγοντας με λυγμούς.

"Θα γίνει καλά", είπε ο E-Z.

"Δεν το νομίζω", γέλασε η Άλι. "Τα φίδια μας δεν είναι από αυτόν τον κόσμο. Αν σε δαγκώσει ένα από αυτά, όποιες δυνάμεις κι αν έχεις, δεν θα δουλέψουν. Αλλά θα μείνουμε εδώ γύρω και θα περιμένουμε, αν το θέλετε; Μετά, όταν δεν επιστρέψει - θα τινάξουμε την υπόλοιπη ομάδα σας στον αέρα!"

"Σκύλες!" αναφώνησε ο Ε-Ζ.

Ο Sobo ανέλαβε δράση, επιτέθηκε και έβγαλε ένα-ένα τα μάτια του φιδιού και τα έριξε στο έδαφος. Όταν τελείωσε με την Άλι, πήγε στη Μεγκ και μετά στου Τίσι. Όταν τελείωσε το έργο της, η γιαγιά ήταν πολύ εξαντλημένη για να κάνει οτιδήποτε άλλο από το να προσγειωθεί δίπλα στον εγγονό της και να επιστρέψει στην ανθρώπινη μορφή της.

"Μα Σόμπο", είπε ο Χαρούτο, "θέλω κι εγώ να πολεμήσω".

"Ας κάνουν αυτοί τα υπόλοιπα", είπε εκείνη. "Είμαι πολύ κουρασμένη για να σε κουβαλήσω".

Η Σόμπο, και ο Χαρούτο παρακολούθησαν την υπόλοιπη ομάδα να αποτελειώνει τα φίδια.

Οι Φούριες άνοιξαν το στόμα τους και το έκλεισαν ξανά, αλλά κανένας ήχος δεν έβγαινε από μέσα τους. Εκτός από το ότι ήταν άφωνες και ξεθωριασμένες, τα σώματά τους προσπαθούσαν να παραμείνουν στην επιφάνεια, ενώ το αίμα στις φλέβες τους έσταζε-σταγόναζε προς τα κάτω.

Η αναπηρική καρέκλα του Ε-Ζ κινούνταν από κάτω τους, πιάνοντας τα σταγονίδια και αναμειγνύοντας το αίμα των Furies με τα άλλα δείγματα που είχε συλλέξει.

"Είναι νεκροί", επιβεβαίωσε ο E-Z, καθώς οι άδειες ρόμπες των Furies αιωρούνταν σαν μαύρα φαντάσματα προς το έδαφος.

Αλλά δεν είχε τελειώσει ακόμα.

✳✳✳

Πίσω από την E-Z το κύμα της άμμου σήκωσε το κεφάλι του και βλέποντας τα διάτρητα μάτια γύρω της - τα μάτια όλων των παιδιών της - αυτή η μητέρα όλων των φιδιών ζωντάνεψε αργά.

Ο Σαμ, που εντόπισε πρώτος την κίνηση, φώναξε: "Πρόσεχε E-Z!" και όταν δεν ακούστηκαν οι φωνές του, η Λία, ο Τσαρλς, ο Χαρούτο και ο Σόμπο προσχώρησαν όλοι μαζί.

Η Λάτσι άκουσε τις κραυγές τους και είδε το φίδι όπως άκουσε να γλιστράει προς τον E-Z. Κοίταξε στα μάτια του φιδιού και είπε: "ΟΧΙ!".

Για ένα ή δύο δευτερόλεπτα το μητρικό φίδι σταμάτησε να κινείται, και φαινόταν σαν να άκουσε και να κατάλαβε την εντολή του Lachie, και τότε εντόπισε ένα τρεμόπαιγμα στο μάτι της. "Σκύψε E-Z!" φώναξε, καθώς ο Μπέιμπι άνοιξε το στόμα του και πυροβόλησε προς την κατεύθυνση του E-Z και της μητέρας φιδιού.

Τα μαλλιά του E-Z πήραν φωτιά και τα χτύπησε, και μετά η καρέκλα του έπεσε στο έδαφος.

Ο Μπέιμπι συνέχισε να εκτοξεύει φωτιά προς το γιγάντιο μητρικό φίδι, μέχρι που αυτό κάηκε ολοσχερώς. Αντί για τη δυσωδία που δημιουργούσαν οι Ερινύες, ο αέρας γέμισε τώρα με μια τροφική μυρωδιά κοτόπουλου, όπως θα έβρισκε κανείς σε οποιοδήποτε μπάρμπεκιου της αυλής.

"Χμ, ευχαριστώ Μωρό και όλους", είπε ο E-Z, καθώς περνούσε τα δάχτυλά του από τη μέση των μαλλιών του. Είχε βγάλει το μέρος που έμοιαζε με τρίχες.

"Θα ξαναβγούν", είπε ο Σαμ, καθώς το έδαφος κάτω από τα πόδια τους άρχισε και πάλι να

THRUM

ΚΑΙ ΝΤΡΟΠΗ

Η αναπηρική καρέκλα του E-Z σηκώθηκε από μόνη της από το έδαφος και άρχισε να ρίχνει σταγόνες αίματος μέσα στους κρατήρες που είχαν ανοίξει στο έδαφος.

"Τι συμβαίνει;" ρώτησε ο Άλφρεντ.

Κάτω από αυτόν, η αναπηρική του καρέκλα συνέχισε να αιμορραγεί καθώς τον εκτόξευε από μέρος σε μέρος. "Μια σταγονίτσα εδώ και μια σταγονίτσα εκεί", απαγγέλλει στο μυαλό του. Στο έδαφος, η ομάδα του έλεγε τα ίδια λόγια που γυρνούσαν στο μυαλό του, "Μια μικρή σταγόνα εδώ και μια μικρή σταγόνα εκεί", και μετά μαζί τελείωσαν το ποίημα, "μια μικρή σταγόνα, παντού", και μετά άρχισαν πάλι από την αρχή. Κούνησε το κεφάλι του... διάβαζαν όλοι το μυαλό του;

Κάτω από τα πόδια τους, η γη συνέχιζε.

DRUMMING

ΘΡΥΜΒΟΣ.

ΣΥΓΚΡΟΥΣΗ.

ΣΥΓΚΡΟΥΣΗ.

Η Λία ανασηκώθηκε από το έδαφος, ανοίγοντας τα χέρια της όσο πιο πλατιά μπορούσαν, με το κεφάλι της πεσμένο προς τα πίσω και τα μάτια της στραμμένα στον ουρανό. Και από πάνω της, ο ουρανός άνοιξε. Άρχισε να βρέχει, αλλά καθώς χτύπησαν στο πεζοδρόμιο οι κηλίδες ήταν κόκκινες. Ο ουρανός έκλαιγε ματωμένα δάκρυα, καθώς η Λία λικνιζόταν και στριφογύριζε στον αέρα σαν μαριονέτα χωρίς χορδές.

Οι υπόλοιποι, χωρίς να συμπεριλαμβάνονται ο Μπέιμπι και ο Λάτσι, έτρεξαν στη βεράντα για να γλιτώσουν από την αιματοβαμμένη βροχή, χωρίς να μπορούν να κάνουν τίποτα για τη Λία που εξακολουθούσε να αιωρείται και να βρίσκεται σε έκσταση.

"Εμείς θα φροντίσουμε να μην πέσει", είπε ο Ε-Ζ, "οι υπόλοιποι καλυφθείτε".

ΠΟΥΛΗΣΗ.

ΣΠΡΏΞΙΜΟ.

Τότε ακούστηκαν αστραπές.

Ακολούθησε κεραυνός.

Καθώς ο αρχάγγελος Μιχαήλ έσπασε το φράγμα και πέταξε προς τα κάτω μέχρι που βρέθηκε κοντά στον Ε-Ζ.

"Καταλαβαίνω ότι έχεις την κατάσταση υπό έλεγχο", είπε ο Μιχαήλ.

"Ναι, η ουσία των Furies βρίσκεται σε αυτό το USB".

"Πέτα το σε μένα", είπε ο Μιχαήλ.

Σαν να έριχνε μια μπάλα του μπέιζμπολ στη δεύτερη βάση, ο E-Z εκτόξευσε το USB προς την κατεύθυνση του Michael, ο οποίος άπλωσε το χέρι του, το έπιασε και το έκλεισε στον πάγο. "Εγώ ο Έριελ θα έχω παρέα", είπε ο Μάικλ. "Θα παραμείνουν όλοι στον πάγο για το υπόλοιπο της αιωνιότητας. Α, και παρεμπιπτόντως, μπράβο σε όλους!" Στη συνέχεια, όσο γρήγορα είχε έρθει, τόσο γρήγορα πέταξε μακριά.

"Και η Λία;" φώναξε ο E-Z, αλλά ο Μάικλ δεν απάντησε.

Η γη άρχισε να πάλλεται και να συστρέφεται, παρόλο που οι Ερινύες δεν βρίσκονταν πια πάνω της, και το αίμα δεν έτρεχε πια από τον ουρανό ή από την αναπηρική του καρέκλα.

Η Λία εξακολουθούσε να αιωρείται με τα μάτια της στραμμένα στον ουρανό, καθώς αυτός από ματωμένα δάκρυα γινόταν μπλε, και κάτω από τα πόδια τους οι κρατήρες της γης θεραπεύονταν με γρασίδι, δέντρα λουλούδια.

Τότε όλα ησύχασαν, καθώς η Λία, ακόμα σε έκσταση, αιωρήθηκε ξανά στο έδαφος. Πεσμένη στο έδαφος, με τα χέρια της ακόμα ανοιχτά, ένιωσε το γρασίδι στην πλάτη της και χαμογέλασε από την εξάντληση, καθώς συρρικνώθηκε σε μέγεθος και επέστρεψε στην πραγματική της ηλικία που ήταν εννιάμισι ετών.

"Είσαι καλά;" ρώτησε ο E-Z, καθώς η αλεπού, το γαλάζιο παπαγαλάκι, το ρακούν, ο καρδινάλιος και το ελάφι μαζεύτηκαν γύρω του.

Η Λία άνοιξε τα μάτια της και μπόρεσε να δει έξω από αυτά. Κοίταξε τα χέρια της και ήταν όπως ήταν παλιά.

"Είμαι καλά", είπε, καθώς ο Λάτσι τη βοήθησε να σηκωθεί.

Ο Σαμ παρατήρησε αμέσως ότι τα ρούχα της κόρης του δεν της ταίριαζαν πια. Έβγαλε την κάπα του υπερήρωα και την τύλιξε γύρω από τους ώμους της.

"Ευχαριστώ μπαμπά", είπε η Λία.

Ήταν η πρώτη φορά που τον αποκαλούσε έτσι και εκείνος δεν είχε νιώσει ποτέ τόσο περήφανος, καθώς ένα δάκρυ έτρεξε στο μάγουλό του.

***

Το γαλάζιο του ουρανού φαινόταν πιο φωτεινό, σαν τα αστέρια να ανοιγοκλείνουν τα μάτια τους παρόλο που ήταν μέρα και το γρασίδι στο έδαφος φαινόταν να χορεύει στις ακτίνες του ήλιου σαν να περιείχε διαμαντένια δροσιά.

Ούτε ο E-Z ούτε κανένα μέλος της ομάδας του δεν μπορούσε να μιλήσει. Κανείς δεν ήθελε να σπάσει τη σιωπή ή να διαταράξει την ομορφιά στην οποία ήταν μάρτυρες.

ΨΙΘΥΡΙΣΜΌΣ.

ΨΊΘΥΡΟΣ ΨΊΘΥΡΟΣ.

ΨΊΘΥΡΟΙ ΨΊΘΥΡΟΙ ΨΊΘΥΡΟΙ ΨΊΘΥΡΟΙ.

Τα φύλλα, που τα φυσούσε ο άνεμος. Κάνοντας έναν ανθρώπινο ήχο. Αλλά δεν ήταν ο άνεμος, ήταν η φωνή των παιδιών σε όλο τον κόσμο που ξαναγεννιούνται.

Εκείνα που τα είχαν πάρει οι Ερινύες, έσπρωξαν τα σώματά τους από το έδαφος και διαπίστωσαν ότι οι φωνές τους είχαν επιστρέψει.

Τα παιδιά ξαναμάθαιναν πώς να περπατούν, να τρέχουν ή να σέρνονται, και οι κραυγές τους αντηχούσαν σε όλο τον κόσμο:

"Θέλω τη μαμά μου!" φώναζαν τα αναγεννημένα αλλά χωρίς ψυχή σώματα των παιδιών.

"Θέλω τον μπαμπά μου!" φώναζαν με μια φωνή τα αναστημένα παιδιά:

"ΟΥΆ, ΟΥΆ, ΟΥΆ!"

"WAH, WAH, WAH, WAH!"

"WAH, WAH, WAH, WAH!"

Τα άψυχα παιδάκια κινήθηκαν προς τις άκρες, ταξιδεύοντας προς τα μέρη, με τις κινήσεις τους να είναι ταχύτερες από την ταχύτητα του φωτός, καθώς συνέχιζαν να κλαίνε:

"Θέλω τη μαμά μου!"

"Θέλω τον μπαμπά μου!"

"WAH, WAH, WAH, WAH!"

"WAH, WAH, WAH, WAH!"

"WAH, WAH, WAH, WAH!"

Στην Κοιλάδα του Θανάτου, όπου φυλάσσονταν και αποθηκεύονταν οι Ψυχοπαγίδες,

POP

POP

Οι πόρτες άνοιξαν, σαν χέρια, και οι ψυχές βγήκαν έξω, ψάχνοντας για τα σώματα στα οποία έπρεπε ακόμα να βρίσκονται και ακολούθησαν τις κραυγές των παιδιών.

"Θέλω τη μαμά μου!"

"Θέλω τον μπαμπά μου!"

"ΟΥΆ, ΟΥΆ, ΟΥΆ!"

"WAH, WAH, WAH, WAH!"

"WAH, WAH, WAH, WAH!"

Οι ψυχές πετούσαν από παιδί σε παιδί. Ψάχνοντας για το σπίτι στο οποίο ανήκε. Ήταν σαν να παρακολουθούσες παιδιά να παίζουν ένα παιχνίδι, καθώς κάθε ψυχή έβρισκε και έμπαινε στο σώμα στο οποίο είχε γεννηθεί. Καθώς οι ψυχές και τα σώματα γίνονταν και πάλι ένα.

SHHHHHHHHHH.

Για μια στιγμή στο χρόνο, τα μικρά ήταν και πάλι ευτυχισμένα παιδιά και ήχοι απόλαυσης γέμιζαν τον αέρα.

Πίσω στην Κοιλάδα του Θανάτου, ο Χατζ και η Ρέικι ανακατεύθυναν τις άστεγες ψυχές σε όλο τον κόσμο που είχαν κρυφτεί, αφού δεν είχαν δικούς τους Ψυχοπαγιδευτές. Μία προς μία, οι ψυχές εισήλθαν και η γη άρχισε να θεραπεύεται.

Η Σαμάνθα βγήκε από το σπίτι, κρατώντας στην αγκαλιά της τα μωρά της, τον Τζακ και την Τζιλ, ενώ τους τραγουδούσε απαλά: "Σώπα μωράκι μου μην κλαις".

POP.

POP.

Εμφανίστηκαν ο Hadz και η Reiki, "Τα καταφέραμε!"

Ο E-Z και η ομάδα του πέταξαν τα χέρια τους ο ένας γύρω από τον άλλο. Έκλαιγαν, γελούσαν. Μετά έκλαψαν ξανά, για την απώλεια ενός μέλους της ομάδας τους. Για την απώλεια ενός από τους δικούς τους: Brandy.

Το τηλέφωνο της Λία χτύπησε. Ήταν ένα μήνυμα από την Μπράντι: "Έφτασα στο εμπορικό κέντρο - πάλι! Ελπίζω να είναι όλοι καλά και να νικήσουμε αυτές τις μάγισσες!".

"Η Μπράντι είναι ζωντανή!" Η Λία εξήγησε, και μετά έστειλε πίσω μήνυμα: "Σίγουρα τα καταφέραμε! Θα σε ενημερώσω για τις λεπτομέρειες αργότερα".

"AHRHHRGHHHH!" Ο Κάρολος Ντίκενς φώναξε. Το σώμα του έτρεμε και έτρεμε. Όταν σταμάτησε, ήταν σε έκσταση με ανέκφραστο βλέμμα στο πρόσωπό του και τα χέρια του τεντωμένα με τις παλάμες στραμμένες προς τα πάνω.

"Παίρνει τα μάτια του χεριού μου;" ρώτησε η Λία.

Καθώς ένα βιβλίο -ο μεγαλύτερος σκληρόδετος τόμος που είχαν δει ποτέ- έπεσε από τον ουρανό και προσγειώθηκε στην αγκαλιά του Τσαρλς η ίδια η δύναμή του σχεδόν τον έριξε από τα πόδια του. Ο Τσαρλς σταθεροποιήθηκε, καθώς το ογκώδες βιβλίο άνοιξε μόνο του, ξεφυλλίζοντας τις δικές του σελίδες, μέχρι που ακούστηκε μια φωνή από το εσωτερικό του βιβλίου:

"Είμαι το Ταξιδιωτικό Ημερολόγιο Εναλλακτικών Κόσμων".

Παρόλο που η φωνή ερχόταν από το εσωτερικό του βιβλίου, τα χείλη του Καρόλου Ντίκενς κινούνταν συγχρονισμένα με κάθε λέξη, ενώ στο βάθος ακούγονταν ακόμα οι κραυγές των παιδιών:

"ΟΥΆ, ΟΥΆ, ΟΥΆ!"

"WAH, WAH, WAH, WAH!"

"WAH, WAH, WAH, WAH!"

"Θέλω τη μαμά μου!"

"Θέλω τον μπαμπά μου!"

"WAH, WAH, WAH, WAH!"

"WAH, WAH, WAH!"

"WAH, WAH, WAH!"

"Πεινάω!"

"Διψάω!"

Τα παιδιά που κάποτε ζούσαν πιο κοντά στο σπίτι του E-Z, βάδισαν δίπλα-δίπλα προς το σπίτι.

"Ακούστε με τώρα!" Ο ταξιδιωτικός οδηγός των εναλλακτικών κόσμων μονολόγησε.

"Αυτή είναι μια μοναδική προσφορά.

Αν επιλεγείτε, πρέπει να επιλέξετε.

Μια φορά μόνο, είτε κερδίσετε είτε χάσετε.

Μην αφήσετε αυτή την ευκαιρία, να σας ξεφύγει.

Γιατί δεν θα ξανασυμβεί, σε καμία άλλη μέρα".

Οι σελίδες γύρισαν μπροστά και μετά πίσω. Μπροστά και μετά πίσω. Το ξεφύλλισμα σταμάτησε σε ένα κεφάλαιο. Ένα κεφάλαιο με τίτλο Alfred. Και υπήρχαν φωτογραφίες του με την οικογένειά του. Όλοι μεγαλύτεροι. Όλοι υγιείς και καλά. Δεν ήταν πια ο Άλφρεντ, ο κύκνος στις φωτογραφίες. Ήταν ο Άλφρεντ ο πατέρας, ο σύζυγος, ο άντρας.

Με δάκρυα στα μάτια, ο Άλφρεντ κοίταξε τον E-Z. Το βλέμμα που μοιράστηκαν μεταξύ τους τα έλεγε όλα. Έπρεπε να φύγει. Ο E-Z έγνεψε.

Τότε ο Άλφρεντ στράφηκε προς τη Λία. Κι εκείνη έγνεψε, γνωρίζοντας ότι έπρεπε να φύγει.

Ο Άλφρεντ, ο κύκνος τρομπετίστας, μπήκε στο κεφάλαιο που έφερε το όνομά του και μεταμορφώθηκε ξανά σε άνθρωπο. Και μέσα από τις σελίδες του The Alternate Worlds Travelogue, χαιρέτησε τους φίλους του.

Τώρα οι σελίδες του Ταξιδιωτικού βιβλίου των εναλλακτικών κόσμων επανήλθαν στην αρχή του βιβλίου. Οι σελίδες ανακατεύτηκαν, ξανά και ξανά, προς τα εμπρός και πίσω, προς τα πίσω και προς τα εμπρός και τελικά σταμάτησαν σε ένα νέο κεφάλαιο. Ένα κεφάλαιο που είχε το όνομα του Λάτσι.

Στη φωτογραφία, ο Λάτσι ήταν βρέφος. Οι γονείς του τον έπαιρναν σπίτι από το νοσοκομείο. Το βρέφος στη φωτογραφία φορούσε ένα βραχιόλι νοσοκομείου που αποκάλυπτε ότι το πραγματικό όνομα του Lachie ήταν Andrew.

"Όχι, ευχαριστώ", είπε ο Lachie. "Το μωρό και εγώ θα πάμε σπίτι σύντομα".

Το Ταξιδιωτικό Ημερολόγιο Εναλλακτικών Κόσμων έκλεισε με τέτοια δύναμη που ο Τσαρλς παραλίγο να πέσει κάτω. Συνήλθε, και λίγο αργότερα το βιβλίο συνέχισε να ξεφυλλίζει. Προς τα πίσω, προς τα εμπρός. Ανακάτευε τις σελίδες σαν τράπουλα μέχρι που κατέληξε στο κεφάλαιο που λεγόταν Χαρούτο. Στη φωτογραφία ήταν με τη μητέρα και τον πατέρα του.

"Όχι, ευχαριστώ", είπε αμέσως ο Χαρούτο. Πήρε το χέρι του Σόμπο στο δικό του και είπε στον Λάτσι: "Σε πειράζει να μας αφήσεις στην Ιαπωνία καθώς γυρνάς σπίτι;".

Ο Λάτσι έγνεψε: "Χαίρομαι για την παρέα".

Φλόγες πετάχτηκαν από το βιβλίο αυτή τη φορά πριν κλείσει, και ο Τσαρλς παραλίγο να το ρίξει.

Οι αναπάντητες κραυγές των παιδιών συνεχίστηκαν, γίνονταν όλο και πιο δυνατές καθώς πλησίαζαν στο σπίτι του E-Z:

"Θέλω τη μαμά μου!"

"Θέλω τον μπαμπά μου!"

"Πεινάω!"

"Διψάω!"

"ΟΥΆ, ΟΥΆ, ΟΥΆ!"

"WAH, WAH, WAH, WAH!"

"WAH, WAH, WAH, WAH!"

Ο Charles έκλεισε τα μάτια του.

"Αυτό είναι; ρώτησε ο E-Z.

"Κι εμείς;" ρώτησε η Λία.

Τα χέρια του Τσαρλς άρχισαν να τρέμουν. Σαν το βάρος του βιβλίου να πίεζε τα χέρια του. Τότε το βιβλίο έκλεισε, με τέτοια ένταση που σκόνταψε μπροστά και κάθισε. Σταύρωσε το ένα πόδι πάνω στο άλλο και έσφιξε το βιβλίο στο στήθος του.

Άνοιξε ξανά, όπως και τα μάτια του Καρόλου, και για άλλη μια φορά οι σελίδες κινούνταν, σαν θαλάσσια χόρτα στον πυθμένα του ωκεανού. Έκλεισε και πάλι. Στη συνέχεια αναποδογύρισε ανάποδα.

Στο κέντρο του βιβλίου εμφανίστηκε ένα πλαίσιο. Στην αρχή ήταν άδειο, σαν να περίμενε κάτι. Μετά τρεμόπαιξε καθώς άρχισε μια ταινία.

Ένας αγώνας μπέιζμπολ είχε ήδη αρχίσει στο στάδιο Ντότζερ. Οι Ντότζερς έπαιζαν με τους Μπρούερς. Και ο E-Z Dickens ήταν ο catcher. Ήταν πίσω από το πιάτο και έπαιζε σαν επαγγελματίας. Στις κερκίδες ήταν οι γονείς του, ακριβώς πάνω από τον πάγκο, και τον επευφημούσαν.

EARTH PAUSE.

Για λίγα δευτερόλεπτα, το φως του ήλιου μπλοκαρίστηκε καθώς η Οφανιέλ έσκασε στον ουρανό και κατευθύνθηκε προς το μέρος τους.

"E-Z, ήθελα απλώς να σου πω, πριν πάρεις την απόφασή σου, ότι ό,τι αποφασίσεις να κάνεις ή να μην κάνεις θα έχει συνέπειες για τους άλλους".

"Σαν τι;" ρώτησε, χωρίς να πάρει το βλέμμα του από την κορνιζαρισμένη εκδοχή του εαυτού του και των γονιών του, παρόλο που δεν κινούνταν πια σε αυτή.

"Σκέψου το ατύχημα... τι δεν θα είχε συμβεί, στον κόσμο, αν οι γονείς σου δεν είχαν πεθάνει ποτέ; Αν δεν είχες χάσει ποτέ τη χρήση των ποδιών σου;"

Έριξε μια ματιά προς την κατεύθυνση του θείου του Σαμ, έπειτα προς τη Σαμάνθα, τη Λία και τα δίδυμα. Χωρίς το ατύχημα, κανένας από αυτούς δεν θα είχε γνωριστεί. Τα δίδυμα δεν θα είχαν γεννηθεί ποτέ.

"Αν αποφασίσω να φύγω και να ζήσω το όνειρό μου, τι θα συμβεί εδώ;"

"Είναι ένα ρίσκο που θα πρέπει να πάρεις, και μια απάντηση που δεν μπορώ να σου δώσω. Ξέρω όμως αυτό, ότι εσύ είσαι ο καταλύτης και η κόλλα".

"Εντάξει, ευχαριστώ που με ενημέρωσες".

ΕΠΑΝΑΛΗΨΗ ΤΗΣ ΓΗΣ

Ο Οφάνιελ αναχώρησε.

"Ε, όχι, ευχαριστώ", είπε ο E-Z.

Παρακολουθούσε τον ίδιο και τους γονείς του να σβήνουν. Η οθόνη έμεινε κενή. Το πλαίσιο εξαφανίστηκε και το βιβλίο άρχισε να σηκώνεται. Πάνω, πάνω, έξω από την αγκαλιά του Τσαρλς.

Ο Κάρολος στάθηκε σαν να το κρατούσε ακόμα. Κοιτάζοντας μπροστά στο τίποτα.

Όταν έφτασε πολύ ψηλά, το βιβλίο τυλίχτηκε στις φλόγες. Τσουρουφλίστηκε και δημιούργησε μια δυσοσμία πριν τα απομεινάρια του γίνουν αρκετά μικρά για να τα σηκώσει ο άνεμος. Και το Ταξιδιωτικό Ημερολόγιο Εναλλακτικών Κόσμων δεν υπήρχε πια.

Ο Κάρολος επέστρεψε στον εαυτό του καθώς τα παιδιά έφταναν μαζικά στο δρόμο του E-Z.

"Θέλω τη μαμά μου!"

"Θέλω τον μπαμπά μου!"

"Πεινάω!"

"Διψάω!"

"ΟΥΆ, ΟΥΆ, ΟΥΆ!"

"WAH, WAH, WAH, WAH!"

"WAH, WAH, WAH, WAH!"

"Μπορώ να τους πω μια ιστορία;" ρώτησε ο Charles.

"Δεν θα μπορούσε να βλάψει", είπε η Λία.

Ο Κάρολος άρχισε να διηγείται την ιστορία των τριών ογκόλιθων. Τα παιδιά σταμάτησαν να κινούνται, σταμάτησαν τις κραυγές τους καθώς κρέμονταν από κάθε του λέξη - μέχρι που σταμάτησε απότομα.

"Ωχ, κόπανος!" φώναξε, παρατηρώντας ότι κάθε κομμάτι του ξεθωριάζει σαν η γη να δυσκολευόταν να μεταδώσει το σήμα του.

"Περιμένετε!" Είπε ο E-Z. "Έχεις καμιά συμβουλή για έναν συνάδελφο συγγραφέα;"

"Υπάρχουν βιβλία στα οποία τα οπισθόφυλλα και τα εξώφυλλα είναι τα καλύτερα μέρη - μην αφήσεις το δικό σου να είναι ένα από αυτά. Θα μου λείψετε όλοι!"

Κάποιοι λένε ότι εκείνη ακριβώς τη στιγμή, μια ακτίνα φωτός κατέβηκε, τον σήκωσε από το έδαφος και μετέφερε τον Κάρολο Ντίκενς στον ουρανό. Κάποιοι λένε ότι έφυγε με τη Μικρή Ντόριτ και κανένας από τους δύο δεν ξαναείδε ποτέ κανέναν τους. Το μόνο που ήξεραν με βεβαιότητα ήταν ότι ο Κάρολος Ντίκενς τους άφησε εκείνη την ημέρα και δεν τον ξαναείδαν ποτέ.

"WAH, WAH, WAH, WAH!"

"WAH, WAH, WAH, WAH!"

"WAH, WAH, WAH, WAH!"

FIZZLE POP

Ένας Ψυχοπαγιδευτής έφτασε. Άνοιξε την πόρτα του και εκτόξευσε πυροτεχνήματα στον αέρα.

Κάποια από τα μωρά φοβήθηκαν από το θόρυβο και κάποια άλλα τον λάτρεψαν, σε όλες τις περιπτώσεις σταμάτησαν να κλαίνε.

Καθώς εκτόξευε χρώματα στον αέρα, έλιωσαν μαζί για να πουν τα εξής

ΒΓΕΊΤΕ ΈΞΩ ΒΓΕΊΤΕ ΈΞΩ

ΌΠΟΥ ΚΙ ΑΝ ΒΡΊΣΚΕΣΤΕ!

"Τι θέλει;" ρώτησε ο E-Z. "Ή μήπως θα έπρεπε να πω, ΠΟΙΟΝ θέλει;"

"Εγώ είμαι;" ρώτησε ο Sobo.

"Όχι, είναι για μένα", είπε μια φωνή πίσω τους. Ήταν η φωνή της Ρόζαλι.

Όλοι γύρισαν προς κάτι, περιμένοντας να δουν ένα φάντασμα ή ένα πνεύμα, αλλά αυτό που είδαν δεν ήταν τίποτα από αυτά τα δύο πράγματα. Ήταν η ουσία της Ρόζαλι... αυτό ήταν το μόνο που ήξεραν.

"Αντίο αγαπητή Ροζαλί!" φώναξε ο Σόμπο.

Ήταν ένας ωραίος αποχαιρετισμός για την ουσία της αγαπημένης Ρόζαλι, με τον E-Z και την ομάδα του να φωνάζουν, να χαιρετούν, να πετούν φιλιά και να την επευφημούν. Ήταν μια αληθινή γιορτή για όλα όσα σήμαινε γι' αυτούς, καθώς οι αγαπημένοι τους φίλοι μπήκαν μέσα στον Ψυχοπαγιδευτή της και αυτός πέταξε μακριά.

Τώρα που ο Κάρολος είχε φύγει, τα παιδιά συνέχισαν τις φωνές τους,

"WAH, WAH, WAH, WAH!"

"WAH, WAH, WAH, WAH!"

"WAH, WAH, WAH, WAH!"

Στο βάθος, ακούστηκε ένας νέος ήχος. Ο ήχος των ποδιών, πολλών ποδιών, που έτρεχαν - γρήγορα.

Καθώς έτρεχαν στο δρόμο του E-Z, οι μαμάδες και οι μπαμπάδες και τα παιδιά επανενώθηκαν με τους αγαπημένους τους, και αυτή η επανένωση συνέβη σε όλη τη γη.

"Μπράβο!" είπε ο E-Z στην ομάδα του.

Χαιρέτησαν καθώς ο Λάτσι, ο Μπέιμπι, ο Χαρούτο και ο Σόμπο πέταξαν μακριά.

Τώρα οι μόνοι που είχαν απομείνει ήταν ο E-Z και η Lia.

ΖΑΠ!

Το πρώτο Poppet έφτασε.

BONJOUR!

Ακολούθησε ο Φρανσουά.

"Α, αργήσαμε πολύ", είπε. "Χάσαμε τα πάντα!"

Από το εσωτερικό του σπιτιού ακούστηκαν οι κραυγές της Σαμάνθα. "Ωχ όχι, κάτι συμβαίνει με τα μωρά!"

Όλοι έτρεξαν μέσα στο παιδικό δωμάτιο των μωρών. Ο Τζακ και η Τζιλ κοιμόντουσαν βαθιά.

Ο Σαμ έβαλε το χέρι του γύρω από τη γυναίκα του. "Μου φαίνονται μια χαρά", ψιθύρισε.

"Αλλά δεν είναι καλά!" Είπε η Σαμάνθα.

"Όλα θα πάνε καλά", είπε ο Σαμ.

"Κι εμένα μου φαίνονται μια χαρά", είπε ο E-Z.

"Εσύ απλά περίμενε", είπε η Σαμάνθα. "Απλά περίμενε και θα δεις. Δεν θα φώναζα, εκτός αν..."

Τριγύριζε και παραπατούσε σαν να μπορούσε να πέσει κάτω.

Όλοι παρακολουθούσαν και περίμεναν. Τίποτα δεν συνέβη για δέκα, δεκαπέντε, είκοσι ή ακόμα και τριάντα λεπτά.

Τότε, ξαφνικά, κάτι συνέβη.

Ένα κίτρινο φως και ένα πράσινο φως έβγαιναν από τα μικροσκοπικά σώματα του Τζακ και της Τζιλ.

"Χατζ; Ρέικι;" αναφώνησε ο E-Z.

POP.

POP.

Ο Τζακ και η Τζιλ σηκώθηκαν όρθιοι, όπως θα μπορούσαν να κάνουν τα μεγαλύτερα μωρά. Κάτι που ο Τζακ και η Τζιλ δεν μπορούσαν ακόμα να κάνουν.

Η Σαμάνθα λιποθύμησε, ενώ ο Σαμ την έπιασε.

"Τι στο καλό κάνετε εσείς οι δύο;" απαίτησε ο E-Z. " Φύγετε από εκεί - τώρα!"

Ο Χαντζ είπε: "Ως ανταμοιβή ζητήσαμε να γίνουμε άνθρωποι".

"Ο Ρέικι είπε: "Και χρειαζόμασταν σώματα".

"Ω αδερφέ μου", είπε ο E-Z, καθώς ακούστηκε ένα χτύπημα στην μπροστινή πόρτα.

"Είναι κανείς σπίτι;" Ο Πι Τζέι και ο Άρντεν ρώτησαν.

ΕΠΙΛΟΓΟΣ

Ο E-Z πληκτρολόγησε τις λέξεις: ΤΕΛΟΣ. Ικανοποιημένος από το κατόρθωμά του να ολοκληρώσει μια σειρά τεσσάρων βιβλίων, έκλεισε τον φορητό υπολογιστή του.

"Βιάσου E-Z!" φώναξε ένας άνδρας πίσω του.

Ο E-Z έβγαλε τη μάσκα του catcher και κοίταξε γύρω του. Βρισκόταν πίσω από το πιάτο, πιάνοντας την μπάλα για τους Los Angeles Dodgers. Ο διαιτητής σκούπιζε το πιάτο. Σηκώθηκε και κατευθύνθηκε προς τον πάγκο, αφού ήταν ο τελευταίος παίκτης που βγήκε από το γήπεδο.

Αναγνώρισε μερικούς από τους παίκτες, καθώς κινήθηκε κατά μήκος του πάγκου ακολουθώντας τους στενά.

Έτρεξε τα δάχτυλα στα μαλλιά του, τα οποία ήταν ολόξανθα. Ήταν πιο κοντά, και πιο κοντό κούρεμα απ' ό,τι είχε κάνει ποτέ στο παρελθόν. Και ήταν ψηλότερος, σίγουρα πάνω από 1,75 μέτρα.

Τι στο καλό συνέβαινε; Κοιμόταν; Τσίμπησε τον εαυτό του. Πόνεσε.

"Είσαι στο κατάστρωμα, E-Z!" φώναξε ο προπονητής.

Βρήκε μια οθόνη και έλεγξε την αντανάκλασή του. Κοίταξε τον εαυτό του, σαν να ήταν ξένος.

"Γη προς E-Z", είπε ο προπονητής του.

"Συγγνώμη, προπονητή", είπε ο E-Z, καθώς πήγαινε προς το υπόστεγο εξοπλισμού του πάγκου. Το ρόπαλό του είχε ετικέτα, όπως και όλος ο υπόλοιπος εξοπλισμός του. Το φόρεσε και μπήκε στον κύκλο του γηπέδου.

Προσάρμοσε τα προστατευτικά αγκώνων του και στη συνέχεια ετοιμάστηκε για την πρώτη ρίψη. Μαζί με τον συμπαίκτη του στο πιάτο, έκανε μερικές δοκιμαστικές χτυπήματα. Καθώς περίμενε, η κίνηση στις κερκίδες πίσω από τον πάγκο τράβηξε την προσοχή του. Η μητέρα του και ο πατέρας του.

"Πήγαινε, πιάσ' τους, γιε μου!" φώναξε ο πατέρας του.

Έδωσε στους γονείς του το "μπράβο", και στη συνέχεια παρακολούθησε τον συμπαίκτη του να χτυπάει και να φτάνει με ασφάλεια στην πρώτη βάση.

Ο E-Z μπήκε στο κουτί του παίκτη, ζήτησε χρόνο, βγήκε ξανά έξω και πήρε μερικές βαθιές ανάσες.

Συγκεντρώσου, είπε στον εαυτό του. Δεν θέλω να απογοητεύσω την ομάδα. Συγκεντρώσου. Συγκεντρώσου.

Σήκωσε το χέρι του για να δείξει στον διαιτητή ότι ήταν έτοιμος, και μετά επέστρεψε στο γήπεδο.

"Έλα E-Z!" φώναξε η μητέρα του.

Συγκεντρώθηκε και παρακολούθησε την πρώτη ρίψη. Πιθανόν με πάνω από εκατό μίλια την ώρα. Προετοιμάστηκε για τη δεύτερη ρίψη. Χτύπησε και αστόχησε. Ο συμπαίκτης του έκλεψε μια βάση και προσγειώθηκε με ασφάλεια στη δεύτερη.

Αυτό είναι πάρα πολύ. Δεν είμαι έτοιμος. Πρέπει να ξυπνήσω. Πρέπει να ξυπνήσω - ΤΩΡΑ.

Η δεύτερη ρίψη πέρασε γρήγορα. Χτύπησε αλλά δεν τα κατάφερε. Η τρίτη ρίψη ήρθε και συνδέθηκε με αυτήν. Είδε τον συμπαίκτη του να προσπαθεί να φτάσει στην τρίτη, αλλά τον πέταξαν έξω. Παραλίγο να φτάσει εγκαίρως στην πρώτη, αλλά η άλλη ομάδα κέρδισε ένα διπλό παιχνίδι. Με δύο άουτ, επέστρεψε στον πάγκο για να φορέσει τον εξοπλισμό του.

"Θα τους πιάσεις την επόμενη φορά!" είπε ο πατέρας του.

Παρόλο που δεν κατάφερε να φτάσει στη βάση, ήταν στο όνειρό του. Ζούσε το όνειρό του. Αλλά πώς; Είχε αρνηθεί την προσφορά από το ταξιδιωτικό ημερολόγιο εναλλακτικών κόσμων.

Πάρτε με από εδώ! Δεν το θέλω έτσι! Πού είναι ο θείος Σαμ; Πού είναι η Λία; Πού είναι τα δίδυμα;

Το κεφάλι του γέμισε γέλια καθώς έπεφτε στο έδαφος και συνέχισε να πέφτει. Μέχρι που προσγειώθηκε με ένα χτύπημα σε ένα ξύλινο πάτωμα, σε μια καλύβα ή σε μια παράγκα. Μέσα σε λίγα δευτερόλεπτα από την προσγείωσή του, η καλύβα τυλίχθηκε στις φλόγες.

Στην άλλη άκρη του δωματίου καθόταν ένα μικρό κορίτσι. Στην αρχή νόμιζε ότι ήταν η Λία, αλλά αυτό το κορίτσι είχε κόκκινα μαλλιά. Προσπάθησε να την ξυπνήσει, αλλά δεν κουνιόταν.

Πίσω του, η μπροστινή πόρτα πετάχτηκε από τους μεντεσέδες της. Μια σκοτεινή, καλυμμένη φιγούρα μπήκε μέσα, μαζί με μια μικρότερη φιγούρα με κουκούλα. Μεταξύ των δύο τους μετέφεραν το κορίτσι έξω.

"Βοηθήστε με!" φώναξε.

"Βοηθήστε τον εαυτό σας!" είπε μια γυναικεία φωνή, η ψηλότερη από τις δύο φιγούρες, καθώς οι τοίχοι άρχισαν να καταρρέουν γύρω του.

Βρισκόταν ξανά στο στάδιο, ανάσκελα στο έδαφος και κοίταζε στα μάτια των γονιών του.

"Θα γίνεις καλά", γουργούρισαν.

Ευχαριστίες

Αγαπητοί αναγνώστες,

Λοιπόν, φτάσαμε στο τέλος της σειράς E-Z Dickens. Ελπίζω να σας άρεσε να την διαβάζετε όσο μου άρεσε να την γράφω.

Δεδομένου ότι ήσασταν μαζί μου καθ' όλη τη διάρκεια αυτής της σειράς, το τελευταίο μου ΕΥΧΑΡΙΣΤΩ σε εσάς, τους αναγνώστες μου. Είστε φοβεροί!

Όπως πάντα, καλή ανάγνωση!

Cathy

Σχετικά με τον συγγραφέα

Η πολυβραβευμένη συγγραφέας Cathy McGough ζει και γράφει στο Oakville,
Οντάριο, Καναδάς, με τον σύζυγό της, τον γιο της, δύο γάτες και έναν σκύλο.

Επίσης από:

ΜΗ ΜΑΓΝΩΣΤΙΚΗ
103 Ιδέες συγκέντρωσης χρημάτων για εθελοντές γονείς με
Σχολεία και ομάδες (3η θέση καλύτερης αναφοράς
2016 METAMORPH PUBLISHING)
+ Παιδικά βιβλία

www.ingramcontent.com/pod-product-compliance
Lightning Source LLC
Chambersburg PA
CBHW030120010826
48973CB00002B/349